Estallido

CLAIRE DEYA

Estallido

Traducción de Noemí Sobregués

Galaxia Gutenberg

Galaxia Gutenberg,
Premio TodosTusLibros al Mejor Proyecto Editorial, 2023,
otorgado por CEGAL (Confederación Española de Gremios
y Asociaciones de Libreros).

Título de la edición original: *Un monde à refaire*
Traducción del francés: Noemí Sobregués Arias

Publicado por
Galaxia Gutenberg, S.L.
Av. Diagonal, 361, 2.º 1.ª
08037-Barcelona
info@galaxiagutenberg.com
www.galaxiagutenberg.com

Primera edición: octubre de 2024

© Claire Deya, 2024
© de la traducción: Noemí Sobregués, 2024
© Galaxia Gutenberg, S.L., 2024

Preimpresión: Fotocomposición gama, sl
Impresión y encuadernación: Romanyà-Valls
Sant Joan Baptista, 35, La Torre de Claramunt-Barcelona
Depósito legal: B 11554-2024
ISBN: 978-84-10107-80-9

Para Aurélie y Guillaume,
para ti, sin quien nada habría sido posible,
y para vosotros, mi constelación.

Si Vincent volvía a ver a Ariane, ya no se atrevería a acariciarla. Sus manos habían alcanzado unas proporciones que no reconocía. Duras, con los dedos hinchados y la piel gruesa, áspera y seca; se habían metamorfoseado. Los callos que las cubrían estaban tan resecos que, aunque los lavaba a conciencia largo rato, no se ablandaban. Siempre quedaba una constelación de grietas negras que se adentraban profundamente en la piel de las palmas de las manos y de los nudillos. La tierra que se había filtrado en las grietas y fisuras abiertas durante los dos inviernos en Alemania le había tatuado huellas indelebles.

Antes de la guerra, cuando hablaba, sus manos danzaban. A Ariane le divertía y lo imitaba. De repente la veía en esa playa de la Riviera que tenía ante él. La primera vez que se bañaron allí, apenas había amanecido. Aún estaban aturdidos tras haber pasado su primera noche juntos. Ariane tenía que volver pronto a casa para que nadie se percatara de su ausencia. Habían pasado por esa playa y habían sentido el irresistible impulso de prolongar su noche en el mar. El sol se reflejaba en las islas doradas. Recordó que Ariane se había hecho un bañador atándose un pañuelo alrededor de los pechos con gestos de bailarina atrevida.

Sus gritos al entrar en el mar, su manera de lanzar el cuerpo contra el suyo, electrizada por el agua fría y el sol, que acaba de salir... Ese cuerpo salado, su deseo yodado y la seda mojada ceñida contra su piel. Habría dado cualquier cosa por volver a sentir esa despreocupación y volver a sumergirse en ese amor.

Vincent se apretó alrededor del cuello el pañuelo que le había robado.

Se había fugado para buscar a Ariane, que había desaparecido. Nadie sabía nada de ella desde hacía dos años, pero la buscaba por todas partes. No podía creerse que hubiera muerto. Imposible; ella nunca le habría hecho algo así. Además, mientras estaba prisionero había recibido esas enigmáticas cartas...

Ahora que el sur se había liberado de los alemanes, todo sería más fácil. Aún no se habían rendido, pero todo el mundo decía que estaban acabados.

Tenía una idea para encontrar a Ariane. Era una idea poco sólida que exageraba para tranquilizarse, porque lo cierto era que se aferraba a una vaga intuición para no derrumbarse. Estaba solo, desamparado, y el revólver que llevaba escondido como un talismán de poco iba a servirle.

Mientras la ciudad se preparaba para su primera gran fiesta desde la guerra, la playa, que veía desde arriba, estaba devastada. Trincheras y alambradas impedían el acceso al mar. Vio carteles que prohibían acercarse y recordaban el peligro. Peligro de muerte. Las playas de toda la Costa Azul estaban llenas de minas.

Vincent oía a lo lejos los ensayos de una orquesta de aficionados que hacía tentativas incursiones en desenfadadas piezas de jazz. Hacía buen tiempo. A su alrededor la gente sonreía y sólo pensaba en el inminente verano. La guerra casi había terminado, pero para él sin duda empezaba un infierno en solitario.

Al otro lado del parapeto en el que estaba Vincent, una docena de hombres se habían desplegado por la playa y avanzaban codo con codo, despacio y sin hacer ruido. Armados sólo con una bayoneta, tanteaban la arena con la punta metálica para detectar las minas que habían enterrado los alemanes. Fabien caminaba con cautela, concentrado, y todos los hombres que avanzaban en hilera a su lado se ajustaban a sus pasos.

Aunque aún no había cumplido los treinta años, se había convertido de forma natural en el jefe del grupo. Su autoridad fraternal, su formación de ingeniero, su compromiso, su paso del maquis a la Resistencia... Había volado tantos trenes que lo consideraban el especialista indiscutible en explosivos. El funcionario del Departamento de Desactivación de Minas había informado de inmediato sobre él a su superior, Raymond Aubrac, miembro de la Resistencia.

Limpiar las minas era un requisito fundamental para reconstruir Francia, pero el gobierno provisional no había asignado esta misión a los militares, que estaban en el frente de Árdenas y después en Alemania. ¿Quién podía hacerlo? Limpiar minas no era una profesión. La situación no tenía precedentes. Nadie tenía experiencia. Contaban con muy pocos voluntarios... Aunque Fabien se hubiera limitado a lanzar fuegos artificiales desde la cubierta de un barco, igualmente lo habrían aclamado como el hombre providencial.

Corría el rumor de que los dragaminas eran todos unos perdidos, hombres sin dios ni ley que salían de la cárcel para conseguir un informe de buena conducta o una reducción de condena. Peor aún, se murmuraba que los que habían colaborado con los nazis intentaban blanquear su oscuro pasado mezclándose con ellos. Cuando, tanto en el ministerio como en cualquier otra parte, Raymond Aubrac oía hablar de sus hombres con desprecio o condescendencia, citaba el ejemplo de Fabien, que era la excelencia personificada.

Tanto, que nadie entendía por qué había decidido limpiar minas. Fabien sabía lo que decían de él: después de haber saboteado trenes, se sabotea a sí mismo. Las autoridades suponían que estaba desesperado, y su equipo creía que ocultaba algo, pero todos admiraban su valentía. Había que ser muy valiente y abnegado para volver a arriesgar la vida en lugar de disfrutar de ella.

El Ministerio de la Reconstrucción proponía misiones de tres meses. Esta iba a ser larga. El ejército calculaba que había como mínimo trece millones de minas en todo el territorio. Trece millones... Así que, a pesar del cansancio y del agotamiento, se animaba a los hombres a asumir una nueva misión en cuanto terminaban la anterior.

Desde 1942, las fuerzas de ocupación habían reforzado constantemente el Muro del Mediterráneo. Las minas alemanas pretendían impedir el desembarco de los aliados, y las minas aliadas, frenar la retirada de los alemanes. El resultado fue que los franceses se vieron atrapados, para empezar los niños.

Las playas de Hyères, Saint-Tropez, Ramatuelle, Pampelonne y Cavalaire estaban llenas de minas. Se había acabado la *dolce vita* en la Costa Azul. Ya nadie podía aventurarse a ir. Habían dinamitado el puerto de Saint-Tropez y todos los edificios frente al mar, y habían reducido a escombros el puente colgante del puerto de Marsella y el barrio de Saint-Jean. En el interior, las carreteras, las vías de tren, las fábricas, los edificios administrativos, todo estaba sembrado de esos artefactos asesinos. Cada vez que se daba un paso se podía salir volando. La política de tierra quemada se había perfeccionado mucho.

Para no ceder al vértigo de las cifras y al desánimo, Fabien se concentraba en su objetivo. Actuar con tranquilidad y no maldecir la falta de voluntarios y de formación, la escasez de material y sobre todo la cruel ausencia de mapas de minas; avanzaban a ciegas.

De repente, a unos metros de Fabien, Manu, un joven fauno nervioso, se detuvo y levantó el brazo. «¡Mina!» Su bayoneta acababa de topar con un objeto sospechoso. Todos retrocedieron instintivamente con los dientes apretados. Nunca se acostumbrarían. Con un movimiento de cabeza, Fabien les permitió alejarse más de los veinticinco metros reglamentarios. Miró a Manu para indicarle que continuara. Debía tumbarse, escarbar la arena con delicadeza y sacar el objeto que había ofrecido resistencia a la punta metálica. Manu acarició la arena y extrajo un gran cilindro negro de metal: una mina LPZ. Treinta centímetros de diámetro. Doce centímetros de altura. Dos kilos y medio de TNT. Una máquina de matar polivalente, capaz de pulverizar tanto un vehículo blindado de varias toneladas como a todo ser vivo lo bastante imprudente como para pesar más de siete kilos.

Un dragaminas con más experiencia debía ocuparse de ella, desactivarla o hacerla explotar. Como cerca había más minas enterradas, lo mejor era desactivarla, aunque fuera más complicado. Las minas estaban diseñadas para explotar, no para que las neutralizaran. Había que hacerlo con las manos. Fabien se ocuparía. Sabía hacerlo —aunque nunca podía estar del todo seguro, porque había muchos modelos diferentes— y eso le permitiría mantener el respeto de su equipo. Si escarbara en su interior y fuera del todo sincero, encontraría otra razón por la que se ponía en peligro todos los días cuando amaba apasionadamente la vida y sabía que olvidarían su sacrificio tan rápido como a todos los muertos que había visto caer a su alrededor, pero no estaba dispuesto a profundizar tanto, al menos ese día; tenía que concentrarse en la mina. Un error, por pequeño que fuera, y acabaría despedazado.

Respirar. No temblar. No pensar en nada molesto. No hacer movimientos bruscos. No ceder al miedo. La mina. No pensar en otra cosa... ¿Cuántas veces se lo había repetido a sus hombres, aunque fuera del todo ilusorio?

Para desactivar la LPZ, primero había que ocuparse del percutor por contacto: retirar el capuchón de la superficie con la bayoneta y colocarlo en posición de seguridad. Después sacar la mina del suelo en posición horizontal y colocarla de lado, nunca plana. Desenroscar las cinco tuercas y retirarlas. Sin temblar.

¿Cómo mantener la calma? Todo su cuerpo quería escapar de allí. ¿Cómo no respirar entrecortadamente? ¿Cómo concentrarse con la incesante avalancha de preguntas, remordimientos y dolor?

Imposible. A lo lejos sonaban los acordes de la última canción que había bailado con Odette, su mujer, y esos acordes le rompían el corazón.

Fabien se detuvo para escuchar mejor. ¿No se habría equivocado? No, era «Mademoiselle Swing», la canción de la que se burlaba. Odette le decía que daba buena suerte. Y además, al ser tan ligera y saltarina, ¿no desafiaba la pesadez nazi? Ahora que Odette ya no estaba, no se le ocurría burlarse. Su música ligera le parecía de una intensidad conmovedora.

Dicen que antes de morir toda nuestra vida pasa ante nuestros ojos. Él sólo ve a Odette, a Odette bailando, feliz, libre y sonriéndole, Odette con sus rizos castaños, su cuerpo felino y su distinción de gata a la que nada le importa. Odette antes de que la arrestaran los alemanes.

Estaba hipnotizado e inmóvil. Su equipo no lo pasó por alto. Fabien sentía sus miradas clavadas en él. Se recompuso.

Si no veía pasar toda su vida ante sus ojos, sino sólo a Odette bailando, quería decir que no iba a morir.

Después de desactivar la mina, había que desmontarla. Colocarla en posición horizontal, pero del revés. Desenroscar todas las tuercas de la tapa inferior. Retirar la cinta adhesiva que unía las dos tapas y retirarlas. Sacar la caja de explosivos de la tapa superior. Desenroscar la cadena que sujetaba el detonador. Retirar el detonador.

«Mademoiselle Swing» desgranaba sus últimas notas y Fabien había conseguido desactivar la mina. Odette tenía razón: la canción le había dado suerte. O quizá era Odette, más allá de la muerte, allí donde estuviera. Frente al mar, frente a las islas doradas, en esa playa que tanto le gustaba, se dijo que había vivido lo mejor de su vida. Una mujer a la que has amado estando en peligro no puede sustituirse. Odette siempre será insustituible.

El descanso siempre era un alivio. Con la orquesta de aficionados ensayando a lo lejos, el equipo sólo hablaba de la fiesta que se celebraría en una semana. Todo el grupo iría al baile a olvidar la dureza de las misiones, a exhibirse, a brillar y a mezclarse con los optimistas, con los entusiastas y con los impacientes del mundo nuevo. Querían ser como los demás por una noche, dejar de avanzar como solemnes prisioneros condenados a trabajos forzados que se juegan la vida a la ruleta rusa en los campos de minas y moverse como locuaces bailarines que creen a pies juntillas en una nueva vida y en una nueva era.

Fabien no iría. Imposible bailar con una mujer que no fuera Odette. Sin duda sueña con una nueva vida, pero esta no pasa por un nuevo amor. En todos los descansos piensa en ella y se sume en ensoñaciones en las que la invoca para que aparezca como el día que la conoció, rebelde. O por la noche, cuando la agarraba de la cintura con las dos manos para levantarla y contemplar su cuerpo suave y desnudo. Era uno de los malentendidos sobre Fabien: todo el mundo lo consideraba un hombre de acción, cuando sólo aspiraba a tumbarse junto a un sendero soleado y soñar.

La jornada aún no había concluido y Fabien sentía que su deber era animar a su equipo. No dejaba de repetir a sus hombres que era un honor liberar Francia de todos esos artefactos asesinos que habían dejado los nazis. Limpiar minas también es resistir.

Fabien daba sentido a sus misiones. Liberando la tierra de esas trampas mortales, se salvaban a sí mismos, se redimían y se libraban del sentimiento de culpa. Porque todo el mundo se sentía culpable: por haber traicionado, mentido, robado, abandonado, por no haber estado a la altura, por no haberse unido a la Resistencia –o a la Resistencia de la última etapa–, por haber matado a un hombre, a varios, o por haber sobrevivido cuando tantos amigos habían caído. Todos cargaban con una parte de culpa, inmensa en esos tiempos revueltos, y para seguir avanzando debían, si no deshacerse de ella, al menos asumirla. Fabien sugería a sus hombres que limpiar minas podía proporcionales la redención que, aunque no lo confesaban, ya no se atrevían a esperar.

Sus hombres asentían, conmovidos. Pocos lo fingían. Sus palabras les permitían no lamentar los riesgos que corrían –eran todos muy jóvenes– y aceptar su destino.

Fabien vio que el hombre del pañuelo al cuello que llevaba más de una hora observándolos desde la barandilla se acercaba a él.

–Hola, quería saber si contrata a personal.

Fabien lo miró un instante. En el maquis había adquirido una intuición que rara vez lo engañaba. Sabía cuándo un hombre ocultaba algo grave.

–Supongo que no sabe limpiar minas.

–Me han dicho que usted forma al equipo.

–Lo único que pedimos es no haber colaborado con los nazis.

–Por eso no hay problema.

Aunque Vincent lo miraba a los ojos, la primera impresión de Fabien se vio confirmada por sus frases cortas; era evidente que ese hombre quería decir lo menos posible.

Vicent señaló a los prisioneros, flanqueados por dos vigilantes, que se mantenían alejados del equipo.

–¿No le molesta trabajar con alemanes?

–Los sacamos del campo de prisioneros. Hacen lo que tienen que hacer y vuelven al campo. Sin contemplaciones. Trabajarán con nosotros hasta que todo esté limpio.

Mientras hablaba, Fabien observaba a los alemanes. Constituían más de la mitad de su grupo. Costaba mucho encontrar a voluntarios, y los militares habían recomendado utilizar a prisioneros. Fabien lo sabía todo de sus compañeros franceses. En cuanto a los alemanes, se negaba a hablar con ellos. Los odiaba tanto que le daba miedo. Y no quería desviarse de su objetivo. Aun así, jamás se habría imaginado trabajando mano a mano con sus eternos enemigos. Peor aún, cuando estaban en contacto con las minas, dependían unos de otros para sobrevivir. El peligro definitivo. Qué siniestra ironía.

Para Lukas, que intentaba prolongar disimuladamente el descanso fumándose un cigarrillo, hacía mucho tiempo que nada tenía sentido. No había soportado que su país se sumiera en la locura; incluso su familia había depositado su confianza en el dictador que había destruido su democracia. Y a él, un loco enamorado de Francia que se sabía de memoria las obras de Baudelaire y de los surrealistas, los franceses lo trataban como a un monstruo, como si todos los alemanes hubieran vendido su alma a Hitler. En la librería en la que trabajaba antes de la guerra no había dejado de alertar sobre las derivas del nacionalsocialismo, y desde hacía nueve meses se pudría en los barracones de un campo de prisioneros, helado en invierno, asfixiante en verano, sin manta, sin zapatos dignos de este nombre y sin saber cuándo lo liberarían. Su familia seguía resentida con él —sin duda por haber mostrado la lucidez que ellos no habían tenido—, e incluso antes de que dejaran de repartirles el correo, como en los últimos meses, no le habían enviado ni ropa ni una palabra para recordarle que no estaba solo. Si algún día volvía a su país, no estaba seguro de que sus padres lo acogieran. Daba igual. Alemania estaba a punto de rendirse —eso decían—, pero eso no quería decir que los franceses fueran a liberar a los prisioneros.

Lukas había oído la conversación entre Vincent y Fabien. Nadie sospechaba que entendía el francés. Cuando llevaba uniforme, le tenían miedo. Como prisionero, era invisible. Le habría gustado hablar con ellos como personas razonables, pero ¿quién seguía siéndolo? ¿Podría decirles que no entendía que Francia, el país de los derechos humanos, se permitiera dar lecciones de moral a todo el mundo cuando empleaba a prisioneros de guerra, lo cual violaba los Convenios de Ginebra? ¿Lo escucharían? Estaba prohibido utilizar a prisioneros para tareas peligrosas y degradantes. Recurrían a sutilezas, por supuesto. No obligaban a los prisioneros a desactivar minas, sino a detectarlas. Como si las minas que explotaban hicieran diferencias, atacaran a los dragaminas y perdonaran a los demás...

Los franceses también argumentaban que limpiar minas no se mencionaba explícitamente en el convenio como actividad peligrosa. Era paradójico, pero ¿quién habría previsto en 1929, cuando se redactaron los acuerdos, la importancia que adquirirían las minas en los conflictos?

Habían sido los alemanes los que, en secreto y de forma ilegal, habían decidido fabricarlas por millones, lo cual pilló por sorpresa a los aliados, que no estaban preparados. Y ese plan de destrucción masiva no era lo peor, porque ahora todos empezaban a entender lo que de verdad había sido esa guerra. Lo indecible. Lo inconcebible. Lo irreparable.

Así que Lukas acabó diciéndose que si los franceses le hubieran propuesto fumarse un cigarrillo con ellos y charlar de las responsabilidades de los unos y de los otros, les habría dado la razón sin rechistar. Estaba en el bando de los vencidos y los malditos, y no habría soportado que su bando fuera el de los vencedores.

Las Fuerzas Francesas del Interior lo habían capturado en el sur unos días antes del desembarco de Provenza, en agosto de 1944. Ahora estaban en abril de 1945, nueve meses después. Nueve meses encerrado era para volverse loco. Limpiar las minas le permitía salir del campo de prisioneros, olvidar las alambradas que enrejaban el horizonte, el dolor de los que agonizaban, las enfermedades, las heridas y el hambre, terrible, que se convertía en una obsesión. Aunque la diferencia no era grande, los prisioneros que limpiaban minas recibían una ración de comida mayor. Para que pudieran trabajar sin desplomarse.

En Alemania, los aliados capturaban a cientos de miles de soldados. Después los transferían a los franceses o a los rusos, por convoyes enteros. En las últimas semanas, Lukas veía llegar de todo, defensores fanáticos del Tercer Reich, hombres perdidos, inválidos y soldados a los que, como a él, habían alistado por la fuerza en una guerra en la que no querían luchar.

Lo que no esperaba era ver llegar a niños. Llevaban guerreras que les quedaban enormes y estaban aterrorizados por esa guerra que conocían desde siempre por sus mayores, por las mentiras, por lo que les contaban de los franceses, que querían su pellejo y que eran capaces de cometer crímenes atroces, por los soldados que los rodeaban, por los traslados de un campo de prisioneros a otro y por los viajes en tren en condiciones abominables. Los habían alistado en los últimos meses por orden de Hitler. Tenían dieciocho años, dieciséis, algunos acababan de cumplir catorce.

¿A quién pedirle que ante todo hicieran algo por ellos? Los alemanes ya no existían. Ahora eran los cabezas cuadradas, los *fritz*, los *schleus*, los *frisés* y los teutones.

¿Podían entender los franceses que también había alemanes que odiaban a los nazis?

La guerra le había quitado más de cinco años de vida. Seguramente la derrota le robaría el resto. Para motivar a los prisioneros, les hablaban de liberación anticipada si daban muestras de valor limpiando minas. Lukas no se hacía ilusiones.

Los dragaminas franceses se creían libres. No los envidiaba. Todos se mentían a sí mismos. Las palabras en las que se regodeaban eran un engaño. «La grandeza de Francia, la batalla final contra la barbarie alemana. Para un francés, limpiar minas es un honor; para un alemán, un castigo.» Los dragaminas estaban convencidos de que eran diferentes de los prisioneros, cuando los franceses y los alemanes eran iguales, hombres esclavizados, atrapados, listos para morir por la felicidad de los demás, de los que ya resoplaban porque no podrían ir a la playa en todo el verano que se avecinaba, pero que el verano siguiente reinventarían su vida y sus amores en esa playa, se bañarían, abrazarían el sol y el mar, y no tardarían en olvidar los sacrificios en la arena ardiente.

¿Quién amaría a un prisionero de guerra alemán? ¿Quién amaría a un dragaminas, aunque fuera francés? Después de tantos años de guerra, ya nadie quería estar cerca de la muerte. El gran amor de Lukas, aún muy vivo para él, podría ser el último si no conseguía escapar. Pero ellos, los locos que se habían alistado voluntariamente, no veían que los miraban con condescendencia en el peor de los casos, con lástima en el mejor. Y con lástima no se construye una historia de amor.

Los dragaminas podían fanfarronear en el baile o en cualquier otro sitio, asegurar que no tenían miedo y creer en su buena suerte y en su heroísmo. Nadie los consideraba héroes. Habían olvidado el principio que impera desde la noche de los tiempos: los hombres libres siempre exigirán esclavos.

Vincent, apoyado en la pared frente a la oficina de contratación, dudaba. No sabía lo que esperaba, una señal, un milagro, un encuentro que lo cambiara todo. Hacía tanto calor como el día anterior, como lo haría el siguiente. Una chica pasó por delante de él. Tendría unos veinte años. Le sonrió. Llevaba unos pendientes en forma de margarita. Su cuerpo esbelto flotaba en un vestido de algodón amarillo muy claro, casi blanco, pero lo que atrapó la mirada de Vincent fueron los pendientes.

Sus brazos bronceados ondulaban a ambos lados del vestido sin mangas. Avanzaba alegremente por la acera, como dispuesta a llegar al fin del mundo, con sus delicadas sandalias de cuerda, que le dejaban al descubierto las puntas de los pies. Un pequeño bolso en bandolera revoloteaba alrededor de su cintura y llevaba en la mano un libro de Albert Camus. Podría haberle gustado, podría haberla seguido, pero se decidió a entrar.

No tuvo que esperar. El funcionario lo invitó a sentarse y le soltó su discurso. Según él, la contratación era la fase más importante de la limpieza de minas. Por lo tanto, iba a revisar el pasado de Vincent, sus motivaciones y sus aptitudes psicológicas.

Como Fabien le había advertido, si descubrían que había estado en contacto con el enemigo, lo excluirían de inmediato. Vincent pareció incómodo.

—Podríamos decir que en contacto con el enemigo sí que he estado.

El funcionario se sorprendió y se puso tenso.

—Estuve prisionero en Alemania, así que evidentemente he tratado con alemanes. Un poco más de lo soportable... —añadió Vincent sonriendo.

El funcionario se relajó, aliviado. Le gustaba ese tono de complicidad. Y para subrayar que había entendido el sentido del humor de Vincent, le guiñó un ojo.

Tras describirle rápidamente los riesgos a los que se exponía —era obligatorio—, le preguntó cuáles eran sus motivaciones. Un sadismo administrativo maravilloso, que disfrazaba de pregunta anodina la más cruda verdad: este arduo e ingrato trabajo es excepcionalmente peligroso, y nadie en el mundo querría estar en su lugar, pero nos gustaría que nos dijera lo mucho que sueña con este infierno. Vincent aceptó la propuesta.

—Mi motivación es muy sencilla: nunca más debe morir un niño en una mina puesta por los alemanes. De lo contrario, habrán ganado la guerra aunque la pierdan.

Dicha en voz alta, su respuesta le pareció demasiado solemne. Para el funcionario no lo fue.

Quedaba por abordar la tercera parte de la entrevista.

—Y pasemos a las «aptitudes psicológicas para la limpieza de minas», que ya me dirá usted qué es eso.

Vincent no dijo nada y se limitó a escuchar con atención.

—No nos han dado ninguna indicación, ningún formulario, nada. ¡Imagínese! Por suerte he preparado un cuestionario por mi cuenta. Se lo mostraré.

Volvió a guiñarle el ojo. No contento con tenderle las hojas con mucho cuidado, como si se trataran de una obra de excepcional importancia, se dispuso a comentar todas las preguntas. Nunca se sabe, podría ser que Vincent no las entendiera.

—«¿Cómo reacciona cuando oye un ruido inesperado?» ¿Se sobresalta? ¿Mantiene la calma? Porque si no mantiene la sangre fría, será complicado trabajar limpiando minas.

El funcionario parecía haber olvidado que Vincent había luchado en la guerra. Lo retenía porque estaba encantado de tener un público que lo escuchara enumerar la excelencia de sus sensatas preguntas, aunque sabía que la selección era prácticamente automática. Casi nadie se presentaba.

Se detuvo en las condiciones económicas, inesperadas en esos tiempos de escasez –«¡el doble del sueldo de un obrero!»–, los diversos pluses, comidas y riesgos, que le ensalzó como si se tratara de privilegios inauditos y muy valorados –«qué suerte tiene»–, y las increíbles ventajas de un puesto de trabajo garantizado. Prolongaba el placer, básicamente el suyo. Vincent creyó que la entrevista debía terminar ya; empezaba a sentir náuseas. ¿Debía agradecerle que le diera esa oportunidad? Se puso la chaqueta, pero el funcionario lo retuvo.

–Espere, me faltan sus papeles y su firma.

–Los papeles se los traeré mañana, pero lo de la firma lo podemos solucionar enseguida.

El funcionario le tendió el contrato para que lo firmara. Y listos. Vincent estaba contratado para limpiar minas. Debería haberle temblado la mano, pero firmó con gesto seguro. Había practicado. El funcionario no sospechó nada. Vincent salió satisfecho. Había firmado un pacto con el diablo, pero lo había hecho con un nombre falso.

Cuanto antes encontrara Vincent a Ariane, antes podría volver a su antigua vida. Iba a hacer lo mismo que cuando se fugó. Un plan que llevaría a cabo con método y determinación. Sabía hacerlo. Ya lo había hecho. Su primer intento de fuga había fallado porque lo traicionaron, pero el segundo lo emprendió en solitario. Era la lección que había aprendido. Hacerlo todo solo.

Al llegar a Francia, empezó a sangrarle la nariz. Una pequeña hemorragia nasal, pero que no conseguía detener. De repente sus fuerzas lo abandonaron, como si escaparan por el chorrito de sangre. Tuvo que quedarse en casa de unos amigos, en la cama, con anemia y sin poder moverse. Había soportado durante tanto tiempo el régimen inhumano de los campos de prisioneros que el cuerpo le había fallado. En cuanto pudieron, sus amigos lo ingresaron en el hospital Val-de-Grâce.

Aunque su recuperación fue milagrosa, lamentaba haber perdido tanto tiempo sin ver a Ariane.

En el colmado de la plaza donde había detenido la bicicleta preguntó si alguien alquilaba habitaciones. Le sugirieron una opción mejor: una casita de pescadores frente al mar.

Mathilde, una mujer de cincuenta años con un rostro de escultura clásica, estaba pintando las contraventanas de color azul grisáceo. La casa era el antiguo estudio de su marido, abatido al principio de la guerra. Vincent no le hizo ninguna pregunta; Mathilde no le dio la oportunidad. No era una mujer que se desahogara con cualquiera.

Paredes encaladas y pequeñas alfombras provenzales de cuerda, como las de los cuartos de baño que a Bonnard le gustaba pintar. Al ver el estudio, Vincent se dijo que seguramente al marido de Mathilde también le gustaba pintarla desnuda en el barreño de cobre, junto a la alfombra redonda. Era de esas mujeres que uno piensa que han debido de ser muy hermosas, cuando todavía lo son.

El estudio era intemporal, como lo son las casas humildes cuando se respeta su pobreza y su sencillez. Un gato había entrado por la ventana y se había tumbado en la mesa. Vincent lo acarició. Le pareció una señal. A Ariane siempre le habían gustado los gatos. Esa casa la traería de vuelta.

Le gustaron enseguida las paredes desnudas, los escasos muebles de madera en bruto, las baldosas de barro como único toque de color cobrizo, sin duda frías y suaves bajo los pies. La casa, de dos plantas, no era grande, pero el blanco de las paredes y el azul de todas las ventanas hacían que el espacio pareciera más amplio. Le conmovió ver un piano, cubierto con una sábana, detrás de un biombo.

Levantó la sábana y empezó a tocar una pieza. Le salió Bach de forma espontánea. Lo invadió la emoción. Se detuvo.

—Si quiere, puedo pedirle a mi primo que venga. Es afinador.

Él maldijo sus dedos destrozados, que se habían vuelto tan torpes. ¿Serían aún capaces de recorrer las teclas?

—Hace mucho que no toco... pero si es posible, me encantaría.

—Pues usted y yo nos entenderemos. Confío en las personas a las que les gustan el piano y los gatos.

Mathilde le sonrió, aliviada de no tener que seguir buscando inquilino. Era evidente que tenía cosas que hacer.

—Vivo enfrente. Cuando toque, deje la ventana abierta. Me gustará escucharlo.

En cuanto se quedó solo, cerró la puerta con llave. Subió al piso de arriba y desempaquetó sus cosas. En su mayoría eran libros que había ido a recoger a casa de un amigo. Algunos estaban atados. Apenas tenía nada más: un peine, una navaja de afeitar, una camisa, dos camisetas de tirantes blancas –de un blanco sucio– y un pantalón de repuesto. Metió las cosas en la cómoda y dejó un libro en la mesa y los demás en un estante, pero ¿dónde iba a esconder el arma?

Recorrió con la mirada la habitación, más desnuda que la celda de un monasterio. Lo pensó y se le ocurrió envolver el revólver con una camiseta y meterlo detrás de una contraventana interior. No iba a cerrarlas, porque ya no le gustaba dormir a oscuras. A nadie se le pasaría por la cabeza buscar ahí; bueno, eso creía.

Después se dispuso a hacer algo más complicado. Se sentó a la mesita de la esquina de la habitación, no más grande que un pupitre escolar. Abrió el libro. Dentro estaba su carnet de identidad. Le resultaba doloroso mirar su foto. Su despreocupación, su alegría de vivir y su sonrisa habían desaparecido. Su mirada era radicalmente distinta. Había cambiado, se veía, y la metamorfosis parecía irreversible. Sólo Ariane podría hacer retroceder el tiempo y recordarle quién era: Hadrien Darcourt, el hombre que sólo quería que ella lo amara. Sólo era él mismo cuando ella lo miraba.

Oculto en la cubierta del libro, otro carnet de identidad. En la foto sobreexpuesta, un joven rubio, un poco frágil, con los ojos muy claros y la piel diáfana. Casi un rostro destinado a desaparecer. Con la hoja de la navaja de afeitar, Hadrien retiró con mucho cuidado la foto de las grapas redondas de metal dorado para sustituirla por la suya...

Desde que se había fugado, Hadrien se hacía llamar por el nombre que figuraba en ese carnet: Vincent Devailly. En Hyères, Ramatuelle o Saint-Tropez, donde tuviera que limpiar minas, no habría problema, porque no conocía a nadie, aunque le resultaba extraño llamarse Vincent Devailly. Hadrien odiaba a ese hombre, que lo había traicionado en el campo de prisioneros cuando intentó fugarse por primera vez.

Pero le gustaba pensar que precisamente gracias a él tenía libertad casi ilimitada para hacer lo que quisiera. No sabía hasta dónde tendría que llegar para encontrar a Ariane, para hacer hablar a los que no querían decir nada y para vengarla de los que le hubieran hecho daño, pero estaba dispuesto a cualquier cosa. En adelante Vincent Devailly, ese hombre al que odiaba, asumiría el lado más oscuro de Hadrien.

Al final de la jornada, mientras los dragaminas recogían, Fabien vio a Vincent y sonrió de que hubiera tardado tan poco en volver. Por la mañana no estaba seguro de si volvería a verlo. Muchos se dejaban tentar por el sueldo y los bonos para gasolina, vino, cigarrillos y pan, pero en cuanto salían de la oficina de contratación y oían explotar una mina a lo lejos o alguien les contaban alguna historia abominable sobre un hombre que en un abrir y cerrar de ojos había volado por los aires, y su cuerpo había quedado desparramado por todo el campo de minas, preferían morirse de hambre.

–¿Te ha hablado el funcionario del período de reflexión?

–¿Para qué? Otra hipocresía administrativa.

–Tienes razón. Sólo quieren poder decir que la decisión ha sido tuya. Aquí muchos no pueden decidir.

En primavera, el hecho de que terminara el trabajo no significaba que hubiera terminado el día. El sol seguía alto y era un alivio para todos. Se estiraban. Renacían. En un instante su rostro agotado se relajaba. Otra vida era posible, una vida en la que levantaban la cabeza, sonreían mostrando los dientes, cuya blancura realzaba su piel sucia y bronceada, y miraban a los hombres y a las mujeres a los ojos.

Fabien le propuso a Vincent que fuera con ellos a tomar una copa para sellar su incorporación al grupo. Max, que siempre estaba de guasa, se ofreció a llevarlo en su Traction Avant. Lo había recogido a saber dónde y había dilapidado todo lo que ganaba en repararlo. Gracias a él, salir del trabajo parecía una fiesta.

Fabien subió delante, y sus tres mejores amigos, Enzo, Georges y Manu, se sentaron detrás con Vincent. Iban un poco apretados.

Vincent temía tener que contar su historia, pero no podía rechazar la invitación. Y además conocía desde hacía tiempo el secreto de los que tienen algo que esconder: animar a hablar a los demás. Estarían encantados de hacerlo.

Enzo no dejaba de hablar de las minas. Georges lo apuntalaba para poner al corriente a Vincent.

—Hay muchos tipos de minas: las antipersona y las antitanque, las de salto, como la S. Mi. 35 y la S. Mi. 40, la Schümine 42, que se activa a partir de los dos kilos y medio de presión, la A200, con percutor químico...

Los nombres se sucedían: la Stockmine, la Tellermine, la Holzmine, la Panzer-Schnell, la Riegelmine, la Topfmine... y otras cuyos nombres se perdían en el ruido de la carretera o cuando Max tocaba el claxon. Había tantas...

—Cuando se quedaron sin metal, las fabricaron con madera.

—Y también con hormigón, cerámica y vidrio.

—Fácil y más barato. Indetectable. Como el plástico.

—Y cuando ya se quedaron sin nada, las hacían con papel maché.

—En fin, que hicieron minas con cualquier cosa, con tal de que explotara.

Aunque el Tratado de Versalles le había prohibido rearmarse, Alemania había creado todas esas minas, las había fabricado por millones y las había perfeccionado año tras año. Su objetivo era que no pudieran detectarse ni desactivarse, darles más potencia y más alcance, y hacerlas explotar. Cuando de minas se trataba, la perfección a alcanzar era sencilla: la muerte.

—¡Dicen que no podemos detener el progreso, pero es el progreso lo que nos ha detenido a nosotros! —resumió Max.

Aún no habían llegado a la ciudad cuando Fabien le pidió a Max que redujera la velocidad. Un pequeño grupo de personas, hombres y niños, intentaba cerrar un tramo de carretera con estacas de madera. Max detuvo el coche y Fabien se bajó. Su impresión había sido correcta: los niños habían visto un extraño trozo de chapa que sobresalía de la tierra, con tres antenas metálicas, que una lluvia reciente debía de haber dejado al descubierto.

Las tres antenas estaban empalmadas en forma de W, y el artefacto era cilíndrico y pequeño, de apenas diez centímetros de diámetro: se trataba de una Shrapnel 35, la mina-S, una de las más temidas. Al saltar del suelo hasta la altura de un hombre, no había la más mínima posibilidad de supervivencia en un radio de veinticinco metros. Hasta ciento cincuenta metros, producía heridas irrecuperables. Algunos decían que incluso hasta los doscientos metros. Dos percutores se activaban por tracción, y el central con sólo una presión de tres kilos.

Fabien odiaba esa mina, pero no tenía elección. Haría lo que pudiera. Pidió a todo el mundo que se apartara. Cogió sus herramientas del maletero del coche y una bovina de alambre flexible. Con esos tres percutores ultrasensibles, no valía la pena plantearse desactivarla; prefería hacerla explotar. Max dio marcha atrás para bloquear la carretera por un lado, y los dragaminas prohibieron el acceso por el otro. Vicent tiró instintivamente de los niños hacia él.

Fabien se quedó solo con la mina.

Enganchó al percutor a tracción Zug Zunder 35 el alambre, que desenrolló con cuidado mientras retrocedía más de trescientos metros con la precaución de un funambulista. Cuando llegó hasta sus compañeros, respiró aliviado.

Echó un vistazo para asegurarse de que nada impediría que explotara. Levantó el brazo, como para dar la salida en una carrera automovilística, después lo bajó, tiró del alambre con un golpe seco y activó la mina.

En cuatro segundos y medio, la S. Mi. 35 se elevó por los aires, furiosa, con la fuerza rabiosa de un géiser. Al salir despedida del suelo, las bolas de acero incandescente salieron disparadas en trescientos sesenta grados con la fuerza de una manguera de incendios y la demencia de un francotirador drogado con metanfetaminas.

La mina, encerrada en su carcasa metálica, saltaba y daba comienzo a la matanza a treinta centímetros del suelo y hasta dos metros cuarenta. En principio, la única manera de seguir vivo era tirarse al suelo y no moverse, pero en cuatro segundos y medio, en los que se incluye el tiempo que se tarda en darse cuenta, muy pocas veces da tiempo a aplicar los principios.

Verla desde lejos era extraño y a la vez aterrador, como un demonio saliendo de una caja. Lo tenía todo para que los niños se quedaran fascinados: la sofisticación de un truco de magia, la rareza de una máquina y el pavor a una muerte violenta.

Vincent oyó que alguien murmuraba: «Bouncing Betty». Así llamaban los estadounidenses a la S. 35. Como a Betty Boop. Para darle un toque sexy a la guerra, o para tranquilizarse, a los hombres les gustaba dibujar a chicas en los aviones y poner nombre de mujer a las armas más letales. Vincent había visto a hombres convirtiéndose en máquinas de guerra, y ahora iba a aprender a llamar las minas por su nombre de pila. En adelante, los hombres, las mujeres y las minas formaban parte del mismo género: el género humano.

Cuando llegaron al bar, el equipo casi había olvidado que Vincent era nuevo. Bouncing Betty había sido su bautismo de fuego. No podría haber empezado de manera más eficaz.

Fiel a su método, Vincent les hizo preguntas para evitar que se las hicieran a él. Y la noche transcurrió exactamente como había previsto: todos ellos tenían tantas ganas de beber como de contar sus historias.

A menudo estaban solos y procedían de ambientes diferentes y con horizontes diversos. Los habían enviado al sudeste porque los necesitaban, pero algunos de ellos eran del centro o del norte, incluso de más lejos, de España o Italia. ¿Y qué decir de sus diferencias sociales y políticas?

Max era comunista. Antes de la guerra trabajaba en un taller de reparación de coches.

−¡No soy un lumbreras, pero no encontrarás mejor mecánico que yo!

Fabien no estaba de acuerdo. Max tenía cultura política. Si estaba en el partido comunista, seguro. Muchos miembros de la Resistencia eran comunistas, aunque eso no le impedía burlarse de la actitud del partido al principio de la guerra, atrapado por el pacto germano-soviético. Manu, el más joven de todos, con el encanto de la belleza inconsciente y el hambre de cultura de un estudiante que ha tenido que abandonar sus estudios y lo lamenta cada día, no estaba afiliado a ningún partido, pero antes de la guerra se había manifestado en favor de la paz.

—En fin, me equivoqué...

Desde entonces, prefería escuchar a hablar. Era más seguro. A su lado, Hubert, con su estilo de francés a la vieja usanza, desentonaba. Era delgado, atlético y, aunque era el mayor del grupo –le faltaba poco para cumplir los cuarenta–, trabajaba durante horas sin mostrar el menor indicio de cansancio. Se sospechaba que su fortuna había sufrido un revés, acaso la había dilapidado por una mujer. O quizá había sido complaciente con el enemigo... Era inútil intentar que hablara. Se zafaba de toda pregunta embarazosa con una sentencia de La Rochefoucauld, a menudo la misma.

—«Los que más claman por la moralidad son los que menos la tienen.»

La frase se había convertido en la broma favorita de los dragaminas, pero también en su escudo contra los juicios, en su arma definitiva. Sobre todo para Jean, al que llamaban el jefe, y a veces el gordo, aunque era más fuerte que gordo. Exmaleante, exluchador y arrepentido, también él repetía a su manera el pensamiento del ilustre moralista.

—Yo he hecho tonterías, pero tengo mi honor. No todos los maleantes han trapicheado con los alemanes, que lo sepáis.

—Todavía no nos has contado por qué estuviste en la cárcel...

—Porque tengo derecho a olvidarlo. Lo siento mucho, pero ya he pagado mi deuda con la sociedad.

—¿En qué moneda?

—Con años en chirona, que no fueron divertidos.

—Sí, pero esos años no los pasaste en la guerra.

—¿Qué dices? La guerra no ha durado tanto. Quiero decir, los combates.

—¡Para los que no han estado en la Resistencia, no, claro!

Y también estaba Georges, que era del sudoeste. Allí también habían llenado las costas de minas, todo el Muro del Atlántico, pero había preferido exiliarse al este. ¿De qué huía? ¿De su familia, de malos recuerdos o de algo peor?

En cuanto a Enzo, que se sabía de memoria el nombre de las minas, estaba casado, adoraba a su mujer y no dejaba de hablar de ella. Se había unido a la Resistencia con los Francotiradores y Partisanos Mano de Obra Inmigrante, los FTP-MOI. ¿Qué hacía allí? Decía entre risas que no sabía hacer nada más. Fabien no quería traicionarlo contando las verdaderas razones de su incorporación a la limpieza de minas. Enzo había llegado de Italia a los cinco años. Había visto a niños tirando piedras a sus padres. Ninguno de los dos había rechistado jamás. Él había crecido en el barrio de Marsella que llamaban «la pequeña Nápoles». Cuando Italia firmó el Pacto de Acero con Alemania, todos los italianos pasaron a ser sospechosos de colaborar con el enemigo. Sin embargo, después de haber invadido la zona libre, los alemanes y la policía francesa detuvieron a todos los italianos que vivían en Marsella, los encerraron en el campo de Fréjus y destruyeron sus casas. La familia de Enzo formaba parte de lo que ahora llamaban «los evacuados», que no se atrevían a protestar...

Enzo quería un buen futuro para sus tres hijas. Nunca era lo bastante leal a Francia. Formar parte de los FTP no había bastado. Se reenganchó como dragaminas. Los italianos solían ser buenos artificieros. Además de Fabien, Enzo era el único que sabía neutralizar y desactivar las minas, y, lo que era aún menos frecuente, poseía un conocimiento casi enciclopédico de la multitud de percutores que las activaban. Fabien lo adoraba no sólo por sus conocimientos técnicos. Compartían el compromiso con la Resistencia y el sentido del honor, y aun así mantenían intacto su cariño a los demás.

Desde que limpiaba minas, Fabien había visto desfilar de todo: defensores y detractores de De Gaulle, miembros de la Resistencia, timoratos y fugitivos, católicos, ateos, comunistas, anticomunistas, un aristócrata, desclasados, tres italianos, dos refugiados españoles y hombres que venían de ninguna parte. En ese grupo de hombres que habrían debido ignorarse u odiarse reinaba una fraternidad sorprendente. Sólo los miembros de esa tropa dispar podían entender lo que vivían. Los riesgos que corrían juntos eran un fuerte vínculo. Los que habían muerto también.

A Vincent le sorprendió su alegría. A ninguno de los que estaban sentados a la mesa se le ocurría pensar en su destino. Se alegraban de estar vivos, de poder comer y de estar juntos. Miraban a las chicas que pasaban por la calle, y el futuro les parecía, como a todos los demás, lleno de promesas.

Ser dragaminas es cualquier cosa menos ser un buen partido, pero eso no les impedía resultar atractivos. El deseo no tiene reglas, aunque se dan algunas constantes. Sus cuerpos y sus actitudes desprendían los ingredientes mágicos que hacen saltar chispas. Y todo lo demás: su indiferencia ante el peligro, su elegancia de no quejarse, ese misterio que los rodeaba como si fueran simples mortales librando una batalla desigual contra la muerte. Quizá tenían un secreto, una habilidad especial, como esos indios que dicen que no tienen miedo a las alturas y construyen rascacielos en Estados Unidos que se elevan cientos de metros. Danzar con el peligro, abrazarlo al borde del abismo y moverse sin temblar en las fronteras del infierno los hacía irresistibles.

Mientras Léna, la dueña del bar, les llevaba lo que habían pedido y ellos brindaban por todas las chicas guapas que veían, los músculos de sus brazos morenos sobresalían por debajo de las mangas de la camisa, que se habían remangado hasta los hombros. Las mujeres les devolvían la sonrisa. Al fin y al cabo, allí, en el sur, la guerra había terminado. Se podía sonreír a cualquiera.

Léna se dio cuenta enseguida de que Vincent era nuevo.

–¿Fabien ha conseguido engatusarlo?

–No he tenido que insistir, ¿qué te crees? –le contestó Fabien–. Ha venido él solo, como una persona mayor.

–Creo que los hechizas. Te seguirían a cualquier sitio...

–Creía que la especialista en hechizos eras tú...

Léna fue a buscar el resto de la comanda sonriendo.

Vincent no había pasado por alto que era guapa y que tenía algo que llamaba la atención, pero su único objetivo era dirigir la conversación hacia los alemanes. Dijo con el mayor desparpajo que pudo:

—Y ahora que los cabezas cuadradas tienen que limpiar todas las mierdas de minas que nos dejaron, ¿siguen convencidos de su «*Arbeit macht frei*»?

Vincent supo por sus carcajadas que los dragaminas lo habían acogido, pero la respuesta que recibió no fue la que esperaba.

—Sí, bueno, no te preocupes por los alemanes, no van a quedarse mucho tiempo.

No le preocupaba; lo destrozaba. Max añadió:

—Estamos a finales de abril, y te apuesto lo que quieras a que en mayo Alemania se habrá rendido. Y cuando acaba la guerra, normalmente todo el mundo vuelve a su casa. ¡Con la de bombardeos que les están cayendo encima, no van a quedarse decepcionados con lo que se encuentren al volver!

Vincent ocultó sus inquietudes y se dirigió a Fabien.

—¿Tú qué crees?

—Te lo resumo. Trece millones de minas. Tres mil voluntarios. Ya entiendes que necesitamos a los cincuenta mil prisioneros en la ecuación.

—Entonces ¿se quedarán?

—Aubrac querría incluso el doble, pero la cosa no está tan clara. Todo dependerá de la conferencia de San Francisco. Habrá que convencer a cincuenta países de que violen el derecho internacional.

—Sí, vale, ahora no van a darnos pena los alemanes...

—¡Todo el mundo está de acuerdo en que los alemanes arreglen lo que han destrozado! De rodillas. O a palos. Y no sólo aquí. Así que ¿por qué no van a limpiar minas? Sólo que nuestros queridos diplomáticos querrían que lo hicieran sin que se supiera, bajo mano. Aubrac no está de acuerdo, y tiene razón. Nos pillarán a la primera. Poner a trabajar a prisioneros en playas y en carreteras a cielo abierto no es muy discreto...

—Pero aquí los alemanes limpian minas...

—Las detectan —lo corrigió Fabien—. La conferencia acaba de empezar. Aprovechamos la confusión.

Léna volvió con las demás consumiciones.

—Yo preferiría que sólo arriesgaran la vida los alemanes.

—No te preocupes, Léna. Controlamos los riesgos.

—Los riesgos no pueden controlarse. ¡Por eso son riesgos!

—¡Léna, hemos venido a relajarnos! Y además sabes que tenemos suerte...

Por supuesto. Ella no iba a cambiar nada. Los dragaminas no creían que fueran a morir limpiando minas, el gobierno creía que podían limpiar las minas sin los alemanes, y los que se beneficiaban de su sacrificio creían que las minas se retiraban solas.

Mientras le servía un vaso de vino blanco a Vincent, se fijó un instante en su cara. Quizá este fuera menos inconsciente que los demás y pudiera salvarlo.

—Sinceramente, ¿por qué lo hacéis? ¿No tenéis nada mejor que hacer que limpiar minas?

—Si no lo hacemos nosotros, ¿quién va a hacerlo?

Los dragaminas levantaron el vaso tras la respuesta de Vincent, como si fuera un lema, un acto de fe o el juramento de los mosqueteros.

Léna se equivocaba. El nuevo era como los demás. Se aferraba a sus ilusiones. Nadie puede vivir sin negar la realidad. Es la única religión universal.

Dos días antes, Vicent se había encontrado con Audrey al pie de las escaleras de la estación Saint-Charles. En Marsella reinaban una alegría de vivir y un orgullo reforzados por la magistral victoria contra los alemanes, que vengaba las terribles redadas de enero de 1943 y que hubieran dinamitado mil quinientos edificios del barrio del Vieux-Port. Estos crímenes, ordenados por los alemanes y organizados por los franceses, fueron traumáticos, sobre todo porque el máximo responsable de la policía de Vichy, René Bousquet, había superado las expectativas del invasor, como ya había hecho en la redada del Velódromo de Invierno.

Los marselleses no esperaron a que fueran a liberarlos. Como en París, se sublevaron antes de que hubieran llegado las tropas francesas y aliadas, y la exaltación de esa insurrección victoriosa, la convicción irresistible y decisiva de los insurgentes, seguía flotando en el aire, en todas las caras y en todas las sonrisas.

Audrey estaba muy contenta. No dejaba de hablar del ímpetu que de repente se había apoderado de la ciudad, de la agitada multitud en las calles, de las mujeres y los niños, de la avalancha de personas sublevadas y felices, seguras de la victoria. El movimiento había vuelto a adueñarse de la ciudad entumecida, de las calles vacías y de los transeúntes empequeñecidos por el miedo. Era la Liberación. Las ganas de vivir de los insurgentes habían triunfado sobre el cinismo culpable de los colaboracionistas y la morbilidad nazi.

Y además Audrey estaba entusiasmada con la nueva vida que se anunciaba.

—Esta vez todo va a cambiar. La prueba es que mañana iré a votar a las municipales. ¿Te das cuenta? Las mujeres vamos a votar. Ya era hora, ¿no?

A Vincent le parecía emocionante, por supuesto, se reprochaba no estar tan eufórico como ella, pero después de haber escuchado su entusiasmo y sus convicciones, no pudo evitar hablar de Ariane.

—¿Sabes algo de ella?

Audrey estaba temiendo la pregunta desde que había visto a Vincent en lo alto de la escalera de la estación, quizá aún más guapo de lo que lo recordaba. Su mirada intensa y ardiente, que por desgracia no ardía por ella, era ahora todavía más intensa. Sus ojos, negros de lejos y verdes de cerca, con reflejos dorados para la mujer que lo mirara de cerca fijamente, no se apartarían de ella hasta que le contestara, hasta que le hubiera dicho todo lo que sabía y hasta que le hubiera escupido todo lo que quería escuchar.

¿Qué sabía ella en el fondo? Con Ariane nunca se sabía nada, suponían y se equivocaban. ¿Y de verdad Vincent quería escuchar lo que podría contarle, lo que se temía? Intentó tranquilizarse. Llevaría la conversación paso a paso, ganaría terreno y ya vería.

—La última vez que la vi fue en mi casa.

—¿Cuándo?

—Hace más de un año y medio... En junio, en junio del 43.

—Fue cuando sus padres dejaron de saber de ella.

—¿Estás seguro?

—Eso me dijeron. Se marchó de su granja y no han vuelto a verla.

—Pero fueron ellos los que le pidieron que retomara su vida. Su madre estaba mejor y ya no necesitaban que los ayudara.

Para Vincent había un problema: Ariane no había dejado de decirle en sus cartas que aparcaba la tesis de medicina para ayudar a sus padres. Su madre estaba enferma y al principio de los combates habían matado a su aprendiz. Otro había tenido que ir al Servicio de Trabajo Obligatorio. Con las incesantes requisas de los alemanes, los dos solos no se las arreglaban.

Audrey se daba cuenta de que Vincent estaba desconcertado, pero las pocas respuestas vagas que le ofreció mientras pensaba qué decirle no lo tranquilizaban.

—Yo poco puedo decirte de Ariane. Quizá Irène sepa algo más. Al fin y al cabo, son amigas desde niñas y a ella se lo contaba todo.

—Irène se ha alistado para repatriar a nuestros prisioneros. He intentado contactar con ella, pero ahora debe de estar en la otra punta de Alemania o en Polonia.

A Audrey le habría gustado que Vincent le contara cómo le había ido en los campos de prisioneros, pero no se atrevía a presionarlo.

Vincent casi oía sus preguntas mudas, pero en un día tan radiante le parecía inoportuno recordar las sombrías horas de su cautiverio en barracones atroces, esas horas impregnadas de tierra embarrada, de frío, de piel y huesos helados, de violencias y humillaciones, como si todos esos años hubieran sido sólo meses de invierno. ¿A quién le gusta evocar el invierno en plena primavera? Sin duda eso lo rodeaba de un aura de misterio que él no buscaba, pero así era.

Vincent se dio cuenta de cómo lo miraba Audrey. Le avergonzaba haber tenido que descubrirse ante ella, aunque le agradecía que no hubiera mencionado lo insólito de su conducta. Al fin y al cabo, no le correspondía a él buscar a Ariane. Audrey seguramente habría entendido mejor que quien hubiera ido a verla para saber por qué había desaparecido hubiera sido el hombre con el que estaba casada cuando Vincent la conoció. Nadie sabía que Ariane lo había dejado por Vincent, y él jamás confesaría a nadie que se habían amado en secreto.

El aire fresco del puerto, el alegre tintineo de las jarcias y el aleteo de las velas le recordaban a Vicent su vida de estudiante y los cafés que se tomaba en las terrazas, pero para intercambiar confidencias necesitaba estar a solas con Audrey en un espacio cerrado que no dejara que sus emociones fueran a la deriva con el viento.

Fingió no sentirse bien en medio de tanta gente porque había perdido la costumbre. Y además el puerto había cambiado mucho ahora que los alemanes habían volado el inmenso puente transbordador. La proeza técnica de esa tela de araña gigante y sus modernos cables de acero eran el orgullo de los marselleses y la admiración de los arquitectos de la Bauhaus. Su ausencia era tan clamorosa como si hubieran quitado la torre Eiffel de París. Y las ruinas frente al fuerte, todas esas calles y todos esos edificios destruidos del barrio de Saint-Jean, que tardarían una eternidad en reconstruir y que impedían olvidar. ¿Lo entendía? Apenas mentía y Audrey pareció sinceramente apenada.

–¿Quieres marcharte?

–¿No podríamos ir a tu casa?

A Audrey le habría encantado que se lo propusiera tiempo atrás, pero ahora... Aunque nunca había intuido qué tipo de relación mantenían Vincent y Ariane, ahora entendía que sólo estaba allí para hablar de ella.

Lo llevó al pisito que había heredado de su madre. Estaba en la última planta, debajo de la azotea, y daba a una minúscula terraza invadida por plantas silvestres que había recogido en el campo. Le sirvió un café mediocre, pero al menos lo había encontrado.

–Ariane se quedó tres semanas en mi casa y después se marchó.

–¿Adónde?

–¡No lo sé! Creía que intentaría volver al hospital. Yo estaba dispuesta a ayudarla. Ahora trabajo en la Timone. La habrían contratado. Pero no quería.

–¿No has tenido noticias de ella desde entonces?

–Quizá no le sea fácil. Una noche comentó la idea de irse a África, de huir a Marruecos por España. También conocía a gente que organizaba salidas ilegales hacia Argelia desde Saint-Tropez. Odiaba sentirse prisionera.

Audrey creía que era el mejor argumento posible para tranquilizar a Vincent: Ariane no quería que le impusieran su modo de vida. Ahora quería vivir. A falta de otras claves para entenderla, había que recordar su pasión por ser feliz. Le aterrorizaba la idea de que todo acabara allí y de no ver otros países antes de morir. Seguramente él recordaba su obsesión por ir a ver las pirámides de Egipto y, por qué no, dejarlo todo para ir a buscar la tumba de Cleopatra. ¿Se habría marchado en un barco rumbo a los destinos con los que soñaba?

–Sí, claro, pero no veo a Ariane dejando a sus padres sin decirles nada –repetía Vincent, que se obstinaba en el tiempo que Ariane pasó en casa de Audrey sin decírselo a nadie.

Prefería mencionar a sus padres en lugar de hablar de sí mismo. Habría sido presuntuoso decir: «Me habría esperado. Nunca me habría abandonado, ni siquiera por los palacios de las mil y una noches, las callejuelas de un zoco o los oros de Babilonia», pero lo pensaba.

De repente Vincent se fijó en una tosca escultura de madera que estaba en un estante. Audrey había colgado en ella sus joyas en un bonito desorden. Se quedó estupefacto al ver, entre perlas de fantasía, una cadena de oro que le había regalado a

Ariane. La habría reconocido entre mil. Era la cadena con la que su abuelo se sujetaba el reloj en el chaleco. Era tan larga que podía utilizarse como collar, y Ariane solía ponérsela dándole dos vueltas alrededor del cuello para que se apoyara en sus prominentes clavículas. A veces se lo ponía tal cual, y el collar le llegaba casi al ombligo, como los llevaban hacía mucho tiempo las chicas de los locos años veinte para indicar que tenían barriga, que estaba viva, era feliz y sabía bailar...

Atraído por el descubrimiento, se acercó a la escultura y cogió la cadena.

—¿Te la dio ella?

—Se la dejó. La encontré entre las sábanas que le había puesto en el sofá.

Vincent apretó la cadena en la mano. Lo último que le apetecía era insistir. Lo cierto era que Audrey no lo estaba ayudando.

—¿Hiciste fotos a Ariane en la granja?

—Tengo negativos, pero no los he revelado todos. No tenía productos.

—¿Y a los alemanes que iban a requisar?

—Yo no iba tan a menudo.

—Pero ¿tienes alguna?

—Sí, no muchas, pero...

Audrey entendió adónde quería ir a parar.

—Crees que los alemanes que iban a buscar provisiones a la granja tienen algo que ver con la huida de Ariane.

—Si es así, quiero saberlo.

Audrey supo que iba a sumirse en una búsqueda infinita que no le ofrecería ninguna respuesta.

—¿Cómo vas a enterarte? O están muertos, o los han hecho prisioneros. Creo que hay un campo de prisioneros en Marsella y otro en Aubagne, y otros más pequeños por todas partes, pero está prohibido entrar.

—Lo sé.

—¿Cómo lo sabes?

–Lo supongo, pero me las arreglaré.

–Me sorprendería mucho que te dejaran entrar. Dicen que las condiciones son espantosas. No esperaban a tantos prisioneros. Nosotros no sabemos nada de ellos, porque no los llevan al hospital, los atienden en el mismo campo.

Vincent apenas podía ocultar su crispación. Audrey siguió hablando.

–Supongamos que te enteraras de algo. ¿Qué harías?

–¿Qué harías tú?

Audrey lo miró muy seria.

–Ariane siempre me decía que cuando respondías a preguntas con otras preguntas, había que esperar lo peor.

Vincent se encogió de hombros y le sonrió.

–¿Lo peor? Me sobreestimaba. Soy demasiado razonable, no te preocupes.

En el autobús que lo llevaba de vuelta desde Marsella, Vincent deslizaba entre los dedos la larga cadena que le había regalado a Ariane. En el altar dedicado a su diosa Ariane ahora tenía un pañuelo y la cadena, y pronto tendría fotos.

El autobús pasó por delante del castillo de Eyguières, donde los alemanes habían instalado su *Kommandantur*. Lo veía a lo lejos, en lo alto de una colina, parcialmente oculto por grandes pinos marítimos. El día anterior, después de marcharse de la casa de los padres de Ariane, había pasado por el castillo, como si allí pudiera encontrar respuesta a sus preguntas. Le había sido imposible acercarse. Había carteles que indicaban que estaba prohibido entrar. Antes de huir, los alemanes habían llenado de minas su antiguo cuartel general.

Delante de él, pero al otro lado del pasillo, una chica contemplaba el paisaje. Su perfil delante del cristal, su delicado cuello inclinado y su pelo, que caía encima de un vestido de una simplicidad desarmante, le llamaron la atención.

La chica le respondió al revisor que venía de París y, como este insistía, le indicó que volvía a su casa. A Vincent le intrigó que llevara tan poco equipaje. Oyó su nombre, que el revisor le pidió que repitiera en voz alta. Saskia... Estaba pensando que nunca lo había oído cuando la chica se volvió hacia él.

No era nada del otro mundo, pero tenía los ojos claros.

Eran de color gris y ocupaban casi todo su delgado rostro. La chica se había dado cuenta de que la observaba. Vincent se sintió incómodo, pero deseaba tanto entender el enigma de su mirada, tan joven y tan llena de dolor, tan frágil y tan determinada, inquieta, a veces desapegada, fluctuando rápidamente entre todos los estados del alma, que no pudo desviar de inmediato los ojos.

Parecía calentarse al sol, que atravesaba el cristal e intensificaba el olor del asiento de escay. No se alegraba de volver a casa, lo sentía. ¿Qué edad tenía? No sabría decirlo.

Al llegar a la estación de autobuses, quiso ayudarla a bajar. Ella retrocedió de inmediato, como si la mano que le tendía fuera la de un criminal.

Impresionado por la violencia de su reacción, se disculpó por haberla asustado. No podía arriesgarse a asustarla más, pero le habría gustado decirle que la entendía, que tampoco para él la guerra había terminado porque así lo hubieran decidido, que la derrota de los alemanes no era nada comparada con las heridas y los muertos con los que cargaban, cuyas señales tenían que escuchar constantemente para que supieran que los respetaban, que seguían queriéndolos y que no habían desaparecido al morir. También él desconfiaba de los vivos.

Saskia, avergonzada por su reacción, demasiado instintiva y fuera de lugar, bajó la cabeza, murmuró una disculpa casi inaudible y se alejó. Desde la estación de autobuses tomó la carretera principal y después el camino que recorría antes de la guerra para volver a casa al salir del instituto. Delante de cada casa, cada pared y cada banco surgían los recuerdos. Las conversaciones con su hermano y su hermana mientras volvían a casa. La floristería donde solía comprarle un ramo a su madre. Y después la plaza en la que el chico del que estaba enamorada se había acercado a ella por primera vez. Se llamaba Rodolphe y se habían prometido casarse algún día.

Cuando Saskia llegó por fin a la puerta de su casa, se sintió aliviada al encontrarla intacta. La casa de los años treinta, diseñada por su padre, desaparecía bajo la glicina en flor, que perfumaba el aire. En su ausencia, el jardín había seguido creciendo con alegre exuberancia. Las clemátides violetas y blancas, las más bonitas y escasas, las que a veces daban una sola flor, preciosa y caprichosa, se habían multiplicado. El espino había crecido y se había convertido en un dosel forestal rosa, verde y perfumado. Todo era naturalmente armonioso. Eso era lo bonito; se veían las flores, no las paredes. La hiedra había ganado terreno en la fachada, rodeaba las ventanas y combinaba la naturaleza con la arquitectura. La hierba del suelo estaba alta y dejaba entrever plantas silvestres tan bonitas como las académicas. Incluso se oían las armonías de las ranas; era la época en la que se apareaban.

Saskia volvió a verlo todo. A su padre y a su madre leyendo juntos en el patio, a su madre interrumpiendo la lectura para arreglar una rama de jazmín, recolocar una madreselva o cortar una lila. Sus cenas por la noche, a la luz de las velas, sus vanos combates contra los mosquitos y el calor de las noches de verano, sus preferidas.

Temía estar sola, pero sabía una cosa: su casa, ese refugio que habían creado sus padres y que seguía siendo testimonio de lo que había sido su familia, iba a permitirle reconstruirse.

Sólo tenía que ir a buscar la llave donde su madre la había escondido, pero... el jardín estaba vivo y temía que la casa ya no lo estuviera.

Un transeúnte la miró extrañado y se decidió a entrar. En ese momento le sorprendió la aparición en el umbral de una mujer de unos cuarenta años, guapa, enérgica y muy bien vestida, que la miraba fijamente.

–¿Qué hace aquí?

Saskia se quedó tan atónita que no consiguió articular palabra. Ni siquiera le daba la impresión de que esa persona fuera real. La mujer volvió a dirigirse a ella.

–¿Qué quiere?

–¡Esta es mi casa!

–No lo creo. Vivo aquí con mi familia.

–Pero... ¿desde cuándo?

Todo se volvía confuso, Saskia no podía pensar, ni siquiera habría sabido decir en qué fecha la habían arrestado, cuándo había empezado su desesperación y su dolor.

La mujer se acercó a ella, amenazante.

–Está usted en mi casa y le pido que se marche.

–¡Es mi casa! Mis padres compraron el terreno. Mi padre la hizo construir –le aseguró Saskia con voz entrecortada.

–¿Cómo puede demostrarlo?

Saskia se quedó desconcertada. Nunca habría imaginado que algún día le pedirían algo así. La mujer estaba ya subiendo los tres escalones de vuelta a la casa, de espaldas a ella, cuando Saskia reunió todas sus fuerzas y le dijo:

—Perdone, ¿podría al menos recoger algunas cosas?

—Aquí no hay nada suyo.

—¿Cuándo llegaron a esta casa?

—¡Oiga, no la conozco de nada, y vemos locos todos los días! ¡Si no se marcha, llamaré a la policía!

La mujer cerró la puerta para dar por finalizada la conversación. Saskia no sabía cómo, pero había conseguido no llorar.

Creía que al regresar a su casa volvería a ver los libros de sus padres, anotados por su madre —jamás por su padre, para él los libros eran sagrados—, y en los que Mila deslizaba de vez cuando pequeñas hojas de papel en las que había escrito reflexiones y citas con su bonita letra. Deseaba mucho continuar así dialogando con ella. ¿Qué le quedaba para mantenerse en pie aparte de esos libros y esas palabras?

Antes de la guerra hacía los deberes a toda prisa para poder terminar una novela, rechazaba las invitaciones a salir de sus amigos, leía bajo las sábanas con una linterna y por las mañanas le costaba levantarse para ir a clase. La lectura era entonces un placer prohibido. En el campo de concentración todo se invirtió: haber leído se convirtió en fundamental para sobrevivir, recordar lo que había leído, y recordarlo de memoria, y daba gracias a Mila y a todos sus profesores de literatura, que la habían llevado a otra parte, mucho más allá de las lecturas en las que se habría detenido si nadie le hubiera aguzado la mente y le hubiera abierto el campo de posibilidades.

En clase, apenas había prestado atención a los lejanos versos de Bérénice. «Para siempre. Oh, señor, ¿os dais cuenta de lo terrible y cruel que es esta palabra cuando se está enamorado?» Hasta ahora no había entendido lo que leyó entonces. O, mejor dicho, había accedido a ello de forma trágica. Hoy no estaba absolutamente sola porque Racine había escrito «Para siempre». Su abismo en dos palabras.

Por la noche, mientras buscaba un sitio donde dormir, Saskia miró al cielo. Vio estrellas que nunca se ven tan bien como cuando la luna es nueva y se eclipsa bajo una noche oscura, y eso la tranquilizó. Iba a luchar. Se lo juró a toda su familia, reunida en una constelación secreta que, como el sentido de los libros, las obras de teatro y los poemas, algún día le sería revelada.

Seguramente había mil maneras de encontrar a Ariane y, en medio del caos del final de la guerra, Vincent quizá debería intentarlas todas. Desde la más sencilla hasta la más complicada.

Lo primero que hizo fue volver al pequeño piso de una habitación que una tía le prestaba en la plaza Castellane, en lo alto de un bonito edificio, y que había albergado su amor secreto con Ariane. Aunque la llave seguía estando donde la escondían, le costó abrir porque el correo se había acumulado debajo de la puerta.

Dentro nada había cambiado. Buscó alguna nota que ella pudiera haberle dejado, un diario, algo que explicara su desaparición, pero nunca hay diarios. En la vida real nunca encontramos nada que explique por qué alguien ha desaparecido.

Sí encontró las cartas que le había enviado desde el campo de prisioneros, numeradas por él y renumeradas por ella. Se emocionó. Al fugarse no había podido llevarse las cartas que le había escrito ella. Decidió dejarlo todo como estaba. Aparte de varios libros, no necesitaba nada. Quería que todo estuviera exactamente igual el día que encontrara a Ariane.

Después fue a ver a todos sus antiguos amigos y a sus padres. Incluso observó a su marido desde lejos. Aunque Ariane se había casado muy joven, Vincent estaba convencido de que jamás habría elegido a un hombre insensible. Cuando conoció a Vincent, le dijo a su marido que iba a marcharse. Él no quiso saber quién era su rival ni los detalles. Sólo le pidió que esperara seis meses antes de tomar una decisión y que no se lo dijera a nadie. Si después de medio año seguía decidida, le devolvería su libertad. Ariane se lo juró y le pidió a Vincent que guardara el secreto. Él le dio su palabra. Y entonces se declaró la guerra.

Vincent no podía descartar la hipótesis de que el marido de Ariane supiera algo. Lo siguió hasta su oficina, se informó, y al enterarse de que había rehecho su vida, fue a verlo con la excusa de ser sólo un amigo que quería saber de ella.

El marido de Ariane no se dejó engañar. Derramó algunas lágrimas, quizá sinceras, pero para él el tema estaba zanjado: Ariane, esa mujer admirable que no había dudado en ayudar día y noche a sus padres durante la guerra, había muerto, demasiado joven, y él tenía que enfrentarse a la dura labor de vivir. La llegada de su nueva compañera interrumpió esas tiernas consideraciones sobre la vida y la muerte.

Vincent no descansaría hasta saber qué había pasado.

Las cartas que había recibido en el campo de prisioneros le habían alertado de que algo no iba bien. El correo estaba restringido a dos cartas al mes. Tenía tiempo de leerlas, releerlas y reflexionar.

La primera carta era de Irène. Estaba preocupada porque Ariane se sentía amenazada por un oficial alemán que se alojaba en el castillo de Eyguières. Era uno de los que iban con frecuencia a la granja de sus padres. Su presencia intrusiva e insistente y su interés no disimulado por Ariane empezaban a ser peligrosos. Irène intentaba convencer a Ariane de que se marchara de la granja y volviera a Marsella. Quería que Vincent y todos sus amigos intentaran convencerla también. Irène había conseguido pasar la censura y explicarse a la perfección eligiendo las palabras con cuidado.

Ariane se enfadó mucho porque Irène hubiera alertado a Vincent. Para tranquilizarlo le contestó que podía contar con un soldado alemán que también se alojaba en el castillo de Eyguières. Él la cuidaba, la protegía y la llevaría a un lugar seguro si de verdad lo necesitaba. No todos los alemanes eran iguales. Para hablar de los alemanes en clave había citado una frase de Leibniz: «No hay dos briznas de hierba iguales».

Su respuesta no tranquilizó a Vincent. Si Ariane necesitaba que la protegieran, significaba precisamente que estaba en peligro, por más que no quisiera confesarlo. Y si confiaba en un alemán, el peligro era aún mayor. ¿Cómo podía estar tan ciega para creer en la sinceridad de un soldado enemigo?

Al recibir esa carta de Ariane había encontrado fuerzas para preparar otra huida tras el fracaso de la primera. Tenía que encontrar a esos dos soldados alemanes que ni siquiera sabía cómo se llamaban, el oficial que la amenazaba y el supuesto aliado.

Aunque a Audrey no se lo había dicho, Vincent ya se había informado sobre los campos de prisioneros alemanes. Había empezado su búsqueda en Marsella, en el campo de Sainte-Marthe, el más grande y en el que se hacinaban más prisioneros de guerra, varios miles. Y cada día llegaban más de Alemania. Después había ido al campo de Aubagne. Lo mismo. Varios miles. Aunque hubiera podido entrar, ¿cómo habría encontrado a los dos soldados que buscaba? Y también había campos de prisioneros en Toulon, en Hyères, en Niza, en Aviñón...

Había buscado información sobre la *Kommandantur* que había requisado el castillo de Eyguières en los archivos de un periódico regional. En 1944 las Fuerzas Francesas del Interior habían arrestado a toda la guarnición de la Wehrmacht. Había fotos de la horda de soldados alemanes durante su detención y su desplazamiento hasta la plaza del ayuntamiento. Todos sin excepción aparecían con la cabeza gacha. Habían desviado la mirada hacia el suelo para evitar que el objetivo los captara. Era todo lo contrario de los desfiles militares en los pueblos o en los Campos Elíseos. Ocultos bajo sus gorras hundidas hasta las cejas, con la visera bajada sobre los ojos, era imposible distinguir su rostro.

Y Vincent ni siquiera sabía dónde los tenían prisioneros.

Hablando con vigilantes marroquíes consiguió una lista de otros campos más pequeños, comandos diseminados por la costa. Audrey tenía razón. También en esos estaba prohibido entrar. En esas enormes prisiones al aire libre, incluso desde el otro lado de la alambrada no era difícil ver que la penuria que reinaba en toda Francia golpeaba a los prisioneros con aún más dureza que a la población. Las autoridades no necesitaban testigos.

Vincent no se desanimó. Gracias a la información que había conseguido, acabó localizando el campo en el que estaban los soldados del castillo de Eyguières. Entonces observó a un vigilante, sus costumbres y el bar al que iba. Consiguió charlar con él, como por casualidad. Nunca agradecería lo suficiente haber llevado encima un paquete de cigarrillos. No se fuma sin charlar. Aceptar un cigarrillo es aceptar hablar. Después del cigarrillo, lo invitó a una copa, y después a otra.

La paciencia de Vincent con el vigilante en el bar lleno de humo tuvo su recompensa: al hombre le encantaba hablar.

—¡Francia ha hecho doscientos mil prisioneros! No tantos como los aliados, pero por algo se empieza. En total hay millones de prisioneros alemanes. Y menos mal, porque los rusos piden un millón, y los ingleses también. Todo el mundo quiere alemanes para reconstruir, pero, en fin, no será para ahora mismo. De momento esperan.

Vincent consiguió dirigir al vigilante hacia consideraciones más concretas.

—¿Qué ha sido de los alemanes que estaban en el castillo de Eyguières?

—¡Los capturaron a todos a la vez cuando intentaban escapar!

—¿Y ahora dónde están? ¿En qué campo esperan?

—¡En el que yo trabajo!

Vincent consiguió fingir asombro y sobre todo que no se le notara su nerviosismo cuando el vigilante le ofreció una información con la que no se habría atrevido a soñar.

—Pero ellos no están esperando. Algunos ya han empezado a trabajar.

Entonces el vigilante le habló de la limpieza de minas.

—Ellos pusieron las minas y ahora se las hacemos quitar. Han dejado la costa entre Hyères y Saint-Tropez hecha una mierda. Así tendrán tiempo para pensar...

Parecía casi increíble. Vincent no podía entrar en un campo de prisioneros, pero algunos de ellos salían. El vigilante siguió hablando.

—Es peligroso, pero hay que empezar por ahí. No podemos hacer nada sin haber retirado las minas. Nada. Ni enviarlos a los campos, ni a las fábricas, ni a ninguna parte. Así que algunos se pudren en el campo de prisioneros y otros limpian minas. Y tienen para rato. ¿En qué estaban pensando cuando lo hicieron?

Y mientras el vigilante le exponía sus imperecederos pensamientos sobre el mundo, Vincent sintió que era la única forma de encontrar a Ariane. De las mil maneras que se había planteado, ahora no veía otra posibilidad que la locura de unirse al equipo de limpieza de minas para acercarse a los prisioneros alemanes que se habían alojado en el castillo de Eyguières. Podría comunicarse con ellos, acercarse poco a poco, mantener conversaciones triviales y después socializar con ellos. Despacio. De forma segura. Ganarse su confianza y su estima trabajando de igual a igual a su lado. Saber por fin lo que le había pasado a Ariane durante la ocupación, por qué había desaparecido y dónde estaba. Y si tenía suerte, encontrar en el equipo de dragaminas al soldado aliado del que hablaba Ariane o al oficial peligroso del que hablaba Irène.

Para él era una clara señal de que iba por el buen camino y quizá la posibilidad de encontrar a Ariane viva. Le parecía tan inesperado que ni siquiera se daba cuenta de que la oportunidad con la que había soñado era a la vez un suicidio.

Los gritos de los vigilantes rasgaron el silencio de la noche. Todos los prisioneros tuvieron que levantarse y salir de los barracones de inmediato. Dos prisioneros se habían escapado, los acababan de atrapar y todos debían asistir al espectáculo.

Los dos fugados, totalmente desnudos e iluminados por potentes focos, debían correr alrededor del patio con el brazo derecho levantado hasta caer extenuados. Los vigilantes contaban con que los prisioneros obligados a sufrir ese lamentable espectáculo se quedaran lo bastante impactados como para renunciar a seguir su ejemplo.

Lukas entendía el poder disuasorio de esa puesta en escena, pero también que respondía al espíritu de venganza. Nadie salía engrandecido. Todos los prisioneros habían tenido ya que desfilar con el torso desnudo y el brazo levantado para demostrar que no llevaban tatuado su grupo sanguíneo en la axila, lo que era un signo distintivo de las SS, o en el bíceps, como los Waffen SS. Como no era obligatorio tatuárselo, algunos habían podido ocultar su maldita pertenencia a estos grupos.

Lukas se acercó a los prisioneros más jóvenes que acababan de llegar al campo. Uno de ellos lloraba con la cara hundida en el cuello de la guerrera. Estaba agotado. Creía que todos iban a tener que correr desnudos.

En el frescor de la noche, el olor de los prisioneros al acercarse era insoportable. El campo estaba tan lleno que sólo podían acceder a las duchas una vez por semana. El que lloraba, Lorenz, tenía catorce años. No se quitaba el uniforme ni de noche ni de día. No era el único. La tela se había quedado rígida por la suciedad y el sudor. De la franela áspera y descolorida surgía ese rostro de piel lisa, rosada y sucia, con una mirada asustada que conmocionó a Lukas.

Intentó tranquilizarlo. Estaba convencido de que enseguida liberarían a los niños soldado. Eran menores. No tenían que estar allí. Los chicos de los que él se ocupaba, a los que enseñaba a amar la literatura que sus mayores habían despreciado, se reunieron a su alrededor. Separados de su familia, convertidos en presa para todo vigilante o recluso que llevaba largos meses sin ver a una mujer, sólo se desplazaban en grupo, pegados unos a otros. Escuchaban las palabras de Lukas para reconfortarse, para que alguien los guiara y no tropezar.

En 1936 habían obligado a todos los niños a afiliarse a las Juventudes Hitlerianas. Lukas había visto los desconcertantes resultados de ese adoctrinamiento. Mucho antes de que las leyes incluyeran en la lista negra a los autores que más le gustaban, los jóvenes adoctrinados se habían abalanzado sobre las librerías, habían vaciado violentamente los estantes y se habían llevado los libros condenados. No les bastaba con clavar los libros como a Cristo en la cruz. Después organizaron gigantescas quemas. Pero Lorenz, a sus catorce años, ¿qué sabía de esos crímenes? ¿Qué secuelas le había dejado el bombardeo ideológico que había sufrido la juventud alemana? Lukas le había prestado libros, que le permitían evadirse en cuanto los abría. Siempre le había impresionado el poder de la literatura. Veía a ese chico traumatizado engullendo páginas y páginas, y cuando terminaba, volvía a leerlas para seguir a salvo en el santuario de papel. Si te gusta leer, estás salvado.

Los vigilantes seguían gritando para que los dos fugados no redujeran el ritmo. Los prisioneros tropezaban, los vigilantes los levantaban a patadas y ellos seguían corriendo tambaleándose. Doblaban el cuerpo por el esfuerzo. Cuando el más joven se desplomó, el más mayor se dejó caer. Ya nada podía obligarlos a levantarse, ni los golpes, ni los gritos, ni la amenaza de las armas. Se habían rendido. Los vigilantes los dejaron desnudos en el polvo.

Un prisionero, Klaus, se acercó a Lukas y le dijo en voz baja:

—Ya ves cómo nos tratan ellos también...

Se refería a las imágenes que les habían proyectado esa tarde, en las que se veía la liberación de los campos de concentración. Muchos no entendían lo que veían. Era casi imposible. Lukas respondió a Klaus en tono mordaz.

—¿Te sientes machacado por un programa de exterminación?

—No, sólo constato que nosotros también...

—No compares. Nunca relativices. Relativizar es negar. Y negar es matar por segunda vez.

A Lukas no le dio tiempo a terminar. De repente los vigilantes llevaron a los prisioneros de vuelta a los barracones. La huida frustrada de los dos presos les permitía practicar una de sus actividades favoritas: el registro. Aunque los prisioneros tenían cada vez menos efectos personales, los controles no se interrumpían. Para mayor humillación, pedían a todos los prisioneros que dejaran todo lo que les quedaba no en los colchones, no, sino en el suelo, directamente en la tierra. Los relojes, las cámaras de fotos y las pulseras habían desaparecido hacía tiempo. Quedaban alianzas, cartas y fotos. A veces una pieza de fruta o un trozo de pan que algún alma caritativa les había lanzado por encima de la alambrada.

Los vigilantes separaban las cosas con los pies sin el menor cuidado. Las de Lukas se limitaban a unas cuantas cartas y varios libros. Los vigilantes ya habían leído las cartas. Con la punta de los zapatos abrieron los libros de autores que habían estado en la lista negra y que Lukas había conservado en secreto cambiándoles las tapas. Decepcionados por no haber encontrado nada interesante, los pisaron y dejaron la huella de su gruesa suela en las páginas del último libro de Stefan Zweig, *El mundo de ayer*. Zweig lo había escrito en el exilio y se lo había enviado a su editor justo antes de suicidarse con la mujer a la que amaba.

Cuando se hubieron marchado, Lukas cogió el libro, alisó las páginas una a una y durmió encima de él para terminar de eliminar todas las arrugas.

A la mañana siguiente, en la entrada del campo se agolpaban como en un mercado todo tipo de personas que creían que podían disponer de los prisioneros como quisieran. La Legión Extranjera había ido a reclutar, y algunos oficiales alemanes se presentaron voluntarios. Cualquier cosa antes que seguir encerrados. Además llegaban empresarios, comerciantes, directores de fábrica y campesinos para ver si había alguna posibilidad de llevarse a algunos a trabajar. Les decepcionaba tener que esperar, pero volverían a presentarse al día siguiente para ver si las cosas habían cambiado. O si podían llegar a un acuerdo. En las zonas con menos minas, los prisioneros ya estaban trabajando. ¿Y bien? Mientras esperaban, miraban a los prisioneros y los evaluaban como si estuvieran en un escaparate.

Lukas vio al grupo de adolescentes del que se ocupaba. Se acababa de tomar la decisión de trasladarlos a otro campo. Les había cogido cariño. Le había dado la impresión de estar haciendo algo con un poco de sentido, y para él era valioso. Le regaló uno de sus libros a Lorenz y después intentó enterarse de si iban a repatriarlos. El vigilante se encogió de hombros. Le sorprendería que alguien supiera la respuesta.

Para Lukas había llegado el momento de escapar.

La siguiente playa que tenían que limpiar, atravesada por enormes trincheras antitanque y repleta de alambradas y de búnkeres varados en la arena como gigantescos excrementos de hormigón armado, parecía un terreno hostil y abandonado rodeado de un mar gris inerte como un gigantesco charco. Los alemanes habían incendiado el bosque de árboles centenarios que se alzaba junto a ella. Sólo quedaban troncos calcinados, y el color negro imperaba.

Antes de la guerra, esa playa era de una belleza que dejaba sin aliento. Pinos marítimos, arena dorada y aguas turquesas. Ahora el espectáculo era para llorar. Tierra quemada y playa llena de minas. ¿Quién podría recordar que, en los años treinta, ricos estadounidenses, escritores perdidos, dandis y espléndidas jóvenes de la alta sociedad se volvían locos por la Riviera Francesa?

La Costa Azul estaba devastada y sus playas eran más peligrosas que el séptimo círculo del infierno. Sólo Fabien anticipaba su resurrección, porque las había conocido desde niño. Hacía buen tiempo, así que tenían que aguantar al sol, que no daba su brazo a torcer.

Vincent no era el único que se había unido al grupo. Estaba también Thomas, un joven tímido, y un prisionero alemán que había ido a sustituir a otro que había dicho que estaba enfermo. Oficialmente estaba enfermo. En realidad, el traductor le había dicho a Fabien que estaba muerto de miedo, lo que hizo reír a todo el mundo. Como si nadie aparte de él tuviera miedo.

La noche anterior, en el bar, Vincent había conocido a buena parte del equipo, excepto a Miguel Ángel y Henri, que no fueron con ellos. Fabien se los presentó.

Miguel Ángel había huido de los franquistas con su familia cruzando la frontera española de noche y en invierno. A su hermano mayor y a él los habían encerrado en el campo de prisioneros de Argelès-sur-Mer y habían tenido que dormir en la arena y construirse ellos mismos barracones rudimentarios. Durante la guerra habían luchado para liberar el norte de África y habían sido de los primeros en entrar en París con la Nueve, de la 2.ª División Blindada del general Leclerc. Tras la liberación de París, la Nueve se dirigió a Alemania para tomar el Nido del Águila de Hitler, en Berchtesgaden. Miguel Ángel volvió al sur para estar más cerca de su familia. Antifascista convencido, tanto él como su hermano y todos los exiliados que conocía se habían alistado de corazón. Estaban impacientes por que terminara la guerra y los aliados los ayudaran a derrocar a Franco para restaurar la democracia en España. Miguel lo creía. Fabien lo esperaba.

Henri apenas hablaba. Había huido de las minas, pero de carbón. Cualquier cosa era mejor que destrozarse los pulmones en las galerías subterráneas del norte, como su padre y sus tíos. Quería aire fresco.

Después de las presentaciones, Fabien se acercó al nuevo que estaba al lado de Vincent.

–¿Tú eres mayor de edad?

–Sí.

–¿Tienes veintiún años? ¿De verdad? No lo parece.

–¿Quiere ver mi carnet?

–Te hemos contratado, así que supongo que te has agenciado uno válido.

–¡El funcionario lo ha comprobado!

–Oh, ese sobre todo ha comprobado que lo escuchabas. Poco más comprueba...

Fabien ya se había encontrado con casos similares, pero no

podía impedirles que quisieran comer. Miraba al chico y pensaba que era demasiado joven para arriesgar su vida.

–¿Sabes que habrá controles?

El chico bajó la cabeza y no contestó, pero no dio un paso atrás.

–¿Cómo te llamas?

–Thomas, pero todos me llaman Tom.

–Bueno, Tom, espero que los controles lleguen lo antes posible. Créeme, si tu carnet de identidad es falso, lo sabremos.

Vincent no pestañeó.

En cuanto al alemán que estaba allí por primera vez, a nadie se le ocurrió preguntarle cómo se llamaba.

Fabien entregó a Vincent y a Tom una bayoneta y herramientas para limpiar minas en una bolsa de cáñamo que debían atarse a la cintura: clavijas, clavos, alicates y conos para señalizar. Admitió con una sonrisa que era tan ridículo como protegerse de un rayo en una noche de tormenta con un sombrero de paja, pero lo más importante no eran las herramientas, sino la mente.

Recordó a todos sus objetivos.

–Esta playa es especial. Puede que en estos búnkeres haya mapas de las minas del litoral. Es decir, dónde enterraron las minas y qué modelo, lo que nos permitiría ganar tiempo y correr menos peligro. Pero también están llenos de explosivos. No será necesario que os diga que debemos mantenernos muy concentrados. A la que sintáis la más mínima resistencia en la punta, paráis, levantáis la mano y Enzo o yo nos ocuparemos.

El traductor iba traduciendo sus palabras a los prisioneros, que no reaccionaron, aunque ninguno mostraba la menor emoción. Antes morir que confesar que darían cualquier cosa por no estar allí. Se tranquilizaban pensando que había tantas otras posibilidades de morir. Al fin y al cabo, habían sobrevivido a la guerra, y quizá su buena suerte los protegería un poco más.

Fabien se colocó entre Tom y Vincent para enseñarles a sujetar la bayoneta, a inclinarla en un ángulo de cuarenta y cinco grados para asegurarse de no activar la mina y clavarla cada diez centímetros, a ajustar su paso al de los demás y a delimitar el terreno ya inspeccionado. Al final no parecía tan complicado. Arañaban la arena metódicamente, cincuenta centímetros cuadrados cada uno, con movimientos sincronizados. Rastreaban con la mirada en busca del menor alambre que sobresaliera y después se arrodillaban y acariciaban la arena con las yemas de los dedos, despejaban la mina y llamaban a Fabien. Si todo iba bien, cercaban los metros cuadrados revisados con hilo de lino, cuadriculaban la playa con tela retorcida, como un tablero de ajedrez, y seguían avanzando.

Aunque Fabien había advertido a Vincent que lo más difícil era mantener la concentración, fue lo primero que perdió. El silencio, los pasos lentos, la monotonía... ¿Cómo impedir que su mente se evadiera de esa lenta procesión, de ese trabajo repetitivo e hipnótico?

Llevaría años devolver a la costa su belleza y restituir la despreocupación en el Mediterráneo, esa cuna mítica, ese edén enguarrado por la guerra en un abrir y cerrar de ojos. Era una locura. Con las minas, la guerra no terminaría jamás.

Para Vincent lo peor no era eso. Una vez allí se daba cuenta de que acercarse a los alemanes iba a ser más difícil de lo que había imaginado. Los dragaminas no se mezclaban con los prisioneros, aunque la jornada acababa de empezar. No debía desesperarse.

De repente Max dio la voz de alarma. Acababa de sentir algo en la punta de la bayoneta. Incluso habría jurado que había oído el chispazo característico de una pica golpeando metal. Un leve tintineo totalmente inaudible debajo de la arena, pero que su imaginación hizo resonar en su cerebro con un estruendo tan ensordecedor como el toque de difuntos en los funerales.

Todo el grupo se detuvo como un solo hombre. Ya no era momento de charlas. Cuando el peligro se acercaba, estaban los que fingían no tener miedo, sonreían o se morían de risa, y estaban los que preferían seguir concentrados. Estaban los que no podían evitar sudar a mares y más tarde le echarían la culpa al sol. Y estaban también los que se santiguaban furtiva y disimuladamente, los creyentes y los que a la hora de la verdad recuperaban una fe que habían perdido.

De muchos hombres era imposible saber lo que pensaban. Estaba Fabien, que se dirigía hacia Max con paso decidido, y Max, el que estaba más cerca de la mina, que intentaba mantener la calma y la dignidad, pero que al retirar la arena se dio cuenta de que se trataba de un tipo de explosivo que no conocía: una superficie lisa en la que era imposible encontrar el percutor. ¿Qué mierda era eso? Max miró furtivamente hacia los vigilantes como para asegurarse de que no había manera de escapar, como si también él fuera un prisionero, al igual que los alemanes.

A la señal de Fabien, todos retrocedieron los veinticinco pasos reglamentarios. Fabien se quedó solo con Max, que también intentó retroceder varios pasos insignificantes. Si la mina explotaba, saldría volando por los aires tanto si había retrocedido dos pasos como tres, y también Fabien. Se justificó:

–No parece una mina corriente.

Fabien, muy tranquilo, indicó con un gesto a Vincent que se acercara para explicárselo.

–Primero hay que mirar toda la mina, dejarla al descubierto y buscar el detonador. Hay que hacerlo despacio, y lo mejor es con la mano...

Fabien retiró con suavidad la arena de la superficie del artefacto, que seguía pareciendo enorme, negro y brillante bajo la arena húmeda, imperturbable como una muerte programada.

Por más que los dragaminas hubieran visto otras minas, cada vez que una emergía del suelo se quedaban impresionados, como si cada una tuviera su propia psicología y ocultara una estrategia inédita para destruirla. Esa era más grande de lo normal, mucho más imponente que todas las que habían encontrado hasta entonces.

A medida que aparecía, el silencio se hacía cada vez más pesado. Max estaba especialmente nervioso, porque era él quien había dado con la mina y porque dos minutos antes había estado hablando con Manu, lo que quería decir que había bajado la guardia, no estaba prestando atención y habría podido saltar por los aires y hacer saltar al grupo. Como la mayoría de ellos, se contaba la historia de que tenía buena suerte. Ese día no había saltado con la mina, pero su buena suerte le parecía lo que era, totalmente ilusoria.

Fabien llevaba ya más de media hora intentando despejar el explosivo y aún le faltaba mucho para terminar. Sólo él había entendido a qué adversario se enfrentaba. Murmuró a Vincent: «Una mina sarcófago». Su nombre era acertado. Tenía la funesta forma y las dimensiones de un ataúd.

Así que en la playa había esos artefactos espantosos y gigantescos que los dragaminas llamaban sarcófagos o tumbas; como ellos, prometían un paso seguro al más allá, aunque los que pasaban a la otra vida en esos sarcófagos no se conservaban tan bien como los faraones de Egipto.

Esos monstruos de más de mil cuatrocientos kilos de acero y de explosivo se tumbaban en la arena como leones marinos mecánicos y se ponían cómodos. Era imposible levantarlos. Los alemanes ya no estaban, pero las minas sarcófago seguían allí debido a su lamentable pesadez, que garantizaba una destrucción despiadada.

En cuanto aparecía la bestia lista para explotar, poderosa y arrogante, había que escarbar la arena y encontrar el ángulo para desactivarla, pero Fabien prefería dejar esta última etapa en manos de artificieros con más experiencia. Iba a pedir ayuda a los militares, aunque no sabía si se la concederían.

Fabien se levantó y se dirigió al traductor para comunicarle los planes. Una vez neutralizada la bestia obesa, la envolverían con inmensas cinchas de cáñamo que extenderían como las vendas de las momias. Para sacar al mastodonte metálico de la arena necesitarían a varios hombres, que lo alzarían mediante un sistema de poleas enganchado a un sólido andamio de madera. De construir el andamio se ocupaban los alemanes.

Entretanto, los dragaminas seguirían revisando el resto de la playa. Fabien estaba convencido de que, a partir del lugar en el que estaban, los alemanes habían colocado las minas siguiendo una cuadrícula estricta. Los alemanes siempre las colocaban así, mientras que los ingleses y los norteamericanos introducían excentricidades que complicaban la labor.

Así que tenían que delimitar toda la zona para los artificieros que Fabien esperaba que les mandara el ejército. Era peligroso y más importante que nunca no despistarse mientras nadaban por encima de esos grandes tiburones.

Al terminar la jornada habían detectado otras tres de esas minas implacables. Les faltaba mucho para llegar a los búnkeres, que los desafiaban y que deberían registrar con precaución para protegerse de los peligros que ocultaban.

Vincent observó a los alemanes, que colocaban postes para reforzar los andamios.

¿Cómo hablar con ellos? Tendría que llevarse a uno aparte, pero siempre iban en grupo. Además, ¿cómo elegir a uno con el que pudiera entenderse? Vincent era consciente de que los demás dragaminas no entenderían que se acercara a ellos.

¿Qué tenía de raro? Vincent también odiaba a esos antiguos soldados que ahora mantenían un perfil bajo, y ese odio era irreversible sin excepción, no era posible arreglarlo. Se creían la raza superior, pero eran una raza aparte, una raza inhumana, capaz de lo peor, pero tenía que encontrar a un alemán que confiara en él y que pudiera ayudarlo. Toda su vida dependía de ello.

Sólo debía tener paciencia y estar atento a la menor oportunidad.

En el campo de prisioneros había soñado muchas veces con lo que haría cuando fuera por fin libre, con sus primeras horas y sobre todo sus primeras noches. Y ahora seguía sin poder actuar, amar y ser libre.

Sin embargo, no lamentaba estar allí. No habría podido hacer otra cosa. Sólo había limpiado una pequeña parte de la playa, apenas unos metros cuadrados, pero podía pasar las manos por la arena con los dedos extendidos sin tocar nada más. Al menos en esos pocos metros cuadrados la arena estaba limpia y ya no había peligro.

Le habría gustado limpiar así su vida y sus decisiones, que el largo curso de sus recuerdos se deslizara entre sus dedos extendidos como una sencilla y suntuosa caricia. Ojalá se pudiera limpiar el pasado, retirar todas las minas y desactivar todas las cargas que pudieran explotar.

Vincent presentía que la limpieza de minas iba a absorberlo por completo mientras esperaba respuestas que tardarían en llegar. Avanzaría así, paso a paso, metro cuadrado a metro cuadrado. Cercaría con hilo de seda cada metro cuadrado sin minas. Quizá incluso le proporcionaría cierta serenidad. Y en ese instante era todo lo que deseaba para no volverse loco.

A veces se lo agradecían. De forma espontánea, incluso con calidez. Ese día, mientras los hombres recogían las herramientas, una mujer joven y su marido les llevaron una cesta con pan, vino y aceite de oliva. Quince días antes, Fabien y su equipo habían limpiado las minas de una carretera que les permitía volver a acceder a su granja. El jefe del grupo, emocionado por ese gesto de gratitud, cogió la cesta y les prometió compartirla con sus compañeros. Menos la botella de vino, les dijo en broma.

—No podemos beber alcohol. ¡Tenemos que estar sobrios!

—¿Ni siquiera por la noche?

—En principio no. Bueno, por la noche nadie va a venir a controlarnos, pero, créanme, durante el día tenemos que estar por lo que hacemos.

En ese momento un hombre se acercó a ellos. Parecía preocupado e incómodo. Quería pedirle algo a Fabien, pero no sabía cómo.

—Yo también tengo una granja no muy lejos de la suya...

Se detuvo esperando que Fabien lo entendiera. El primer campesino le echó una mano.

—Lo que Raoul quiere decirle es que su campo está plagado de minas. No puede hacer nada con él. Una vaca y su perro han saltado por los aires. Le gustaría que fueran a limpiar las minas.

Fabien recibía solicitudes de este tipo varias veces por semana.

—Lo entiendo, pero el reglamento nos lo prohíbe.

—¿Cómo puede ser? ¿No están aquí para limpiar las minas?

—Pero nosotros no decidimos dónde. El ministerio ha establecido prioridades.

—¡Los del ministerio no están aquí, así que no ven lo que nos pasa!

—Es un plan global: empezamos por lo que es útil para todos. Las carreteras, los puertos, las playas, los edificios estratégicos...

—¿Y el domingo?

—Oh, el domingo tenemos que descansar. No sólo el cuerpo, sino también los nervios.

—Nosotros trabajamos siete días por semana. ¿Qué se cree, que los animales descansan los domingos?

—Sé que es complicado, pero deben tener paciencia. Al final limpiaremos todas las minas.

—¿Cuándo es «al final»? —El campesino se acercó a Fabien y bajó la voz—. Podría pagarles. Sólo necesitaría a uno o dos chicos.

—Imposible —le contestó Fabien en tono más firme—. Dos chicos solos es peligroso. Nos jugaríamos el puesto si fuéramos. Y la vida. Vamos —añadió apoyándole la mano en el hombro—, iremos en cuanto hayamos acabado con lo demás...

Fabien odiaba tener que decir que no. Era muy consciente del sufrimiento de los campesinos, que ya no podían cultivar, pero no podía ocuparse de todo el mundo. Vio que Hubert y Manu estaban atentos a la propuesta del campesino. Sabía que algunos tenían prisa. Ya puestos, preferían infringir las normas a las bravas —a menudo no habían hecho otra cosa en su vida— y limpiar minas como locos, todos los días y todas las noches, durante los tres o seis meses que duraba su misión, reunir algo de dinero y soñar con una vida mejor, que tanto merecían, pero incierta.

El campesino no se marchaba. Había ido con amigos que seguramente querían pedir lo mismo. Escupieron a los alemanes para mostrarles su desaprobación y después les tiraron piedras. Nadie reaccionó. Después de esos años de terror, todos pensaban que era una guerra buena, como si hubiera guerras buenas.

Saskia esperó a que las luces se apagaran escondida en un rincón del muro frente a su casa, junto a una antigua puerta que ya no se utilizaba. Aunque no tenía reloj, sabía calcular con precisión el paso del tiempo. Esperó una hora más. Toda esa asquerosa familia debía estar durmiendo para que no la oyeran.

Conocía el muro de su jardín a la perfección, porque de adolescente lo había escalado tantas veces que sabía por dónde debía pasar. Recordaba cada grieta, las piedras que se movían, dónde sujetarse para subir, el lugar donde la hiedra era más resistente y el tronco más grueso para agarrarse antes de saltar al otro lado. El muro era suyo e iba a ayudarla.

Todo avanzó como pensaba. Reinaba la oscuridad; la luna nueva era como un delgado paréntesis centelleante, demasiado tenue para iluminar el jardín. Saskia sabía orientarse con los ojos cerrados. Llegó junto al granado. Allí debía cavar.

Lo hizo con las manos y después con una piedra. Su madre había enterrado un joyero unos días antes de que los arrestaran. Mostró el lugar a toda la familia para que lo recordaran. Su padre le reprochó que asustara a los niños –se habían dispersado por la ciudad, ¿quién iba a encontrarlos?–, pero Mila insistió.

En el tren que los había llevado al campo de prisioneros de Les Milles, cerca de Aix-en-Provence, Saskia había observado que muchos se habían llevado sus joyas y sus mejores ropas para protegerse. Se lo robaron todo descaradamente en cuanto llegaron. ¿Su madre lo había presentido?

Mila había pensado en todo. Cualquier otra persona habría enterrado el joyero bajo el castaño o bajo el árbol de Judas para protegerlo, pero Mila no era cualquier otra persona. A nadie se le ocurriría enterrar un tesoro bajo un granado, que ni siquiera era un árbol. Sólo era un arbusto, cierto que frondoso, pero un amasijo desordenado de ramas apenas más altas que un adulto. A su madre le gustaba ser humilde y veneraba la discreción. Y solía decirles a sus hijas: «Lo que Eva mordió en el paraíso no fue una manzana. No pudo llamarle la atención porque allí no había manzanos. En realidad, en los textos más antiguos no se dice cuál fue la verdadera fruta prohibida, la fruta que tentó a Eva, pero yo lo sé: fue una granada».

Saskia sabía que su madre tenía razón. La fruta del deseo, sensual y misteriosa, que no se entrega fácilmente, que oculta sus tesoros bajo la cáscara, que chorrea, sacia y apaga la sed, es la granada. El color del pecado nunca ha sido el blanco pajizo de la manzana, sino el rojo, el rojo bermellón, el rojo apasionado casi azul, rojo y violeta como la sangre, el rojo que brota de repente.

Y allí, bajo la maleza, Saskia oyó el sonido del metal bajo la piedra: el joyero de su madre. Siguió retirando la tierra con las manos para no dañarlo.

De repente oyó ladridos procedentes de la casa. Se encendió la luz de una habitación. Saskia sintió que se le aceleraba el corazón. Escarbó con todas sus fuerzas la tierra compacta y seca, que le ofrecía resistencia, pero fue en vano. Las raíces habían sujetado con fuerza el joyero de hierro. Cuando se encendió la luz de la planta baja, no había terminado de sacarlo. La puerta se abrió y el perro salió al jardín. Saskia se levantó y corrió hasta el muro, que saltó en sentido contrario.

Aterrizó en la calle aún asustada y con el corazón latiéndole a toda velocidad. Una intensa luz la cegó. Intentó escapar, pero una bicicleta la alcanzó y frenó a su altura chirriando. Sintió que una mano la agarraba con fuerza de un brazo y se protegió la cara con el otro.

Aún aturdida por la luz del faro, tardó un minuto en distinguir los rasgos del hombre que la sujetaba. Lo reconoció. El hombre del autobús. El hombre que había querido ayudarla a bajar.

—¡No he hecho nada! ¿Va a denunciarme?

—No es mi estilo. ¡Vamos, suba!

Saskia se montó en la bicicleta y Vincent se alejó a toda velocidad de la casa y del perro, que había salido a la calle y les ladraba.

En cuanto estuvieron a bastante distancia, tras haber recorrido varias calles, él pedaleó más despacio y Saskia pudo explicarse.

—No soy una ladrona.

—Eso es cosa suya.

—Le digo la verdad. ¡Estaba en mi casa!

—Vale.

—¿No me cree?

—Claro que sí. Yo también saco un perro a perseguirme cuando salgo de mi casa. Bueno, al menos es lo que haría si tuviera perro. Salir por la puerta es muy aburrido.

—Lo digo en serio. Es mi casa. Una familia se ha instalado mientras estábamos... mientras no estábamos.

—¿Y qué pensaba hacer?

Saskia dudó. No lo conocía. ¿Podía confiar en él? Pero él acababa de confiar en ella y de salvarla de una situación difícil. ¿Qué podía perder?

—Me he quedado sin nada, y mi madre enterró unas joyas en el jardín. He empezado a desenterrar el joyero, pero no he podido terminar porque ha salido el perro.

Vincent frenó en seco y dio media vuelta sin dudarlo.

—¿Por qué no me lo ha dicho antes?

—Está el perro...

—Corre el riesgo de que encuentren el joyero.

—¿Y si nos ven?

—No imaginarán que va a volver ahora.

—¿Y si lo imaginan?

—Nos daremos cuenta.

Cuando estaban en el jardín los dos, Saskia desenterrando el joyero y Vincent engatusando al perro, ella se preguntó por qué la ayudaba, pero no tenía elección. Ahora todo lo que tenía estaba en esa caja, que contenía mucho más que joyas, que era la clarividencia que sólo su madre había tenido, su loca esperanza de que no lo perdieran todo y de que, si ella moría, pudiera ayudar a los que sobrevivieran. Saskia debía estar a la altura de ese regalo y de ese importante mensaje desde más allá de la muerte. Su madre quería con todas sus fuerzas, con todo su amor, que ella viviera, que saliera adelante, y ahora Saskia apretaba con fuerza contra su cuerpo el tesoro enterrado bajo el árbol del paraíso perdido.

Vincent llevó a Saskia en bicicleta hasta la puerta de su estudio. Con toda naturalidad, sin preguntarle nada, abrió la frágil puerta de madera y se hizo a un lado para dejarla pasar. Ella se puso tensa.

–No creo que...

–¿Sabe adónde ir?

Las noches anteriores se había refugiado bajo las escaleras que bajaban a la playa. Pensó que era el lugar más seguro para no cruzarse con nadie. ¿Quién se habría atrevido a acercarse por allí? Durante el día había visto a los dragaminas trabajando, se había fijado en por dónde pasaban y había intentado convencerse de que en ese pequeño hueco bajo la escalera, en principio, no tenía nada que temer. No había dormido en toda la noche. Pensaba en su familia asesinada, en su hermano y en su hermana, en sus vidas interrumpidas y sus dones destruidos, en lo que había vivido con ellos, lo que había aprendido de ellos y en todo ese amor hasta el final. De niños contaban con que siempre estarían unidos. Y bajo esa escalera, sin poder dormir por el rugido del mar y del viento, como todas las noches anteriores y como todas las noches que vendrían, había sentido de nuevo con dolor hasta qué punto todo había terminado. El mal era irreparable.

A Vincent le dio la impresión de que la despertaba cuando le reiteró su invitación.

–¿Y bien? ¿Sabe adónde ir?

–No querría que creyera...

—No creo nada, pero tengo una habitación pequeña que no utilizo. Si quiere descansar aquí esta noche, ya pensará qué hacer mañana.

Dormir una noche... Sí, y dejar de pensar.

Al entrar en el estudio le gustó todo. La feliz sencillez y la pureza del blanco de las paredes. Vincent le ofreció algo de comer, pero ella negó con la cabeza; ya apenas comía y podía sentarle mal. Aun así, él llevó a la mesa dos platos, dos vasos, pan, una botella de aceite de oliva y queso de cabra que Mathilde le había dejado. Partió el pan y echó un chorrito de aceite en cada trozo. Le tendió su parte. Verla comer le hizo sonreír sin darse cuenta, aunque ella picoteaba el pan con dificultad, en pequeños bocados.

—Ahora que somos cómplices, puede contármelo todo si quiere.

—Es... complicado.

—También puede mandarme a la porra e irse a dormir. Seguro que quiere volver a ver los recuerdos del joyero.

Saskia se quedó inmóvil. ¿La había alojado sólo por lo que contenía el joyero? Cuando los arrestaron, Saskia llevaba una cadena muy fina en la muñeca. Milagrosamente había conseguido conservarla hasta Birkenau gracias a mil estratagemas, escondiéndosela en los zapatos o en la boca. Y un día contó su secreto. Fue después de la muerte de su hermana y de su madre. Necesitaba una amiga, y las amistades sólo se sellan con un secreto. Esa noche su pulsera desapareció.

Mientras dormía podía suceder cualquier cosa. La noche era peligrosa. En el campo de concentración, las chicas a veces llamaban la atención de los SS, de esos a los que no les parecía tan indigno violar a una judía. Debía protegerse. Tiró instintivamente de los dos lados de su chaleco para colocárselos delante y se encogió.

Vincent sintió su malestar.

—Será mejor que vaya a descansar. No tiene nada que temer de mí. Estoy enamorado de una mujer. Apasionadamente.

Saskia se sintió aliviada, aunque sabía que no bajaría la guardia.

–¿No se enfadará con usted porque duerma aquí?

–No lo creo.

Saskia no se atrevió a seguir preguntando.

En la habitación vio un colchón en el suelo y una sábana. Un buen colchón lleno de crin de caballo, grueso y acogedor. Al sentarse sintió que toda su resistencia la abandonaba. Iba a dormir sola, sin estar pegada a otros cuerpos, sin el hacinamiento que había odiado, en un colchón que parecía limpio y que le recordaba a su vida de antes.

Colocó delante de la puerta el único mueble que había en la habitación, una mesita que no resistiría mucho si alguien intentaba abrir, pero menos era nada. Vio una pila de periódicos viejos. Rompió unos cuantos y dobló las hojas en una pequeña tira muy apretada que metió entre el suelo y la puerta. Si alguien intentaba abrirla, lo frenaría al menos diez minutos, lo que le daría tiempo a organizarse y quizá escapar por la ventana, aunque le daba miedo. Lo comprobó: daba a los tejados. También colocó el colchón contra la mesa, lo que le permitiría darse cuenta al menor intento. Era absurdo, pero peor sería no hacer nada.

Un poco aliviada por esta idea, decidió abrir el joyero de su madre. Sacó con cuidado todas las joyas, elegantes collares, anillos que habían sido de la madre de Mila y pulseras preciosas que había soñado con ponerse para ir al instituto. Se lo había suplicado a su madre y después a su padre para que la convenciera, pero había sido en vano. Ahora le habría encantado que su madre volviera a prohibirle ponerse esas pulseras para no despertar envidia. Pero, aun con esas pulseras en las muñecas, ¿quién iba a envidiarla?

Se puso todas las joyas. Todas, unas encima de otras. Se asfixiaba, pero tenía que hacerlo. Si un día volvían a amenazarla, eso haría. No esperaría. Huiría por la noche con todas sus joyas. Las de su madre, las de su hermana y las suyas. El anillo de sello de su padre y el nomeolvides de su hermano. En realidad las joyas eran modestas, pero para ella tenían un valor incalculable. Llevaba encima, en contacto con su piel, un poco de las personas a las que quería, y las venas que le latían bajo las muñecas y la nuca las calentaban. Sí, los objetos inanimados tienen alma. Evidentemente. ¿Cómo dudarlo? No lo sabía cuando estudiaba a Lamartine en clase, y jamás habría pensado que esos versos tenían sentido, que no eran un delirio, pero ahora, al sentir los destellos de las filigranas de oro, de una medalla y de un pequeño zafiro, estaba convencida. El anillo de sello la unía a su padre por una conexión mágica y esperaba que, allí donde estuviera, le alegrara saber que lo llevaba puesto. Era demasiado grande, giraba alrededor de su delgado dedo, pero cerró el puño, y el anillo dejó de girar. ¿Cómo podía pensar su madre que iba a ser capaz de vender esas joyas tan queridas para subsistir? Jamás se separaría de ellas. Encontraría otras soluciones.

Le habría gustado que su madre hubiera metido una carta con las joyas, unas palabras a las que pudiera agarrarse, como las que metía en los libros, que le habrían servido de guía, que se lo habrían explicado todo y que la habrían consolado, pero Mila no lo había hecho. En el campo de concentración había hablado con sus hijas, por supuesto, todos los días, hasta su último aliento, pero Saskia creía que su madre habría podido enseñarle aún mil secretos, que habría podido prepararla para ser más fuerte y para no echarla de menos. ¿Cómo vivir sin sus palabras, sus pensamientos y sin que le transmitiera todo lo que sabía y todo su amor? Cuando se pierde a un ser querido, al dolor de no haber tenido bastante de él se suma la certeza de que esa carencia no se curará jamás.

Vincent se despertó al amanecer, le sorprendió oír que se abría una puerta –Saskia–, y el ruido de sus pies descalzos en las baldosas le recordó otros pies descalzos en verano en suelos de barro cocido. Ese débil sonido elástico de las plantas de los pies despegándose del mosaico fresco y suave, que olvidamos en invierno, pero que vuelve en primavera para recordarnos que el cuerpo se libera en verano.

Antes de la guerra le gustaban sobre todo las mañanas, cuando tenía la suerte de despertarse al lado de Ariane y podía besarla mientras el sol inundaba la cama y las sábanas de lino, ese momento como si flotara, con el rostro apenas preocupado, los gestos torpes, los pensamientos vacilantes y la alegría del día que tenían por delante. Quería recuperar esas mañanas más que ninguna otra cosa. En el campo de prisioneros odiaba las mañanas, porque odiaba todos los días por venir y sólo podía tomarse un respiro en plena noche, cuando todo el mundo dormía.

Saskia apareció en la cocina, tímida y frágil. Él estaba preparando café con el sucedáneo que había encontrado en el armario. En la mesa, bien colocados, el pan y el aceite de oliva, porque no había otra cosa, dos platos y dos vasos.

–¡Buenos días! ¿Ha dormido mal?

–Siempre me despierto temprano –le contestó ella, aunque no había dormido en toda la noche.

Vincent se bebió la taza de achicoria sin sentarse a la mesa.

–Si quiere, puede quedarse aquí hasta que recupere su casa. No me molesta. No paso mucho tiempo aquí.

—Gracias, pero... ¿qué van a pensar?

—De ahora en adelante nos importa una mierda lo que piensen los demás.

Sin duda Saskia se habría dicho lo mismo si no hubiera estado tan cansada. En realidad quería sobre todo saber lo que pensaba él, pero él la invitaba a quedarse, así que de momento debía considerar que le parecía bien. Aceptó con una sonrisa. La primera en su rostro desde hacía mucho tiempo. Le sorprendió que aún pudiera hacerlo sin pensar. Le daba la impresión de que recordaba mejor las rugosidades del muro de su infancia que la manera de expresar su gratitud a otra persona sin decir una palabra.

—¿Puedo hacerle una pregunta?

Vincent asintió mientras se bebía otra taza de sucedáneo de café.

—Lo vi a usted en la playa. Es dragaminas... ¿Por qué arriesga la vida? ¿No ha tenido bastante con la guerra?

Vincent se encogió de hombros, como si no tuviera la menor importancia.

—¿Su mujer lo sabe?

Vincent no lo había pensado, y le molestó. Esquivó la pregunta.

—Voy a decirle a la propietaria que va a quedarse aquí un tiempo.

Saskia insistió.

—¿No cree que se enfadará con usted cuando se entere?

No estaba preparado para pensarlo, así que, como si no lo hubiera oído en el autobús, le dijo:

—No le he preguntado cómo se llama.

—Saskia.

—¿Saskia?

—Así se llamaba la mujer de Rembrandt. A mi madre le gustaba mucho ese pintor.

—Es muy bonito. No me espere esta noche. Volveré tarde. Le dejo las llaves.

El gato maullaba en la puerta. Lo dejó entrar y se marchó de inmediato. Mathilde estaba en la calle podando una glicinia que estaba a punto de invadir la acera. Los humanos se habían encogido, pero las plantas, sin el cuidado permanente de los humanos, se habían liberado. Vincent cruzó.

Mientras la ponía al corriente de la situación, Mathilde asentía. Vincent apenas la conocía y aún no sabía qué significaba su media sonrisa.

−¡Pues me parece perfecto! Gracias por haberme avisado.

Mathilde era sin duda sorprendente. Un poco sorprendido de que no le hiciera ninguna pregunta, supuso que podía marcharse, pero la mujer no había terminado.

−Está bien, debemos cuidar a los vivos.

A Vincent le chocó su sinceridad y no supo qué decirle. Había acogido a Saskia sin pensarlo. O más bien le había propuesto lo que Ariane le habría ofrecido con toda naturalidad. Y sin duda él también, porque Ariane y él siempre estaban de acuerdo en todo, y antes de la guerra él estaba tan vivo como ella.

Mathilde siguió hablando.

−Ahora todos somos básicamente iguales. Tenemos nuestros muertos y nos gustaría volver al mundo de antes. Y ahora tenemos que aprender a vivir...

Vincent la dejó hablar y después se marchó. Las palabras de la mujer se quedaron pegadas a sus pensamientos. Sí, probablemente todos eran iguales, Saskia, Mathilde, Fabien y todos con los que iba a volver a encontrarse en la limpieza de minas. Cada uno tenía a sus seres queridos muertos, a los que rezaba, imploraba y seguía queriendo, pero él era diferente. Él no vivía por los que habían muerto, sino por Ariane. No necesitaba aprender a vivir ahora. ¿Para qué? Mientras no supiera dónde estaba, no le importaba nada, ni del mundo de antes, ni del mundo de después.

Vincent había comprado productos para revelar las fotos con el anticipo del sueldo que le había dado Fabien. En el piso de Audrey, mientras ella preparaba la cubeta de hidroquinona para los negativos, Vincent observó que los carretes eran de la marca Agfa... Los carretes de los alemanes.

−¿De dónde los has sacado?

Audrey puso mala cara y eludió la pregunta. Vincent insistió.

−¿Te los han dado los alemanes?

−¡Claro que no! ¡Los he comprado en el mercado negro, eso es todo!

Vincent intentó controlarse. Todo le parecía sospechoso. Tenía que calmarse.

Audrey había montado el estudio fotográfico en un rincón de su habitación. Taparon juntos la ventana con mantas, y esos gestos coordinados para dejarla a oscuras, como habría hecho con un amante, fueron un suplicio para ella. Sumergió los negativos en la cubeta.

Vincent tuvo que fingir que le interesaban los negativos desordenados de mujeres y hombres. Las fotos eran sencillas, aunque sobre todo llamaban la atención las miradas, unas miradas tensas que nunca habrían debido parecer tan golpeadas y lúcidas, pero con las que se cruzaban tan a menudo en la tormenta de la guerra.

De repente, en uno de los rectángulos blancos surgió el rostro de Ariane.

Revelada por los productos químicos de la cubeta, parecía sobrenatural, una Ofelia evanescente flotando entre dos aguas. Cuando sus rasgos fueron más nítidos, su piel más mate y su mirada más oscura, y la foto se reveló en su totalidad, Vincent observó lo que jamás habría imaginado: Ariane se había cortado el pelo.

Otra foto de la misma cubeta mostraba su nuca, en toda su perfección.

Ese corte de pelo le daba una imagen que no conocía, un aire inasible y extraño. Ella había seguido viviendo sin él, mientras que él sólo había vivido por ella.

Cuantas más fotos revelaba Audrey, más desconcertado se quedaba Vincent. Se obsesionaba con esa nuca insolente, como si fuera indicio de algo que debía descifrar para entender el enigma en que estaba convirtiéndose la mujer a la que amaba.

Las fotos de soldados requisando bienes en la granja de los padres de Ariane lo arrancaron de sus interrogantes secretos. Los alemanes habían posado tranquilamente ante el objetivo de Audrey. Estaban de visita en su colonia y honraban a los lugareños con su presencia. A Vincent le dio todavía más asco. ¿De verdad creían que los franceses estaban encantados de relacionarse con ellos?

Audrey le contó el juego peligroso al que había tenido que jugar Ariane, y debía hacerlo con sutileza, porque algunos alemanes no eran tan incautos. Al principio se mostraba ofendida por su presencia y reticente a servirlos, aunque no demasiado para no sufrir atropellos todavía mayores. Así sentó las bases de su autenticidad. Poco a poco les daba a entender que empezaba a apreciarlos, y con el tiempo acabaron creyéndola. Superadas estas etapas, podía sonreírles y de vez en cuando reírse de sus bromas sin que en ningún momento sospecharan cuánto los odiaba. Estaban convencidos de que eran dioses vivientes.

—Conozco ese juego...

También Vincent había tenido que jugarlo. Manejaba las reglas mejor que nadie. Y contaba con aplicarlas con los prisioneros.

Audrey estaba colgando las fotos de los alemanes en un cordel para que se secaran. Vincent esperaba reconocer entre los soldados a algún prisionero que trabajara en la limpieza de minas. ¿Sería posible? Los prisioneros de Hyères ya no llevan el pelo tan bien cortado ni tenían el mismo aspecto. Sus rostros estaban marcados por el cansancio, mientras que, en las fotos de Audrey, la alegre certeza de tener todos los derechos y de poder dominar el mundo tensaba sus facciones y daba brillo a sus ojos.

Sin su uniforme y sin su poder, los alemanes se empequeñecían. Bajo el sol, la piel de los dragaminas adquiría un brillo triunfal, y la de los prisioneros se marchitaba, se quemaba y se estropeaba. Sus rostros envejecían a un ritmo vertiginoso y sus ojos se apagaban. Incluso la naturaleza parecía serles hostil y tomarse la revancha. El sol, el viento y la brisa marina se habían conjurado para destruir a toda velocidad a los que habían devastado el mundo durante tanto tiempo.

—No recuerdo bien cómo se llamaban. Creo que este se llamaba Klaus. Y este, Kurt. Este de aquí era Frantz... Lo siento, lo he olvidado y ya no estoy segura...

—¿Ariane desconfiaba de alguno en especial?

Al mirar las fotos, Audrey empezó a recordar.

—Pues algunos eran muy respetuosos. Otros, claro...

—¿Quién, por ejemplo?

—Vi a uno llevarse todas las reservas de mantequilla de la granja cuando todo el mundo se moría de hambre. ¡La utilizó para que le engrasaran los ejes del coche! ¿Te lo puedes creer? Otro se comió diez huevos seguidos, así, de una sentada, delante de todo el mundo. A ellos no me atreví a hacerles fotos, claro.

—¡Audrey, no estoy hablando de eso! Quiero saber si había uno que quisiera seducirla, que fuera tan insistente que ella le tuviera miedo.

Audrey dudó y después le contó que todos intentaban sacarle una sonrisa o una cita. En ese caso, Ariane no agachaba la mirada, sino que los miraba con frialdad, siempre tenía prisa y se sacaba de la camisa abotonada hasta el cuello una cruz de perlas que no dejaba de tocar. Aunque los alemanes no respetaban nada, ella quería parecer piadosa y aburrida.

–Audrey, en serio, ¿nunca te dijo a cuál de ellos le tenía más miedo?

–Ya la conoces, no quería preocupar a nadie.

Al servir a todos esos soldados, Ariane se había expuesto en primera línea, y a Vincent le desquiciaban sus frágiles estrategias para protegerse a sí misma y a los demás. Intentó otra cosa.

–¿De quién se hizo amiga?

Audrey le mostró la foto de un joven delgado, de rostro delicado y mirada conmovedora. Parecía totalmente absurdo que hubiera tenido que ponerse un uniforme.

–De este. Antes de la guerra era músico. Un día se presentó en la granja con un violín para dar una sorpresa a Ariane. Fue un momento fuera del tiempo, fuera de la guerra. De repente la belleza volvía a nuestra vida y volvíamos a estar vivos. Pero los demás lo maltrataban. Era horrible.

Vincent observó la foto. Parecía aún un adolescente. El aliado del que hablaba Ariane, el que podía protegerla del peligro, no podía ser él.

–¿De verdad no se te ocurre con quién podía contar? ¿Quién habría podido protegerla?

–Aparte de este, no.

Vincent no llegaba a nada. Sintió deseos de salir de esos años oscuros y de que la brisa del mar lo despertara en el puerto de Marsella. Se marchó con la foto de Ariane y su pelo corto, las fotos de los alemanes y cada vez más preguntas.

Audrey lo acompañó. Mientras bajaban la escalera del pequeño edificio, se cruzaron en el rellano del primer piso con una mujer que volvía a su casa con maletas. Saludó a Audrey y miró a Vincent con una sonrisa amable; creyó que era su novio. Audrey la sacó de su error.

—Es un amigo. Estábamos en la misma pandilla antes de la guerra. Con Irène, Ariane y varios otros.

Al oír el nombre de Ariane, la expresión de la mujer se entristeció.

—Ah, Ariane...

Vincent reaccionó de inmediato.

—¿La conocía?

—Vino a ver a mi marido, que era médico.

—¿Sabe por qué?

La mujer dudó antes de contestarle, sin duda arrepentida de haberse precipitado.

—Quería pedirle algo y... él tuvo que negarse.

Vincent interrogó con la mirada a Audrey, que se había quedado boquiabierta.

—¿A qué se refiere?

La mujer del médico pareció encogerse ante un recuerdo demasiado intenso.

—No habría debido... Debemos a nuestros pacientes la más estricta confidencialidad. Y yo se la debo a mi marido... aunque ya no esté aquí.

—Lo siento mucho.

Vincent no tenía tiempo para pésames. Estaba agonizando. ¿Esa mujer era una sádica o una inconsciente? Audrey decidió apelar a los sentimientos.

—Entiendo que respete la confidencialidad médica y que no quiera traicionar a su marido, pero Ariane ha desaparecido...

—Estamos desesperados.

—¿Quién les ha dicho que no lo estarán más cuando lo sepan?

Vincent no podía más. La mujer se dio cuenta. Audrey también, así que insistió.

—Lo peor es no saber nada.

—Que conste que se lo he advertido... Quería que mi marido le diera digitalina, pero él no se dejó engañar.

La angustia de Vincent iba en aumento.

—¿Engañar de qué? ¡Quizá había descubierto que tenía un problema cardíaco!

—¿Y entonces por qué no quería que mi marido la examinara?

—¡Ariane ha hecho el MIR! Se puede diagnosticar ella misma y...

—¿Y pedir una dosis que puede curar, pero también matar? Como sabe, la misma dosis de digitalina puede ser curativa o mortal.

Lo sabía, evidentemente, pero no podía seguir respondiendo mientras pensaba. Y la mujer del médico, que no había querido hablar, ahora ya no podía detenerse.

—Estaba rara, muy nerviosa y decía incoherencias. Volvió varias veces. Hasta se coló en la consulta para intentar robarla del armario.

Audrey intentó hacer entrar en razón a la mujer, pero esta siguió hablando.

—Quería matar a alguien. Seguro. O quizá quería suicidarse.

¿Ariane habría querido morir? Entre todas las posibilidades que Vincent había barajado no se encontraba esta.

Audrey puso fin a la conversación y las elucubraciones de su vecina y arrastró a Vincent hasta la calle.

Él estaba pálido y no decía nada. Su mente buscaba a toda velocidad otras hipótesis para salvarse. No había que demonizar la digitalina. La sustancia, que se extraía de las hojas de una planta, era milagrosa para el corazón. Quizá Ariane quería atender a alguien que no podía pagarse el tratamiento. O a alguien que estaba escondido. Si la enferma hubiera sido ella, no se habría dejado morir. Habría luchado.

¿Y si quería matar a alguien? Sí, era posible. Al soldado que la aterrorizaba. O a otro. Ariane siempre había sido valiente. Y lo bastante inconsciente para serlo. Sin duda podría haber querido matar a un ocupante nazi. Debía de ser eso. ¿Lo había pagado con la vida? No, imposible. Lo habría calculado todo para seguir viva.

Cada vez que se acercaba a la hipótesis de que hubiera muerto, se alejaba de ella de inmediato, lo más deprisa posible, porque si existía una sola posibilidad, por pequeña que fuera, de que Ariane siguiera viva, no debía desesperarse, en ese momento no, y tenía que seguir buscándola. Se lo debía a ella, al amor interrumpido, clandestino y magnífico que habían vivido, a esa suerte y ese privilegio.

Aun así, una sombra se cernía sobre sus reflexiones. Los dos se habían enfrentado a adversidades que jamás habrían imaginado cuando se bañaban juntos en su cala secreta. Él mismo había cambiado mucho durante su cautiverio. ¿Qué sabía él de la mujer en la que Ariane se había convertido?

En la playa, Vincent ya no estaba por lo que hacía. Era como el boxeador que sufre un KO con efectos retardados, varias horas después de haber recibido el golpe mortal. Sale del ring por su propio pie, pero por la noche, en la fiesta que se celebra en su honor, se desploma.

Lo atormentaba la idea de que Ariane se hubiera suicidado. El día anterior había rechazado de plano esta hipótesis, pero una pesadilla lo había despertado en mitad de la noche, y desde entonces no dejaba de pensarlo. Por la mañana ya no buscaba al alemán que lo ayudaría a encontrar a Ariane. Buscaba al alemán al que iba a matar.

Todo su cuerpo, que en el campo de prisioneros ardía en deseos de volver a ver a Ariane, ardía ahora en deseos de vengarse. No podía vivir en un mundo en el que la hubieran hecho daño, la hubieran asesinado o la hubieran empujado a suicidarse, como empezaba a plantearse. La vida no podía seguir su curso como si nada hubiera sucedido. Los que dicen que quienes deben decidir son los tribunales, no las personas, saben muy bien que la justicia no es más que la versión hipócrita y civilizada de la venganza en estado bruto. Por no hablar de los errores. ¿Por qué delegar?

Antes de la guerra nunca lo habría pensado. Ahora todo le parecía muy claro. Vengarse era no resignarse, asumir en solitario las consecuencias de los propios actos y correr todos los riesgos, era honrar el amor, era declarar la guerra a la fatalidad y era elegir el bando de los que hacen algo, no el de los que esperan.

Fabien observaba a Vincent. Sus movimientos bruscos y su expresión ausente podrían haber sido graciosos si no se tratara de una cuestión de vida o muerte. Lo vio tropezar una vez, y otra. A la tercera, decidió adelantar la hora de la comida. A sus hombres les sorprendió, aunque se alegraron; volvían a ser niños que oyen el timbre del recreo.

Mientras sacaban los paquetes de Gitanes antes de coger las fiambreras, Fabien se llevó a Vincent aparte.

–Oye, Vincent, puedes hablar conmigo. Si puedo hacer algo por ti...

–No pasa nada. No he dormido bien esta noche, eso es todo.

–Estás poniendo en peligro al equipo.

–Enseguida me recupero.

–No, tómate el día libre. Diremos que estás enfermo.

–Fabien, necesito trabajar. Lo necesito de verdad.

Fabien lo pensó un instante. No podía dedicar todo su tiempo a Vincent. Un equipo, incluso de hombres experimentados, es una familia. Todos merecen la misma atención.

–Lo vemos después de comer. Si sigues así, te vas a casa.

El ayuntamiento había colocado unos caballetes para la comida. Fabien y Vincent se reunieron con los demás, que se reían y hablaban en voz alta. Fabien contaba con el grupo y con el espíritu de equipo para que Vincent se recuperara.

Los dragaminas se liberaron en dos minutos de la tensión que pesaba sobre sus hombros. Se levantaban para dirigirse a un compañero que estaba en el otro extremo de la mesa. De vez en cuando incluso cantaban. El más impresionante era Enzo. Todo el mundo decía que tenía agallas. También tenía talento. Entonaba «Una furtiva lagrima» con su voz de tenor, y a todos los demás se les saltaban las lágrimas, intentaban cantar con él y se reían, incluso cuando Enzo llegaba a «*Cielo! Si può morir!*», que cantaban todos fatal, sobre todo cuando se reían a carcajadas.

Quizá no tardarían en olvidarlo, pero de momento cada minuto contaba, cada bocado de pan era un festín y cada mirada que intercambiaban, un momento de intensa fraternidad. La guerra se lo había enseñado. No podían beber alcohol, pero el aire fresco les bastaba. Y cantar. Y charlar.

Durante la ocupación, los que hablaban en público, los que daban órdenes, los que gritaban y los que imponían eran los alemanes. Los franceses ya no decían nada. Respondían si se les preguntaba, pero ya no podían discutir, protestar, recriminar ni exigir. La palabra no era libre. Debían tener cuidado con lo que decían delante de los alemanes, pero también de los franceses. La palabra podía traicionar y denunciar. Había perdido toda su alegría.

Ahora podían decir lo que quisieran y delante de quien quisieran, ya no había nada que temer. Se reían de los alemanes, e incluso, si estaban en forma, se reían de sí mismos. Hablar volvía a hacerlos felices. Hablar era un placer en todo momento, mientras comían, y mientras bebían; hablar con amigos era la sal de la vida.

Los alemanes comían sin decir una palabra en la otra punta, en el suelo, cerca de los andamios que estaban construyendo. Hacían el mismo trabajo que los franceses, pero ahora les tocaba a ellos soportar la vergüenza de agachar la cabeza y no decir nada.

Ese día en especial preferían guardar silencio. Esa noche se había suicidado el prisionero del que se habían reído todos, incluidos los alemanes, porque había fingido estar enfermo para no ir a trabajar. Sin hacer ruido. Sin molestar a nadie. Los vigilantes y los demás prisioneros no se habían dado cuenta hasta por la mañana. Todos se habían reído de su falta de valor, pero había tenido el suficiente para decidir morir. Y ningún dragaminas lo comentaba. Seguramente no se habían enterado, aunque no era la primera vez que un prisionero se suicidaba. ¿Qué importaba?

Para Lukas era la señal inequívoca de que debía escapar. También él había pensado en suicidarse, pero en alguna parte tenía un hijo al que haría cualquier cosa por encontrar, y ese hijo, que no sabía nada de su guerra, quizá podría quererlo como a un padre normal, que nunca hubiera sido alemán ni prisionero.

No conseguía comer. Miraba los búnkeres. Como Fabien, tenía prisa por llegar. Albergaban su santo grial. Granadas estadounidenses que los alemanes habían robado a los combatientes de la Resistencia y en las que tenía puestas sus esperanzas. Al retirar la anilla, provocaban una gran cantidad de humo blanco que deslumbraba y hacía que picaran los ojos. Lo ideal para desaparecer. Nadie podría perseguirlo entre la espesa niebla de gases lacrimógenos. Sabía exactamente dónde estaban. Para llegar al fortín era imprescindible que Fabien no desconfiara de él. O mejor aún que confiara. Lukas sabía cómo conseguirlo.

Al final de la jornada, en el momento en que los alemanes subían al camión para volver al campo de prisioneros, los atacaron. A menudo los escupían y los insultaban, pero esta vez, aunque Fabien no había visto lo que estaba sucediendo, observó un clamor inusual. Era como una pelea de gallos azuzada por risas, aplausos y gritos de ánimo de los transeúntes y de varios dragaminas que habían llegado antes que los demás. Detrás del camión se había reunido un corro compacto alrededor de los que se peleaban. No se veía a los prisioneros. Fabien corrió hacia el camión. Vincent también. Vieron entonces al campesino que había ido a pedir ayuda para limpiar las minas de su campo. Al final había arremetido contra los alemanes.

Les pegaba golpes con un fusil que, si estaba cargado, podría matar a cualquiera, tanto alemán como francés, y tanto dragaminas como prisionero, transeúnte o campesino. Había bebido, lloraba y nadie intentaba detenerlo, por miedo y también porque expresaba lo que todos a su alrededor siempre habían deseado hacer. Linchar a los alemanes como ellos habían linchado, masacrado, ahorcado, ametrallado, violado, incendiado, ejecutado, aterrorizado y torturado. ¡Por fin! Tenían que pagar por lo que habían hecho. No, a nadie le daban lástima esos prisioneros que el día anterior desfilaban en uniforme. Todo el mundo los odiaba, y así sería hasta la noche de los tiempos.

Pero los antiguos soldados acataban todas las órdenes. Cierto que a veces intentaban fugarse o se suicidaban, pero no se rebelaban. Trabajaban duro, sin escatimar esfuerzos y a conciencia. A todo el mundo le parecía normal. Lo mínimo que podían hacer era ayudar a reconstruir y reparar lo que habían destruido. Pero no bastaba. A la multitud apiñada en primera fila le habría gustado verlos matarse a trabajar, agonizar en los peores sufrimientos y pedir perdón sin cesar. Y que murieran sin encontrar descanso ni paz, porque ni siquiera su muerte les bastaría. Jamás. La multitud habría querido lapidarlos, aplastarlos, enterrarlos bajo las piedras, aniquilar varias generaciones y, una vez muertos, habría exigido que sus espíritus esclavizados se levantaran y siguieran trabajando con todas sus fuerzas para reconstruir Francia.

Así que cuando los que espontáneamente habían formado un corro para presenciar el altercado vieron a ese pobre campesino –algunos lo conocían y lo llamaban por su nombre, Raoul–, no pudieron evitar animarlo. Si mataba a un alemán, sería en defensa propia con efectos retardados. Y no haría ningún daño, todo lo contrario. ¿Quién podría reprochárselo?

Fabien hizo retroceder a los hombres uno a uno para disolver la multitud entusiasmada que seguía agrupándose alrededor del campesino y de un alemán que había tropezado. El hombre estaba en el suelo, y Raoul lo molía a golpes con toda la energía de su desesperación y los acerados ánimos de los que los rodeaban. El prisionero se había acurrucado y no se defendía. Fabien y Vincent sólo le veían la espalda, roja como la sangre, y el pelo rubio sucio.

La situación era complicada por el fusil. Fabien intentó hacer retroceder a los últimos que seguían animando al hombre furioso, pero sólo consiguió enfurecerlo más.

Entonces Vincent se interpuso entre el campesino y el alemán. Reconoció a Lukas, aunque no sabía cómo se llamaba.

Lukas era un blanco fácil. Rubio, de ojos azules, con pómulos altos, nariz recta, mandíbula cuadrada y cuerpo esculpido como una obra de Arno Breker, era la caricatura del ario de la propaganda nazi. Con su andrajoso uniforme de prisionero, sus zapatos raídos y su delgadez, en ese momento distaba mucho de ser un dios, por supuesto, pero era imposible confundirlo.

Fabien aprovechó la valiente –e insensata– intervención de Vincent para desarmar al campesino y apartarlo a rastras.

Vincent le tendió la mano al alemán para ayudarlo a levantarse. Lukas se quedó sorprendido. Era sin duda la primera vez que un francés lo miraba a los ojos. Y que le hablaba en alemán sin exagerar las palabras ni agitar las manos, como hacían los franceses que habían aprendido mal el alemán en la escuela o durante la ocupación, y, además de hacer el ridículo, dejaban como tontos a los ocupantes.

Lukas debería haberse sentido agradecido, pero –otra costumbre de la guerra– desconfió. No creía que ese francés lo hiciera por nada, aunque poco se podía esperar de un prisionero. ¿Qué podría ofrecerle?

Habría podido contestarle en francés, pero guardar su secreto le permitía estar un poco menos desnudo. Y podría ayudarlo en su plan de fuga.

Vincent no pudo seguir hablando con él. Los vigilantes habían aprovechado la tregua para tirar de Lukas por los hombros y lanzarlo a la parte trasera del camión. Se habían retrasado y estaban impacientes por volver a casa. Fabien se acercó a Vincent.

–Un día duro. ¿Vienes a tomar algo?

Al pasar por delante de las personas a las que Fabien había apartado del corro salvaje, Vincent sintió pesadas miradas de incomprensión. Ayudar a un alemán era casi ser colaboracionista. Pero él no había ayudado a un ocupante, sino a un prisionero. Y no iba a sacar nada de ello, salvo esas miradas.

En el bar fue peor. Aparte de Fabien, pocos miraban a Vincent con la amabilidad del primer día. El ataque no se hizo esperar.

—Así que no te molesta ayudar a un cabeza cuadrada...

—Me habría molestado que lo mataran delante de mí sin hacer nada.

Max, Thibault y Enzo cogieron su vaso y se levantaron para ir a sentarse a la mesa de al lado. Fabien levantó la voz, lo que era raro en él, y llamó a todos al orden.

—¡Nuestro trabajo no es fácil, y será aún peor si nos dedicamos a pelearnos!

—Creía que estábamos de acuerdo en...

—Estamos de acuerdo en limpiar las minas y poner el país en orden, no en comportarnos como animales, o no seremos mejores que los alemanes.

—¡Venga ya, no iba a matarlo!

—No somos muchos, ni siquiera contando a los prisioneros. Si mañana no vienen a ayudarnos, no acabaremos de limpiar las minas.

—¿Estás de broma? ¿Los cabezas cuadradas podrían marcharse?

Vincent contuvo la respiración. Era evidente que Fabien tenía novedades y no había tenido ocasión de contárselas, pero no quería que sospechara lo mucho que le interesaban.

—Aparte del ejército y de Raymond Aubrac, nadie quiere saber nada de los prisioneros. Ni Dautry, el ministro de la Reconstrucción, ni Bidault, el ministro de Asuntos Exteriores.

—¿Qué quieren?

—Que limpiemos las minas en un tiempo récord, pero sin personal para hacerlo.

Georges se indignó.

—¡Esta sí que es buena! ¡Quitarnos a los prisioneros!

—Se supone que ni siquiera deberíamos utilizarlos —le recordó Fabien.

—¿Ah, no? ¡Pero si están hablando de llevarlos a las fábricas! Y a las minas de carbón. Me saca de quicio. ¡Los empresarios van a tener mano de obra gratuita que podrán explotar a su antojo, y nadie dirá nada! —añadió Max apelando a las preocupaciones de su partido.

—Si dejan de trabajar con nosotros, ¿quién va a pasar por las carreteras y por las playas? —preguntó Manu, preocupado.

Era una de las fases más peligrosas de la limpieza de minas. Pese a todos los protocolos establecidos y todas las precauciones posibles e imaginables, nunca podían estar seguros de que no quedaba ninguna mina. Habrían necesitado tanques, pero estaban utilizándolos en otra parte. Y ningún campesino estaría dispuesto a sacrificar animales, así que mandaban a los prisioneros. Y pensaban en otra cosa mientras se fumaban un cigarrillo, porque, por más que los odiaran, ver a un ser humano explotando sobre una mina nunca era agradable. Habían perdido a muchos alemanes así. El tema era delicado, pero todos estaban de acuerdo en un punto, que señaló Thibault.

—¡Tienen que hacerlo ellos! ¡Yo me niego!

Fabien lo miró con ironía.

—No lo entiendo. Hace cinco minutos no te importaba que nos libráramos de ellos a culatazos, ¿y ahora los echarías de menos si se marcharan?

Fabien estaba de pie ante la mesa en la que se habían refugiado los amotinados. Los reprendió.

—Vale, no nos gustan, pero no olvidemos que no tenemos a los peores. ¿Estamos de acuerdo? A los criminales de guerra se los han llevado para juzgarlos...

—¿De verdad crees que hemos descubierto a todos los criminales de guerra? ¿Que no hay ninguno escondido entre los prisioneros? —objetó Enzo.

—Además, todos los alemanes son criminales de guerra. Así lo veo yo —añadió Max.

—Y yo te recuerdo que hay soldados que son civiles y que no pidieron venir aquí.

—¿Y tú has estado en la Resistencia?

—En la Resistencia luchamos contra los alemanes, pero también contra la Francia de Vichy. Las cosas no son tan simples.

Fabien llamó al camarero y dio por finalizada la conversación con una última advertencia.

—Os diré lo que pienso: estamos aquí para limpiar las minas, para que todo el mundo pueda seguir con su vida sin jugarse el pellejo cada vez que da un paso. Vosotros sois valientes, pero no sois muchos. Necesitamos a los alemanes, así que vamos a calmarnos, que no sirve de nada ponernos nerviosos.

El camarero llegó en el momento perfecto. Vincent se alegró de que la conversación ya no girara en torno a él gracias a la intervención de Fabien.

Cuando volvieron juntos a casa, Vincent le dio las gracias. Fabien le dijo que se alegraba de haber tenido la oportunidad de aclarar algunas cosas. Incluso le hizo un comentario más personal que probablemente no habría hecho al resto del equipo.

—Odio a los alemanes, pero a veces todavía más cómo los miran algunos de nuestros chicos.

—Es difícil culparlos. Al fin y al cabo, son escoria —le comentó Vincent para que pasara inadvertido el hecho de que hubiera incumplido una de las leyes no escritas del grupo al haber hablado con uno de ellos.

—Sí, pero... Mira, aparte de Enzo, en el equipo no sólo he tenido a tipos ejemplares. Algunos quizá se han aprovechado del desbarajuste, ¿quién sabe? Si escarbamos un poco, seguro que encontramos a delatores y a antisemitas; por estadística, es muy posible. No se consideran escoria, pero estarás de acuerdo conmigo en que tampoco son la flor y nata. También hay personas que no hicieron nada, que no ayudaron, que esperaron a que todo pasara. Y esperar a que todo pase permite que pase.

Siguieron un rato en silencio. Vincent empujaba la bicicleta, y Fabien caminaba a su lado. Hacía buen tiempo. La noche habría sido magnífica si no hubiera tenido que limpiar minas al día siguiente.

Vincent le preguntó por qué había decidido limpiar minas. Fabien lo pensó antes de contestarle.

—Después de la liberación del sur, De Gaulle vino a ver a los miembros de la Resistencia del interior. Nos pidió que nos alistáramos en la campaña en Alemania, con los aliados. Nos dijo que así seguiríamos comprometidos con la Resistencia.

—Quería sobre todo que Francia tuviera muertos para poder sentarse a negociar.

—Exacto. No me gusta que me digan lo que tengo que hacer. Me alegro de que estuviera De Gaulle, no digo que no, pero, puestos a morir, prefiero que sea en mi casa, así que sigo en la Resistencia aquí. Sobre todo porque ya ves lo que nos tiene en cuenta. Hablan del desembarco de Normandía, pero apenas había franceses. Del desembarco de Provenza no se habla tanto, cuando allí sí estuvimos, preparamos el terreno, nos unimos y recuperamos ciudades. Pero no es el desembarco de De Gaulle, de modo que lo silencia...

Fabien le contaba algunas cosas, y otras no. Vincent sentía que confiaba en él, aunque no se lo contaba todo, que se había decidido a limpiar minas por alguna otra razón, pero no insistió.

Pasaron por delante de la playa. Por la noche recuperaba parte de su misterio. Miraron el mar en silencio. Fabien había observado que Vincent no intentaba conquistar a ninguna chica en el bar. Supuso que, como en su caso, una mujer ausente ocupaba todos sus pensamientos, así que al rato le habló de Odette.

Estudiaba matemáticas, física y química en la facultad de Aix, donde la había conocido. Había abandonado los estudios sin dudarlo para dedicarse a sabotear a los alemanes que se pavoneaban en Marsella.

Una vez la detuvieron, pero no le encontraron nada y la dejaron marcharse. Desde entonces su sonrisa tranquila adquirió el poder de convicción de un Ausweis. Un día no volvió.

Tras haberla esperado durante más de tres meses, Fabien tuvo que enfrentarse a la insoportable realidad de que no volvería a ver a Odette. Se unió al maquis. La fraternidad de esos grupos se convirtió en su punto de referencia y en su recurso para seguir adelante.

Cuando acabaron los combates, le resultó insoportable volver a la vida normal sin Odette. Le daba la impresión de que se diluía. Limpiar minas le devolvía la adrenalina de su vida anterior. Respondiendo a la pregunta de Vincent, y siendo del todo sincero, por eso limpiaba minas. Todo el mundo lo consideraba fuerte, pero a una de las dos personas que más quería en el mundo no pudo protegerla. Limpiar minas le impedía pensarlo.

Había dicho «una de las dos personas», pero no había hablado de la otra. Fabien mantenía el misterio. A Vincent le caía muy bien. Envidiaba su forma de contar lo que le hacía más frágil y guardarse para él las cosas de las que no quería hablar. Sabía que para hacer eso había que ser humilde y que confiaba en él.

Cuando llegó el momento de separarse, Fabien le dio varios cupones de racionamiento por adelantado; le irían bien. No estaba enfadado con él por haber ayudado al alemán. La discusión le había permitido aclarar sus ideas. Sabía que no iba a enterrar la aversión entre los dos bandos con palabras, pero si al menos en el grupo acababan con las vibraciones de odio incandescentes, que casi podían verse, como el temblor del aire sobre el asfalto cuando el sol está en lo más alto, ya le parecía bien.

Aun así, pese a sus buenas intenciones, Fabien aconsejó a Vincent que en adelante evitara hablar con los prisioneros. Era lo mejor para el equipo, sinceramente.

Vincent llegó temprano a la playa, como todo el contingente de prisioneros. No quería que Fabien lo pillara acercándose a Lukas para ofrecerle un cigarrillo.

Lo llevó aparte y fue directamente a lo que quería saber.

—Dime una cosa, ¿estabas en el castillo de Eyguières durante la guerra?

Lukas no quería confesar que se había alojado en el cuartel general de la Wehrmacht. Cierto que lo habían alistado a la fuerza, pero ¿a quién le importaba? Temía la arbitrariedad de los tiempos de paz y la justicia expeditiva después de las derrotas.

—¿Qué es el castillo de Eyguières?

—El castillo donde pasaste parte de la guerra. ¿Por qué mientes?

—Ah, nosotros no lo llamábamos así.

Lukas se dio cuenta de que su pobre explicación no funcionaba. Vincent se mostró conciliador.

—Entiendo que no te fíes de mí. Aquí no siempre os tratan bien.

—Es normal, somos prisioneros... —le comentó Lukas.

Los dos avanzaban sus peones con prudencia, con una mezcla de desconfianza, educación y empatía.

—Yo también estuve prisionero. Sé lo que es.

—¿Allí aprendió alemán?

—También aprendí lo solo que te sientes, abandonado por tu país. Francia os odia, pero Alemania se ha olvidado de vosotros. A nosotros nos pasaba lo mismo.

A Lukas le sorprendió que Vincent hablara con él con tanta sinceridad.

–Sí, cuando un gobierno no deja de apelar a la madre patria, la madre indigna nunca está lejos.

Ningún prisionero lo entendía. Los habían enviado a que los mataran y ahora ya no les llegaba ninguna noticia, ni oficial ni privada. Hacía meses que no repartían el correo y a nadie le había preocupado.

A Vincent le habría gustado conocer mejor a ese alemán para saber si tenía que pasar por él para enterarse de los secretos de los prisioneros y cuál era la forma más sensata de abordarlo, pero vio que llegaban los primeros dragaminas. Fabien no tardaría. No le quedaba más tiempo y no tenía elección, así que, aunque no era lo que había planeado, fue directo al grano.

–¿Estuviste en la granja que está cerca del castillo, la granja de los Jourdan?

–Sí.

–Entonces conociste a los granjeros y a su hija, Ariane...

Fue imperceptible, pero cuando Lukas volvió a asentir agachando la cabeza, Vincent sintió que había contactado con la persona adecuada. Sin embargo, ¿cómo interpretar ese breve gesto de duda, el hecho de que hubiera contenido la respiración? Vincent recordó que cuando se está prisionero, el miedo es omnipresente y se sopesa cada palabra antes de hablar.

–Ha desaparecido –siguió diciéndole Vincent–. Quiero saber qué le ha pasado.

–¿Cómo voy a saberlo?

–Infórmate. Todo vuestro cuartel general está prisionero. Están en el mismo campo que tú. Confío en ti.

–¿Y si nadie me lo dice?

–Sois prisioneros y habláis. No hay otra cosa que hacer cuando se está prisionero.

Vincent vio que los demás prisioneros los miraban extrañados. Tenía que alejarse de él. Además, quizá había hablado demasiado y demasiado pronto, pero no pudo evitar preguntarle:

—¿Por eso intervino para salvarme?

—Como te he dicho, yo también estuve prisionero.

—Cree que uno de los soldados del castillo podría ser el responsable, ¿verdad?

—Seguramente sí. Quiero saber quién.

—¿Qué le hará si lo encuentro?

—No lo sé.

Entonces Lukas dio un paso más en la extraña relación que estaban estableciendo.

—¿Estaba enamorado de esa mujer, de Ariane?

—Sigo estándolo.

¿Por qué le había dicho eso a un alemán al que no conocía? Por si fuera poco, Fabien acababa de llegar y se dirigía hacia ellos. Debía terminar la conversación. Vincent tenía un comodín y era el momento de utilizarlo.

—Mira, quiero proponerte algo...

Demasiado tarde. Fabien le gritó desde lejos:

—Oye, sé que te importa una mierda lo que piensen los chicos, pero creo que es un poco pronto para hacer apología de la amistad franco-alemana.

Vincent se echó a reír.

—¿La amistad franco-alemana? ¡Qué absurdo! ¡No vamos a reconciliarnos tan pronto!

No sabía de dónde había sacado la energía para reírse y esperaba que su risa no sonara falsa. Estaba desesperado. Al llamarlo, Fabien le había impedido sacar su comodín.

¿Podía confiar en ese alemán? ¿Iba a preguntar a sus compañeros y a ponerlos contra las cuerdas? Le daba la impresión de que Lukas era diferente de los demás y que había hecho bien en elegirlo. Lo había visto leyendo durante los descansos, y a veces dibujando a lápiz en los márgenes de los libros.

Lamentaba no haber podido rodear la cuestión, abordarlo poco a poco, hablar primero de generalidades, ganarse su confianza ofreciéndole más cigarrillos y volver a comentarle lo similares que eran sus experiencias para que se sintiera cercano a él. Ahora el alemán había entendido que Vincent lo necesitaba.

Justo antes de que Fabien llamara a los grupos para empezar a trabajar, un hombre llegó corriendo a entregarle un telegrama. Lo abrió y lo leyó en silencio. En cuanto el hombre se hubo marchado, Fabien le dijo a Vincent que no podría ir al día siguiente.

—Me va fatal. ¡Tenía que ser ahora!

Había pedido a los chicos que trabajaran duro para llegar al primer búnker, y ni siquiera estaría con ellos... Además, cuando él no estaba, los demás aprovechaban para reducir el ritmo, mientras que Enzo, que era un perfeccionista, tomaba decisiones que agobiaban a todo el mundo.

Por si fuera poco, al día siguiente tenía que recibir a un equipo de refuerzo. Habría querido saber cómo trabajaban –al no haber recibido formación, cada quien tenía sus métodos y sus costumbres– y darles indicaciones para armonizar los esfuerzos.

Pero no podía hacer otra cosa: Raymond Aubrac lo citaba en casa de Raoul Dautry, en Lourmarin.

Fabien se ocupó de organizar la jornada del día siguiente y de dar instrucciones concretas. Le pidió a Enzo que no corriera el menor riesgo. Confiaba totalmente en él, pero debían seguir delimitando la zona alrededor de las minas sarcófago. Y si encontraban otras más sencillas, las neutralizarían más tarde, cuando Fabien hubiera vuelto. Incluso podrían dejárselas a los militares que se encargarían de las minas sarcófago. La playa era peligrosa. No conseguía tranquilizarse.

Vincent señaló el telegrama.

—¿Sabes lo que quieren?

—Espero que no nos digan que tenemos que prescindir de los prisioneros...

Vincent se dio cuenta de que se le acababa el tiempo. Pasó el día observando a Lukas y buscando la ocasión para hablar con él a solas. Hasta el final de la jornada no pudo aprovechar cinco segundos en que Fabien no prestaba atención para acercarse al alemán y decirle en voz baja la propuesta a la que había dado vueltas desde que se le había ocurrido el plan.

—Si tienes alguna información sobre lo que pasó, si descubres quién hizo daño a Ariane o quién la conocía mejor que los demás, si tienes un nombre... dímelo. Tienes mi palabra de antiguo prisionero: te ayudaré a escapar.

Saskia no se atrevía a salir del estudio. Se refugió en su habitación a pensar y se quedó dormida. Llevaba tres años sin dormir tanto. Cuando se despertó, desorientada, ni siquiera sabía dónde estaba. Se recuperó enseguida y lo primero que hizo fue analizar todas las posibilidades de protegerse. Exploró todos los rincones del estudio como un animal atrapado en busca de un sitio donde esconderse. No, esconderse era la peor opción posible. Si alguien iba a buscarla, no tardaría ni dos minutos en encontrarla. Lo que quería era poder escapar.

Desde la ventana de su habitación se podía acceder al tejado de un cobertizo. Las tejas parecían sólidas y Saskia contaba con su extrema delgadez para no romperlas. Tenía miedo, pero debía saberlo. ¿Era una solución segura y factible? ¿Haría ruido al pasar? ¿La vería alguien? Debía probarlo. Era una cuestión de vida o muerte, y aunque intentara tranquilizarse, nada podía detener el ataque de pánico que se apoderaba de ella. Había oído que los combates seguían en la zona de Saint-Nazaire y en Alemania. El enemigo aún no se había rendido y no se había firmado la paz. ¿Por qué todo el mundo actuaba como si fuera evidente que los alemanes estaban a punto de rendirse? Los que lo decían no conocían a los nazis como ella.

Francia y Europa se hacían ilusiones. Nadie había previsto la guerra relámpago. Su padre le contaba que al principio de la Primera Guerra Mundial todo el mundo estaba ilusionado. Iban con una flor en el fusil a dar una buena lección a los alemanes. La guerra para acabar con las guerras. Pero a los alemanes nunca se les daban lecciones. A nadie. La única lección es que ninguna guerra acaba con las guerras. La guerra genera guerra.

En el campo de concentración no sabía qué sucedía en Francia, ni siquiera podía imaginarlo. Los nazis eran los jinetes el Apocalipsis. Se preguntaba si Francia seguía existiendo tal como la había conocido.

Si volvían, tenía que poder escapar. Cuando fueron a buscarlos, su madre, en un esfuerzo desesperado por salvarla, había asegurado que Saskia era una alumna suya, católica, que se llamaba Sophie –miren, su pañuelo lleva sus iniciales– y que su carnet de identidad lo demostraba.

Saskia era la única que tenía un carnet de identidad falso. Le bastaba con mostrarlo, pero se apoderó de ella una repentina intuición: si no iba con su madre, esta moriría. Tiró el carnet y negó lo que Mila acababa de decir. Era su hija, se llamaba Saskia e iría con ellos.

Ahora Saskia ya no tenía a quien proteger. Estaría preparada. Sabía por dónde marcharse. Nadie volvería a hacerle daño. Escaparía antes. Y aunque destruyeran el país, lo quemaran hasta los cimientos, no se detendría jamás. Había escrito en un papel las etapas que debía seguir para llegar a España, y desde allí a Marruecos. Cosería las joyas en los dobladillos de su ropa. Le habían dicho que el rey se había negado a entregar a sus ciudadanos judíos. Iría allí, al sol, y buscaría trabajo. Su padre tenía amigos que vivían en Mogador, y no los habían molestado. El nombre le hacía soñar. Mogador...

Para llevar a cabo su plan tenía que conseguir caminar por el tejado. No podía probarlo de noche. Era demasiado arriesgado. La noche anterior se había fijado en que la calle del estudio no estaba iluminada. Y además tenía vértigo. Mucho vértigo. Le daba vueltas la cabeza y se le desconectaba del cuerpo, pero tenía que probarlo de inmediato.

Trepar a la ventana era lo más fácil. Antes de la guerra lo había hecho una vez con su hermano, en su casa. Él fumaba.

Se quedaban sentados en el alféizar. Ella lo miraba fumar y se sentía bien, lo quería mucho. Era la personificación de la elegancia. Entraba en una habitación y todos se daban cuenta. Cuando estaba con él en el alféizar, no le tenía miedo a nada y era la persona más feliz.

Ahora avanzaba por el tejado, que estaba algo inclinado. Sentía las tejas rugosas y firmes en los pies descalzos, que se adherían perfectamente a su curvatura y evitaban que resbalara, pero empezaba a sentir que perdía el equilibrio. Se le nublaba la vista y le daba vueltas la cabeza. Se aferró al recuerdo de su hermano y resistió con todas sus fuerzas la atracción por el vacío que se apoderaba de ella. Entonces apareció su madre. Su madre, toda ella ternura y perdón, la madre que la quería, que no la juzgaba, que se reía, con su manera burlona de conseguir que todos fueran más humildes, y después su madre humillada delante de sus hijas el primer día que llegaron al campo de concentración, cuando tuvo que desnudarse.

Saskia nunca había visto a su madre desnuda. Ese día odió tanto a los alemanes que ya no había vuelta atrás. Tenía que librarse de esa imagen. No quería suicidarse, sólo que cesaran esas pesadillas. Unas pesadillas que no lo eran. Eran los insistentes y abrumadores recuerdos de los años que acababa de sufrir, de las muertes indignantes que la acompañaban a todas partes.

No podía caerse al vacío ahora, no tenía derecho, ni ganas, pero ¿cómo recuperar el deseo de vivir cuando las que fueron –las que siguen siendo– las personas más importantes del mundo ya no están con nosotros? «Te falta una sola persona y todo está despoblado.» Una sola persona... Si ese hubiera sido el duelo, quizá habría podido compartirlo y hablarlo con alguien, pero con tantas no es posible poetizar. Lo habían arrasado todo a su alrededor, y ahora, en ese tejado, no controlaba las fuerzas funestas que se apoderaban de su cuerpo y de su mente. Eran más fuertes que ella. No podía entrar en razón y calmarse. Se quedó paralizada, dividida entre el deseo de lanzarse al vacío y su deber de vivir. Tenía la mente entumecida y el cuerpo anquilosado. No podía avanzar. Le temblaban las piernas. La realidad ya no existía. Ya no estaba en el sur, bajo un cielo azul sin nubes. Estaba aterrorizada, arrastrada como por un remolino al abismo gris de su memoria, muy lejos de la primavera, tenía frío, incluso estaba helada. ¿Cómo había llegado hasta allí? Sabía que el vértigo se apoderaría de ella, y aun así había saltado al tejado. Había sobrevivido, cruzado Polonia, Alemania y Francia de norte a sur para llegar por fin al lugar al que soñaba con volver desde hacía tres años, y de repente se encontraba a cuatro metros del suelo, cuando caer desde la mitad bastaría para que sus frágiles huesos se rompieran. ¿Por qué adelantarse al peligro? ¿Para escapar? ¿Para castigarse? ¿Para escapar de qué? ¿De la realidad? Le habían dicho muchas veces que había que afrontarla, que había que aceptarla, pero la realidad debería avergonzarse de sí misma. Era la realidad la que debía escapar de ella.

Dicen que el vértigo es miedo al vacío. Saskia sabía que no era eso. El vértigo no es el miedo a caer en el vacío, sino el miedo a lanzarse a él.

Corrían rumores por todas partes. Quizá en unos días los alemanes entregarían las armas y los prisioneros dejarían de ir a limpiar minas. En ese momento, principios de mayo de 1945, las negociaciones diplomáticas de San Francisco no favorecían a Francia.

Para calmarse, Vincent volvió a pasar por delante del castillo de Eyguières, como si contemplar esos viejos muros fuera a permitirle encontrar elementos de reflexión o alguna inspiración.

También merodeó por el campamento de prisioneros. ¿Qué esperaba? ¿Que Lukas lo llamara desde el otro lado de la alambrada, le contara lo que había pasado y le diera un nombre y un apellido?

Se reprochaba a sí mismo lo que había hecho. Para ganarse a un alemán había tenido que contarle que había estado prisionero, cuando se trataba de una herida de la que no quería hablar. Una fatal concatenación de acontecimientos que lo llevó a odiar al mundo entero.

¿Y para qué?

¿No le contaría Lukas cualquier cosa y denunciaría a cualquiera para que lo ayudara a fugarse?

No vio a Lukas, pero se cruzó con Mathilde, que repartía comida y ropa a los prisioneros desde el otro lado de la alambrada. Al ver a Vincent le sonrió, como si fuera natural ayudar a los alemanes.

Los prisioneros se abalanzaban sobre lo que les daba, ante todo sobre los zapatos. Los recuerdos golpearon a Vincent. La extrema miseria, la miseria que excluye todo sentido del honor, que arrastra toda dignidad que pueda quedarle a uno, la miseria que envilece. Los observó peleándose por ropa con la que sustituir sus harapos, que llevarían hasta la saciedad, hasta que también se convirtiera en harapos, y sintió cierta compasión por ellos. A él también se le había iluminado la mirada por un abrigo demasiado grande, demasiado áspero, demasiado grueso, muy viejo, con un fuerte olor, y no quería saber a qué, pero que le salvó la vida en invierno. Apartó enseguida de su mente ese sentimiento. Ellos eran alemanes. No era lo mismo.

Cuando se acercó a saludarla, Mathilde se adelantó a sus preguntas.

−Sé lo que han hecho estos soldados, pero también sé lo que han hecho los franceses. Antes de la guerra, durante y después. No confío en nadie, pero en este campo de prisioneros hay niños, y quiero creer en ellos.

Lo de los niños era cierto, pero Vincent no debía flaquear.

Estaba pensando en estas cosas de vuelta a casa cuando vio a Saskia tambaleándose en el tejado.

Vincent soltó la bicicleta, entró en el estudio y corrió hacia la ventana.

Saskia, aterrorizada, se había convertido en una estatua de piedra. La voz de Vincent la despertó. Giró la cara hacia él, pero no podía dar un paso. No tuvo que explicárselo, porque él corrió hacia ella, recorrió la distancia que la llevaba hacia sus muertos y volvió a meterla en casa.

A ella le sorprendió que las manos de Vincent en sus hombros la reconfortaran. Apenas se dio cuenta de que eran tan ásperas como las baldosas bajo sus pies descalzos. A él le avergonzaba esa aspereza que no desaparecía. Había esperado que al volver a la vida normal –sí, se sorprendió diciéndose que limpiar minas era una vida normal– sus manos volverían a ser las que eran, pero no. Aun así, a pesar de la vergüenza, sus manos sintieron la tentación de cerrarse suavemente sobre las de Saskia, como si tuvieran voluntad propia, su propio deseo inocente y espontáneo, sin que él lo decidiera.

Se contuvo. Bajó las manos instintivamente para que Saskia no lo notara, pero ella se dio cuenta. En el campo de concentración se había pasado el tiempo escondiéndolo todo: la pulsera para que no se la robaran, trozos de verdura que había robado en la cocina y, por algún milagro que aún no se explicaba, un abrigo para su madre en mitad de un invierno muy frío, de modo que la estratagema de Vincent no iba a engañarla. En los campos de concentración se las había arreglado para ocultar su cuerpo, incluso cuando estaba desnuda.

Saskia no podía contarle por qué estaba en el tejado, por supuesto. Vincent lo desactivaba todo con respuestas absurdas, como el día en que la sorprendió delante de su casa. Pero ahora la miraba fijamente sin decir nada. No le preguntaba nada y se lo preguntaba todo, porque no quería que ella muriera.

Por más que ella negara que hubiera querido suicidarse, sentía que no iba a convencerlo. Ni siquiera conseguía convencerse a sí misma. Ya no sabía nada. Nunca había estado tan alejada de sí misma. No quería ver su cuerpo. No quería preguntar a su alma. Y creía que ninguna de sus decisiones tenía sentido. Le costaba mucho pensar, y sobre todo no servía de nada.

–No vuelva a saltar a ese tejado. Se lo prohíbo.

–Pues no vaya usted a limpiar minas... ¡También se lo prohíbo!

–Lo digo en serio. –Le sirvió algo de beber e insistió en el mismo tono serio, grave y conmovido–: No arriesgue su vida.

–Qué ironía que me lo diga una persona que arriesga la suya todo el día.

La oferta de Vincent habría sido inesperada para cualquier prisionero. Para Lukas no. Lo que más deseaba en el mundo era fugarse, pero tenía su propia estrategia y no quería desviarse de ella. No podía contar con un francés ni jugar con fuego. Su ayuda podría ser valiosa o llevarlo a la ruina. Pero ¿por qué el francés se había dirigido precisamente a él? ¿Qué señal había visto?

Hasta entonces Lukas había sido discreto. Los vigilantes no lo tenían en su punto de mira. El director del campo de prisioneros incluso lo había invitado a comer al enterarse de que trabajaba en una librería de Berlín. Hablaron de literatura, de los autores incluidos en el índice de libros prohibidos, de Thomas y Heinrich Mann, y de Stephan Zweig. Había sido el director el que le había contado que Zweig se había suicidado en Brasil y le había dado un ejemplar de *El mundo de ayer*. Ese testamento en forma de libro lo había conmovido. Era el libro que los vigilantes habían pisoteado sin saber de dónde procedía.

Lukas no podía fallar en su huida. Tenía demasiado que perder. El francés perfectamente podría denunciarlo en cuanto hubiera conseguido la información que buscaba.

Su propuesta lo obligaba a replantearse su táctica y le hacía dudar. No podía negar que podría necesitar a Vincent, aunque sólo fuera para vigilar mientras huía y evitar que lo atraparan, pero le agotaba tener que introducir nuevos parámetros en sus planes y dudar entre dos opciones.

Algunos prisioneros lo acribillaban a preguntas. Querían saber por qué el francés había ido a hablar con él. Lukas les daba largas, y eso los intrigaba aún más. Insistían. Llevaban semanas limpiando minas y ningún francés había ido a ofrecer un cigarrillo a un alemán. ¿Se había enterado de algo que deberían saber?

Lukas se libró de sus preguntas gracias a que llegaron unos funcionarios franceses al patio donde estaban reunidos todos los prisioneros, los que llevaban allí varios meses y los que acababan de llegar de Alemania o de otros campos de prisioneros. Les pidieron que guardaran silencio.

Los funcionarios habían llegado a hacer un trabajo sucio: reclutar para limpiar minas. Pasaban por allí cada vez que se enteraban de que habían llegado nuevos prisioneros. Planteaban las cosas como si los detenidos pudieran elegir, cuando no era así. Aparte del hecho de que no contaban con suficientes franceses, los prisioneros alemanes eran los que sufrían más bajas. Había que sustituirlos. Pero eso los funcionarios no lo decían. Como Lukas ya lo había escuchado cuando lo reclutaron a él, prefirió centrarse en las reducciones de condena.

Si los hombres daban muestras «de buena voluntad y de valentía», podrían presentar una solicitud para volver antes a su casa que estudiarían con interés y diligencia. Desde que limpiaba minas no había visto que ninguno volviera a Alemania. Bueno, sí, devolvían a los que habían resultado gravemente heridos durante una misión, que ya no les servían para nada. De este modo, morían sin engrosar las estadísticas del Departamento de Prisioneros de Guerra del Eje.

Tres prisioneros se habían acercado a Lukas.

Uno de ellos era Hans, el más corpulento de todos, tan gigante que parecía casi inconcebible que lo hubieran hecho prisionero. Su torso era como un tonel aplastado tan grande que era imposible rodearlo con los brazos. Se había hecho una especie de cinturón de fuerza con tiras de una sábana y sacaba cada día de ese cuerpo intacto y poderoso todas las razones para creer que sobreviviría a pesar de las pésimas condiciones de su encierro. No sólo era fuerte. En Múnich estudiaba para ser abogado. Conocía sus derechos e iba a hacerlos valer.

Otro era Matthias, el más joven y refinado, el músico, bajo cuya piel transparente afloraba la sangre. Era frágil y siempre estaba angustiado. Llevaba cinco años muy asustado. Y ya no podía apoyarse en la música.

Y también estaba Dieter, que no era ni rubio ni orgulloso, y que parecía aceptarlo todo. Lo mismo le daba estar allí que en otra parte...

Todos escuchaban con atención al traductor, que reproducía lo más rápido posible las palabras del funcionario.

—Señores, el Ministerio de la Reconstrucción ha decidido ofrecer a los prisioneros la posibilidad de redimirse y reducir su condena.

—Menuda posibilidad —comentó Hans en voz baja.

—Así que desde hoy podrán presentarse a la gran misión de la limpieza de minas todos los voluntarios que lo deseen.

—¿Y si no encuentran voluntarios para que les vuelen la jeta? —ironizó Dieter.

—Seguirán obligándonos a limpiar minas sin decir que estamos limpiando minas —le recordó Lukas.

—Han ganado. ¿Qué más quieren? ¿Cuándo volveremos a casa? —preguntó Matthias, angustiado.

Además de las arriesgadas perspectivas que los amenazaban, por la manera en que el francés articulaba las palabras, las repetía y los desafiaba mirándolos a los ojos, los prisioneros captaban el enorme desprecio que encerraba su discurso.

—¿Alguna pregunta? —preguntó al final el funcionario.

—¿Cuánto tiempo deberemos llevar para conseguir la reducción de condena?

—Depende de lo valientes que sean.

—¿Valientes para qué, si dice que no debemos limpiar minas?

Sí, ¿debían ser valientes para retirar escombros y detectar y evacuar minas desactivadas, como acababa de describir la misión? El funcionario no aclaró la paradoja. Se limitó a decir que valorarían su actitud. Los prisioneros siguieron preguntando.

–¿A cuántos prisioneros que limpien minas se les reducirá la condena?

–¿Cuánto tardarán en estudiar las solicitudes?

–¿Quién lo hará?

–¿Habrá cuotas?

El funcionario no les dio cifras. Cuando la limpieza de minas estuviera muy avanzada, la dirección tenía previsto seleccionar a diez alemanes al mes de todo el territorio. Diez de cincuenta mil. Es decir, tenían más posibilidades de salir volando tras haber pisado una mina que de volver a casa.

Como el funcionario esquivaba las preguntas, Hans insistió:

–No somos criminales de guerra, sólo somos soldados. No pueden asignarnos misiones peligrosas. ¿Enviarnos a limpiar minas no es infringir los Convenios de Ginebra? Artículos 31 y 32.

No era una pregunta. El funcionario abandonó el tono paternalista que había adoptado para cantarles las alabanzas de la limpieza de minas y optó por un tono más amenazador.

–Les hacemos un enorme favor considerándolos hombres con los que podemos trabajar en lugar de monstruos. Piénsenlo.

Matthias se volvió hacia los demás.

–Nunca volveremos a casa.

Mientras esperaban la cena, si es que podía llamarse así a lo que les daban, Matthias, Hans y Dieter pidieron aclaraciones a Lukas y se apartaron un poco para hablar.

–¿Qué se hace exactamente en la limpieza de minas? Es que se supone que todos recibimos formación sobre minas cuando nos alistaron, pero, en fin, era muy básica y no nos enseñaron a desactivarlas.

–Llevamos cinco años haciendo muchas cosas que nunca pensamos que haríamos, ¿no?

–Sí, pero ¿en este caso?

–Me adapto.

Lukas observó a Matthias. Era con él con quien quería hablar. Sabía quién era y lo había visto de lejos en el castillo, pero acababa de llegar al campo de prisioneros y era la primera vez que podía hablar con él.

En el cuartel general se respetaban estrictamente las jerarquías y las diferencias sociales, pero en el campo de prisioneros todo eso había volado en mil pedazos. Lukas no era el único que disfrutaba del perverso placer de tutear a sus antiguos oficiales, y Hans, que durante la ocupación no se relacionaba con soldados a los que consideraba inferiores, ahora hacía preguntas a Matthias con mucho interés y sin sospechar siquiera que ya se habían visto en el castillo.

–¿A qué te dedicabas antes de la guerra?

Matthias sí que recordaba a Hans, al que entonces odiaba, pero no dijo nada.

—Era músico. Empecé a aprender a tocar el violín a los tres años.

—¡Vaya, si tenemos entre nosotros a un genio! —exclamó Hans entusiasmado.

—Hasta recibí una oferta de la Filarmónica de Berlín, pero cinco años sin tocar... Ya puedo olvidarme.

—¡Y aún no se ha acabado! ¿Cuánto tiempo van a tenernos aquí? ¿Un año, tres, seis? —se autocompadeció Dieter.

—Todo el mundo dice que hemos perdido. Si nos rendimos, la guerra se habrá acabado y nos devolverán a Alemania —comentó Matthias en tono esperanzado.

—O a los que hagan prisioneros en Alemania los mandarán aquí —le recordó Lukas.

—Los estadounidenses no pueden permitirlo —le dijo Hans.

—Todos lo hacen. En San Francisco, los países están hablando sobre cómo utilizarnos. Nos han vencido y somos prisioneros, así son las cosas. Si queremos salir de esta, tendremos que buscar soluciones. Si no, nos pudriremos aquí —diagnosticó Lukas.

—¿Vamos a enviar a Mozart a saltar por encima de minas? —se indignó Hans—. ¡Es absurdo!

La conversación se convirtió en un insidioso combate entre Hans y Lukas.

—Así es la guerra.

—¡Es ilegal!

—¿Qué dicen esos artículos 31 y 32 que has mencionado?

—«Se prohíbe emplear a prisioneros de guerra para fabricar o transportar armas o municiones», artículo 31. «Se prohíbe emplear a prisioneros de guerra para trabajos insalubres o peligrosos», artículo 32. Así que limpiar minas infringe los Convenios de Ginebra.

—¿Crees que Hitler ha respetado los Convenios de Ginebra?

—No somos responsables de todo. Y la guerra ha terminado.

—Para nosotros no.

Lukas tenía razón, todos lo sabían. Se quedaron un momento en silencio, agobiados. Dieter intentó subirles la moral.

—¿Habéis oído al funcionario? ¡Limpiando minas pueden reducirnos la condena!

—Si no morimos antes —comentó Hans.

—De todas formas, no podréis elegir —pronosticó Lukas.

—¡No pienso aceptar que me tomen por tonto!

—¡Ya lo verás!

—No fui yo quien decidió esta guerra. Nadie la quería. Recuerda la alegría después de los Acuerdos de Múnich. En Alemania queríamos la paz. ¡Incluso Hitler quería la paz!

—Mentía —le aseguró Lukas en tono frío.

Hans lo miró sorprendido y siguió hablando.

—Al menos al principio repitió muchas veces que quería la paz.

—Escribió lo contrario.

Lukas se refería al libro maldito, el libro del que nadie quería hablar y cuyo título se había convertido en tabú. *Mein Kampf.* Hans atacó de nuevo.

—Ni él mismo se lo creía cuando escribió ese libro. Era joven, estaba en la cárcel y estaba furioso.

—Debía de creerlo, porque aplicó al pie de la letra todo lo que había escrito.

—No lo sabíamos. ¡Nadie lo ha leído!

—¿Nadie? En 1933 se vendieron un millón de ejemplares. En 1938, cuatro millones. ¡Lo nunca visto!

—Tenía más de setecientas páginas. Nadie podía leerse eso.

—¿Y los extractos, los fascículos y las ediciones abreviadas? En la librería donde yo trabajaba hacían cola para comprarlos. ¿De verdad crees que nadie sabía lo que decían? Algunos estaban de acuerdo con él, otros eran indulgentes, otros no querían ver, no querían pensar en eso, pero todo el mundo lo sabía. Hitler lo había programado todo, lo había anunciado todo, y nadie hizo nada. Esa es la realidad.

En el fondo eran conscientes de que Lukas tenía razón, pero

no les gustaba hablar de ello, al menos así. Fingir que nadie sabía nada era una forma de sobrevivir. Lukas no añadió que también en Francia habían leído el libro. Pese a que Hitler intentó prohibir que se publicara en Francia, para que no lo desenmascararan, la Liga Internacional contra el Antisemitismo lo distribuyó entre parlamentarios, ministros, periodistas y todo aquel que pudiera tomar medidas. Sin embargo, como sucedió en Alemania, ningún responsable francés, a excepción de De Gaulle, creyó que Hitler aplicaría ese programa. O no quiso pensarlo. O no le disgustó.

Esa misma noche volvió a hablar con Matthias. El violinista estaba destrozado por las dudas. Si no volvía a Alemania, podía despedirse de la música, pero si limpiaba minas, ¿qué posibilidades tenía de volver a Alemania?

—Nos piden que seamos valientes. ¿Qué significa eso? ¿Saltar sobre una mina para ayudar a reconstruir Francia? Es muy peligroso.

—Lo peligroso es quedarse aquí. Ya ves que no pueden asegurarnos unas condiciones sanitarias decentes. La única vez que vino la Cruz Roja escondieron a los enfermos.

—Hans dice que no pueden retenernos.

—Se las arreglarán.

—¿No tienes miedo?

Habían llegado al extremo del patio, por donde les dejaban pasear un rato antes de volver a los barracones. Lukas bajó la voz.

—Claro que tengo miedo, pero lo hago por algo. Si vienes a limpiar minas conmigo, podremos marcharnos de aquí. No llegaremos a hacer las misiones.

Matthias lo miró sin entender.

—Voy a decirte una cosa, pero no se la puedes contar a nadie...

Matthias asintió en silencio, impresionado por que Lukas confiara en él, al que todo el mundo consideraba el más débil y el menos útil.

–Vamos a limpiar las minas de un búnker de la playa. Dentro hay granadas y armas. Necesito a alguien que los distraiga. ¿Quieres fugarte conmigo?

–¿Cuándo?

–Mañana o nunca.

Fabien se levantó temprano. Max le había prestado su Traction para que fuera a Lourmarin. Eran unas tres horas de viaje, y Aubrac le había advertido que Dautry era un ministro madrugador.

En efecto, Raoul Dautry llegaba cada mañana a su despacho a las cinco. Para empezar anotaba todos los periódicos, y cuando recibía a sus primeras citas su actividad cerebral era máxima. Diplomado por la École Polytechnique y gran erudito, su biblioteca contenía cientos de novelas cuyos lomos estropeados demostraban que las había leído con atención.

Raymond Aubrac sabía que debía atender las exigencias de un hombre que había rechazado todas las propuestas de Vichy y que no había dudado en volver al gobierno cuando De Gaulle se lo pidió. Los demás ministros se ocupaban de preparar las grandes reformas que el general quería llevar a cabo para reactivar el país: sufragio femenino, seguridad social, reconocimiento de los sindicatos y creación de comités de empresas. Raoul Dautry recibió el trabajo más ingrato, pero sin haber limpiado las minas era imposible pensar en reconstruir Francia.

Ese día, cuando Fabien entró en su despacho, Dautry estaba de mal humor. Estaba releyendo en voz alta unos pasajes que había subrayado con rabia.

—«... estos dragaminas llegados de quién sabe dónde o, mejor dicho, sí, lo sabemos perfectamente. Reclutaron a toda prisa a cualquiera sin experiencia para redimir su mala conducta durante la guerra y limpiar su pasado...»

Aubrac había leído el periódico antes de llegar y esperaba el enfado de su ministro.

—Menos mal que solemos tener buena prensa, porque esta vez...

Como lo habían convocado, Fabien se permitió intervenir.

—Habría que ver qué hizo él durante la guerra. —Incluso recicló la cita que Hubert no dejaba de repetir—: Ya conoce la máxima de La Rochefoucauld: «Los que más claman por la moralidad son los que menos la tienen».

—Eso seguro... —añadió Aubrac.

—¡Ese tipo nunca ha pedido reunirse con los dragaminas, no sabe nada de ellos y se dedica a insultarlos! —exclamó Dautry, indignado.

—Son difamaciones —resumió Fabien.

—¿Deberíamos pedir que rectifique o replicar? —sugirió Aubrac.

—Lo enviaremos allí —le contestó Dautry.

—Debe de ser de los que se quedan ladrando en su despacho —ironizó Fabien.

—No tendrá elección, créanme —les aseguró Dautry.

Raymond Aubrac y Fabien sonrieron. El enfado de Dautry les complacía. Él nunca transigía. Perseguía la menor crítica a los dragaminas. Al periodista que cometía la imprudencia de escribir que el trabajo era demasiado lento, que estaba mal hecho, mal orientado y mal organizado, que lo realizaban delincuentes o antiguos colaboracionistas, lo convocaba de inmediato. Dautry le pedía que citara sus fuentes y que aportara pruebas de su investigación. No las tenía. Entonces le recordaba los principios que el general De Gaulle había elaborado con él para llevar a cabo la enorme y peligrosa empresa de limpiar las minas. Después de la Primera Guerra Mundial, de 1914 a 1918, la reconstrucción se había dejado en manos de empresas privadas. Todo el mundo había podido constatar que esas empresas se habían llenado los bolsillos y habían hecho una chapuza. El general De Gaulle tenía otra idea de Francia que exigía que sólo el Estado se hiciera cargo de la recuperación francesa.

Y además qué bajeza. Los dragaminas arriesgaban la vida en ese trabajo, de modo que no estaría mal que los periodistas hicieran el suyo de verdad e investigaran sobre el terreno.

Fabien se alegró de constatar que su ministro no se lavaba las manos respecto del honor de los dragaminas que llevaban a cabo esa peligrosa misión, pero aún tenía que informarle sobre las peticiones que le había hecho a través de Aubrac. Todos tenían poco tiempo, así que fue rápidamente al grano.

—¿Tiene alguna noticia sobre la ayuda para desactivar las minas gigantes, los sarcófagos, las tumbas y las bombas Goliath?

—Lo hemos comunicado a los mandos del ejército y le mantendremos informado.

—¿El equipo de detección eléctrico?

—Los aliados nos prometen que lo mandarán pronto. Y estamos intentando copiar modelos estadounidenses, rusos e ingleses. De momento tenemos que aguantar con lo que tenemos.

—¿Qué me dice del estatus de los dragaminas? ¿Podrán considerarlos víctimas de guerra en caso de accidente?

—Estamos pensándolo, pero plantea problemas para nuestros combatientes, ¿me entiende?

—Luchamos como lucharon ellos y arriesgamos la vida como la arriesgaron ellos. Mi compromiso con la limpieza de minas es la continuación de mi compromiso con la Resistencia.

—Fabien, no todo el mundo tiene el mismo historial que usted.

—Mis hombres están construyéndose su historial.

Aubrac estaba de acuerdo con Fabien, que luchaba a brazo partido para que concedieran a los dragaminas el estatus que merecían. Si resultaban heridos, la garantía de una pensión como inválidos de guerra. Si morían, que sus viudas pudieran criar decentemente a sus hijos.

Fabien quería comentar otros temas.

—¿Mapas de minas?

—Todavía no.

—¿Puede intervenir con el ejército? Si los alemanes negocian su rendición, deben darnos los mapas.

—No es fácil.

—Limpiar minas sin mapas tampoco.

—Ya conoce a los militares, les encantan los secretos. Clasificarán los mapas de las minas como secretos de defensa antes de que sepamos si podemos hacerlos públicos.

Al ver que Fabien se impacientaba, Aubrac intervino.

—El problema es que no sólo los alemanes han puesto minas, así que necesitamos los mapas de las minas de los aliados... Pero tengo buenos contactos con los militares. Si no lo hacen de forma oficial, lo harán bajo mano. Que quede entre nosotros.

—¿Y los prisioneros alemanes?

—Ahora que he conseguido convencer a Bidault de que defienda nuestra causa en la conferencia de San Francisco, va a tener que portarse bien —le comentó Dautry.

Habían hablado muchas veces de este controvertido tema. Aubrac lo había abordado desde un punto de vista político, moral, estratégico y pragmático, y al final había convencido a Dautry. Le importaba un bledo que a las autoridades diplomáticas les pareciera mal. Debían quedarse con los alemanes para limpiar las minas. Las minas eran una nueva forma de guerra. Se enfrentaban a ella por primera vez. Debían adaptar los principios para que fuera la última. Si el país que había convertido todo un territorio en un enorme campo de minas no se ocupaba de retirarlas, volvería a hacerlo. De ahí la necesidad de hacerlo jurídicamente vinculante.

—Sin embargo, como era de esperar, el Comité Internacional de la Cruz Roja ha emitido una opinión desfavorable. Empezamos mal.

Para no desanimarse, Fabien planteó su última petición. Una petición esencial.

—Necesitamos una unidad móvil de cuidados de urgencia. Cuando explota una mina, a menudo estamos lejos de un hospital. Si tuviéramos a alguien para los primeros auxilios, podríamos salvar vidas...

Aubrac y Dautry se sintieron avergonzados. Era difícil decir a hombres que arriesgan su vida por la de los demás que no tenían medios suficientes para ellos.

Fabien bajó la voz, decepcionado.

—Pues luchen por conseguir los mapas de las minas.

Asintieron muy serios. Aunque habían abordado todos los temas, Dautry no dio por finalizada la reunión. Fabien se preguntaba para qué había ido, si le habían dicho a todo que no... Y además Aubrac y Dautry lo miraban de una forma extraña.

Dautry le ofreció un café.

—Sabe que Aubrac habla muy bien de usted.

—Se lo agradezco.

—Si todos nuestros hombres fueran como usted...

—Basta con formarlos.

—Estamos en ello. Estamos a punto de terminar nuestro proyecto de escuela para este verano. Pero es usted demasiado humilde. No es una cuestión de técnica, sino de ética y de compromiso. Así que hemos pensado que sería usted perfecto para trabajar con nosotros en el ministerio.

—¿Cómo dice?

—Sí, le proponemos que venga a trabajar a París, a la dirección general de limpieza de minas. —Hizo una pausa y después añadió—: Evidentemente, también tendrá que ir a ver los campos de minas. Como Aubrac, estará tres días por semana de viaje, en contacto con los hombres.

Fabien no se lo esperaba. Su primer pensamiento, tan fulgurante como fugaz, fue ir a contárselo a Odette. Nunca había perdido ese impulso, y aun así siempre lo pillaba por sorpresa.

Pensaba a toda velocidad. Tenía que contestarles algo a Aubrac y a Dautry en cuanto se hubiera terminado la taza de café, que detuvo ante los labios. ¿Por qué no les decía que sí, entusiasmado y sin reservas, de inmediato? Apreciaba mucho a Aubrac. Le caía muy bien. Era joven, entusiasta, riguroso e íntegro. Era ingeniero de Puentes y Caminos, y tenía las aptitudes necesarias para su puesto. Seguía siendo humilde aunque tenía un papel decisivo en el Ejército Secreto. Trabajar a su lado sería sin duda estimulante. En cuanto a Dautry, admiraba su visión y su capacidad de trabajo.

Fabien podría por fin aceptar un trabajo en el que no se jugara la vida cada segundo, pero siguiera siendo útil. ¿No se lo había ganado? ¿Por qué dudaba?

Pensaba en sus hombres. ¿Cómo decírselo sin tener la impresión de que los abandonaba? En ese mismo momento se reprochaba no estar con ellos.

—No tiene que respondernos ahora mismo.

—Es un honor. Se lo agradezco. Antes de tomar una decisión quisiera terminar de limpiar las minas de la playa que he empezado y los búnkeres.

—Perfecto, esperaremos su respuesta.

La propuesta lo tentaba más de lo le habría gustado. Cuando Dautry le dio la dirección de las oficinas de limpieza de minas —calle de La Trémoille, número 6, en el distrito VIII—, recordó que había soñado vivir con Odette en París, la ciudad que vivía de noche, para llevarla a bailar a los clubes de jazz...

Saskia había conseguido salir del estudio. Le había costado mucho. Caminar por la calle le costaba todavía más, aunque había deseado mucho esa libertad cuando se la quitaron, pero aún no podía permitirse ese sencillo placer. No conseguía librarse del miedo.

Cuando sus padres tuvieron claro que podían deportarlos, toda la familia se repartió en casas de amigos. Saskia ya no podía salir. Aun así, se reunían una vez por semana en su casa. Durante una de esas reuniones clandestinas los detuvieron.

Ese fatídico día tuvo la impresión de que la seguían. Durante mucho tiempo se preguntó si los habían detenido por su culpa. Peor aún, estaba íntimamente convencida. Una amiga del campo de concentración le dijo: «No tienes la culpa de nada. La culpa es de los alemanes». Y supo que durante toda su vida debería aferrarse a esa frase, cuya verdad se le escaparía a menudo.

Ahora volvía a caminar por la calle y no estaba del todo segura de que no fuera a pasarle nada. Ya no ponía en peligro la vida de sus seres queridos, pero poner la suya suponía arriesgarse a que su familia dejara de existir, porque ya sólo quedaba ella.

Así que avanzaba con la prudencia de los que están solos en el mundo. La amenaza no podía haber desaparecido. ¿Dónde estaban todas las personas que los insultaban y que querían verlos muertos? ¿Los esbirros del Partido Popular Francés y de la Unión Nacional Popular, y las milicias enfurecidas que sacaban violentamente de su casa a familias enteras, niños incluidos, y las enviaban a los campos de concentración? ¿Y todos esos ojos invisibles que los espiaban y los habían denunciado? Esos delatores debían de seguir vivos, felices en su impunidad, sin una sombra que alterara sus pensamientos, salvo seguramente la nostalgia de esos días absurdos en que habían dado rienda suelta a su odio. ¿Dónde estaban ahora?

Quizá estaba cruzándose con ellos en ese mismo instante. Ese hombre con traje ajustado, esa mujer con el pelo recogido que la miraba de arriba abajo al pasar... Y entre ese grupo que charlaba y se reía, ¿habría alguno que hubiera denunciado a una familia porque sí, por envidia, por venganza, por quedarse con un negocio, incluso por nada, por inconsciencia, por el placer de denunciar y por sentirse todopoderoso?

De repente, en la acera de enfrente, a cierta distancia, lo que vio no fue a más enemigos tranquilos, sino a... su madre. Su madre de espaldas, con su vestido de viscosa rosa, que danzaba con ella cuando se desplazaba, su vestido estampado de rosas evanescentes que le ceñía la cintura y se acampanaba en las caderas, su vestido con un cinturón que había cosido con otra tela porque ya no le quedaba la de las rosas, pero que le quedaba tan bien. Saskia corrió para alcanzarla.

Durante esa carrera exaltada, flotaba en la magia de esa aparición siguiendo a su madre. Quizá podría agarrarla de la cintura y apretarse contra su cuerpo, como hacía cuando era pequeña. Se bebió la ilusión a grandes tragos, sin aliento.

La transeúnte se volvió.

En cuanto vio el rostro amable de la joven que le sonreía, Saskia abandonó la orilla de sus ilusiones y volvió a la acera.

La joven transeúnte se quedó un poco sorprendida al ver a Saskia, que había llegado hasta ella y la observaba con mirada febril.

–¿Puedo ayudarte en algo?

Saskia, sin aliento, consiguió decirle que el vestido que llevaba puesto lo había cosido su madre y que el elegante broche que llevaba colgado casi en el hombro, a la altura de la clavícula, también era suyo.

La emoción de Saskia conmocionó a la joven. Se desabrochó el broche y se lo tendió.

—Lo siento... No lo sabía...

¿Cómo iba a saberlo? Pero Saskia sentía que la rabia se apoderaba de ella. En su casa vivían personas sin humanidad, les habían confiscado sus cosas, una desconocida llevaba el vestido de su madre... ¿Todo lo que tenían se había dispersado? ¿Y si gracias a ese vestido podía encontrar a los delatores? ¿Y si conseguía demostrar que la mujer que había ocupado su casa había mentido? Seguramente ella había dado o vendido el vestido a esa joven.

—¿Dónde lo encontraste?

—Lo compré en el mercado. Una mujer bastante mayor tenía una pequeña maleta con ropa y varios objetos. Me pareció bonito. No sabía que era robado.

Los vestidos de su madre vendidos en una pequeña maleta en un mercado...

La joven añadió:

—Si me dices dónde vives, puedo llevártelo.

«Dónde vives...» Saskia no había previsto que le preguntara algo tan trivial y se angustió. Era absolutamente incapaz de dar su dirección, que además no era la suya, como si aún pudieran denunciarla y tuviera que vivir escondida el resto de su vida. Mejor no decir nada. Antes de la guerra le habría parecido una locura, pero ahora le parecía lo más razonable. Por más que intentaba pensar a toda velocidad, no se le ocurría ninguna solución. Quería el vestido, lo quería con todas sus fuerzas —le habría gustado encontrar un lugar discreto para que la chica se lo quitara y se lo diera—, pero no podía decirle dónde vivía.

—¿Podemos quedar en la plaza de la République? ¿Delante del bar? Me vendría mejor.

La joven aceptó y le sugirió el miércoles de la semana siguiente por la tarde, que estaría más disponible. Y después se separaron.

Saskia la envidió. Tenía cosas que hacer y sabía adónde iba.

Todavía aturdida, destrozada y abrumada por el recuerdo de su madre, observó alejarse el vestido. Ya no sabía dónde estaba. Empezó a seguirlo de lejos, como si quisiera volver a embriagarse con el espejismo. Un hombre que avanzaba en dirección contraria le dio un fuerte golpe. Gritó e instintivamente se protegió la cara con los brazos.

—Oh, perdona, ¿te he asustado?

A Saskia ya no le quedaba sangre fría. Había agotado todas sus reservas en el campo de concentración. En principio se asustaba, y después analizaba la situación. El chico se disculpó y la miró sonriendo.

—Dime, ¿vendrás a la fiesta esta noche?

Tenía un acento irresistible, una mirada directa y una sonrisa estadounidense.

—¿A la fiesta?

—Sí, hay un baile. ¿No has visto la tarima en la plaza, delante del bar? Vendrá una orquesta.

—No lo sabía.

—Ven, yo estaré allí...

Su entusiasmo la abrumó. Intentó devolverle la sonrisa y se marchó. Una fiesta. Música. Una orquesta. Ir a bailar... Imposible. Estaba de luto por demasiadas personas. Y además se arriesgaba a encontrarse con Rodolphe. Lo deseaba más que nada en el mundo, por supuesto, pero le preocupaba volver a verlo estando tan delgada y tan cansada. Tenía que recuperar algo de color en la cara. ¿Bastaría una hora de sol, como antes? Pero también necesitaba fuerzas. Para ello debía seguir adelante.

Recordó de repente que un alumno de su madre había encontrado trabajo en el ayuntamiento antes de la guerra. Quizá él pudiera ayudarla. Édouard... No recordaba el apellido.

Había recordado bien. Édouard Maillan seguía trabajando en el ayuntamiento. Tuvo que esperar para que la atendiera. Mucho rato. Cuando por fin le llegó el turno, una secretaria le dijo:

—Lo siento, pero estamos a punto de cerrar. Si puede darse prisa...

Édouard Maillan estaba tan ocupado rellenando un informe que no levantó de inmediato la mirada cuando ella entró en su despacho.

—¿A qué ha venido?

—Hola, Édouard. Soy Saskia...

No la había reconocido. La última vez que la había visto, su rostro aún mostraba rasgos infantiles.

—Oh, Saskia... Perdón. Has cambiado mucho... ¿Qué edad tenías cuando te marchaste?

—Diecisiete años.

—¿Y... tu madre...?

Saskia, sentada muy recta en la silla y con los ojos húmedos, intentó no llorar y desvió ligeramente la mirada. Édouard, avergonzado y sin saber cómo reaccionar, dejó a un lado el montón de papeles en los que estaba escribiendo, como para despejar el espacio entre Saskia y él, e intentó romper el silencio con suavidad.

—Lo siento. Quería mucho a tu madre, como sabes. Le debo mucho. Sin ella no me habría sacado el diploma, seguro.

Como Saskia no le contestaba, adoptó un tono más ligero para mitigar su emoción.

—¿Vas a volver a vivir aquí?

—Bueno... Me gustaría volver a mi casa, pero la han ocupado. He visto en el buzón que se apellidan Bellanger.

—Ah, los Bellanger... Sí, se presentaron en el ayuntamiento. Parecen... decentes.

—¡Pero es mi casa!

—¡Por supuesto! ¿Has ido a un notario?

—Édouard, acabo de llegar. No he podido contactar con nadie ni hacer ningún trámite. Todos mis papeles se quedaron en nuestra casa, pero la mujer a la que vi dice que no hay nada nuestro. He pensado que podrías ayudarme.

Fue evidente que ponía a Édouard en un apuro.

—Claro, lo intentaré, pero... La construisteis vosotros, si no recuerdo mal.

—Mi padre hizo los planos y supervisó las obras.

—El problema es que antes de la guerra no se pedían permisos.

—Habíamos comprado el terreno. ¿No basta?

—No, es complicado. Por eso hace dos años Vichy intentó imponer los permisos de construcción, aunque, entre tú y yo, casi nadie cumplió la ley... De todas formas, ahora hay municipios que quieren pedirlos, Ramatuelle, Saint-Tropez... Será más fácil organizarse.

—Pero ¿yo qué hago?

Édouard suspiró y volvió a colocar el montón de papeles delante de él.

—Pobrecita. Y además llegas en mal momento. ¡Tenemos mucho trabajo! ¿Ves todo esto? Son solicitudes de indemnización.

—¿De qué?

—¡Daños de guerra! Casas ocupadas y destruidas, y cultivos arrasados. Mira este, la finca de Charvil, que ha perdido dieciséis hectáreas de viñedos. Y la finca de Barjaval, dieciocho hectáreas. Y los ocupantes destrozaron la casa. Habrá que pagarles.

—¿Quieren que se les indemnice... por la guerra?

—¡Sí! Y vamos muy retrasados. —Se levantó y abrió un armario—. ¡Mira, no te miento! ¿Entiendes el problema?

Sí, entendía el problema. Esas grandes fincas, todas esas hectáreas eran más importantes que ella. En el encabezamiento de una de las cartas de reclamación aparecía impresa una enorme casa de campo. La letra era grande y la tinta se había descolorido y ahora era azul cielo. La carta estaba fechada el 16 de agosto. Un día después del desembarco. Los propietarios no habían perdido el tiempo. La indemnización que pedían era vertiginosa. Saskia se sintió muy pequeña.

—¿Crees que podrás hacer algo?

Édouard se quedó pensando un buen rato y después abrió un cajón. Saskia seguía todos sus movimientos como si tuviera el poder de devolverle su antigua vida. Él sacó unos trozos de papel.

–Toma, por si puede ayudarte.

Cupones de racionamiento.

Saskia se había quedado sin familia y sin casa, ¿y le ofrecía cupones de racionamiento? Le dio las gracias en un murmullo avergonzado e insistió en voz baja.

–Dime cuándo puedo volver.

–Dame un poco de tiempo...

Después, como si pudiera consolar a Saskia mediante una extraña ecuación, cupones de racionamiento a cambio de una casa, volvió a abrir el cajón, sacó más cupones y se los tendió. Esta vez era un vale para unos zapatos.

–Toma. Y si quieres mi consejo, no montes historias.

«No montes historias...»

No era la primera vez que oía esta frase. Se la repetían a menudo, unas veces como orden y otras como consejo de amigo. Cuando liberaron los campos de concentración, como evacuaban primero a los prisioneros políticos –«Primero los que han luchado por Francia y después los demás», les decían con crueldad pasando por alto a todos los judíos de la Resistencia–, Saskia suplicó que la dejaran volver a casa cuanto antes. Le pegaron un sermón: «Evacuaremos a todo el mundo. No montes historias». Cuando otras tres deportadas y ella se las arreglaron para hacer solas el trayecto en camión y quisieron explicarlo, les contestaron con evasivas y moviendo la cabeza: «No es el momento de venir con historias».

En el Lutétia, a su llegada a París, de nuevo... Se negó a desnudarse para que la viera el médico. «Vamos, no monte historias.» Rechazó el DDT y las incesantes preguntas... «¿De verdad quiere montar una historia?» Y después, justo antes de escapar de la pesadilla en el ayuntamiento, unos cupones de racionamiento, unos vales, como si le ofrecieran una fortuna, y ese consejo atroz: «Toma, y no montes historias».

Nadie quería escucharla, pero lo que tenía que contar no eran historias, sino la Historia con su hache mayúscula y todas las minúsculas, lo repugnante que puede ser la Historia, la Historia que no avanza hacia el progreso ni hacia la idea de la humanidad que nos gustaría tener, la Historia que jamás habría debido admitir ese infierno y la Historia que jamás deberían olvidar.

Cuando oyó por primera vez ese comentario desesperante, no sabía hasta qué punto la seguiría a todas partes. A nadie le interesaba su historia. La de los miembros de la Resistencia sí, pero la suya no. Querían a héroes, no a víctimas. Pero en el campo de concentración sólo había visto a su alrededor a heroínas que sufrían, que dudaban y que desfallecían, pero heroínas. ¿Por qué diferenciar a los deportados de los miembros de la Resistencia, a los prisioneros políticos de los prisioneros raciales, como los llamaban? Cuando los nazis siguen al pie de la letra un programa de exterminio total implacable y monstruoso, intentar seguir vivo es resistir con todas tus fuerzas imaginables e inimaginables.

Y para imaginar las fuerzas que ya no tenemos, que nadie podría tener frente a lo insuperable, necesitamos historias.

Las historias las habían salvado a ella y a las pocas prisioneras a las que les gustaba escucharlas. Antes de la guerra se las contaba a su hermano cuando dormía en la misma habitación que ella. En el campo de concentración había seguido contándolas. Su facilidad para dar rodeos y evitar la última parte de la historia le permitía entretener a sus compañeras durante varias noches seguidas. Siempre elegía historias que acababan bien. Si no era el caso, cambiaba el final. ¡Sólo faltaría! Lo que estaban viviendo ya era lo bastante insoportable como para agobiarse con historias tristes. Las historias debían permitirles creer, animarlas y alegrarlas. Incluso las que adaptaba de Zola o de Maupassant se convertían en alegres. Gervaise acababa encontrando a un marido decente y un trabajo, y se mudaba a una bonita casa. Bola de Sebo era agasajada por sus compañeros de viaje y abandonaba la prostitución. El insecto de Kafka volvía a metamorfosearse en sentido inverso, como la rana en príncipe, y encontraba sentido a su vida. Por si fuera poco, añadía a su narración otros relatos, del mismo autor o de otro, no importaba, para que la historia y la vida de los autores se prolongara. Kafka vivía una larga y feliz historia de amor con Milena. Nadie sospechaba que Milena se moría en otro campo de concentración. Las que habían leído a Zola o a Kafka no rechistaban. Además, preferían las versiones de Saskia.

Ahora que estaba sola, sin nadie con quien hablar, le quedaban los novelistas, que eran como su familia. Sentía que novelas que había leído, que la habían ayudado a sobrevivir, las habían escrito sólo para ella, como si hubieran esperado a encontrar a la persona que las entendiera de verdad. Saskia creía firmemente en esas afinidades electivas y en esa comunicación mística. Victor Hugo le hablaba a su hija muerta haciendo espiritismo, y Saskia era como su hija viva, a la que ahora hablaba desde más allá de la muerte. No confiaba en sí misma, pero de esto estaba íntimamente convencida. No eran delirios de grandeza ni soberbia, sino su fe. Eran sus dioses, los avatares literarios de Dios, en el que no creía.

Al salir del ayuntamiento, todavía furiosa, sus pasos la llevaron sin que se diera cuenta a la plaza en la que habían montado la tarima para el baile que tendría lugar esa misma noche.

La alegría de los obreros que montaban los tablones de madera y colgaban las bombillas, la sonrisa en el rostro de los transeúntes... A todo el mundo le apetecía esa fiesta. Menos a ella.

Sin duda era demasiado pronto para ver a Rodolphe, pero ¿podía esperar? ¿Y si creía que había muerto?

Pasó por la perfumería de los padres de Rodolphe para enterarse de las novedades. La empleada estaba desempaquetando cajas y colocando frascos en las estanterías. No eran muchos, pero aun así Saskia se preguntó cómo era posible comprar ahora ungüentos o productos de belleza, cómo ese lujo podía coexistir con la miseria que veía a su alrededor y sustituir como si nada hubiera pasado a la indigencia que tantos de ellos habían sufrido.

Y de repente vio en un estante el perfume que Rodolphe le había regalado. Un soliflor a base de jazmín. El jazmín procedía de grandes plantaciones que parte de su familia tenía en las montañas de Grasse. El frasco la emocionó. Lo abrió con delicadeza y se frotó con cuidado la muñeca con el tapón de vidrio esmerilado. Todo volvió a su memoria. La primera vez que se lo regaló y el día que descubrió las grandes extensiones de flores, hasta donde alcanzaba la vista. Y el aroma, y las estrellas blancas que perfumaban la noche... La dependienta se acercó a ella rápidamente y le quitó el frasco de las manos para que no lo rompiera.

—Puedo perfumarla yo, si lo desea.

—Sí, gracias.

La dependienta observó su mirada y quizá se anticipó a sus preguntas.

—El perfume es un lujo, pero para las francesas también es una forma de vida. ¡Los alemanes no nos lo han quitado todo!

Saskia hizo un esfuerzo por dedicarle una media sonrisa. Había vivido muy lejos de esa sofisticación. Sin embargo, aunque el lujo le parecía absurdo, el perfume era otra cosa. Conocía su poder, su alianza secreta con la memoria y su fuerza protectora. Una chica había conseguido esconder un frasco de perfume desde el campo de concentración de Les Milles. Vol de Nuit, de Guerlain. Al llegar a Birkenau, la kapo lo descubrió y se lo pidió. Amalia le lanzó una mirada desafiante, se perfumó delante de ella y después le pasó el frasco a Saskia, que hizo lo mismo y se lo pasó a otra chica. Formaron una cadena hasta que el frasco estuvo vacío. La kapo pegó a Amalia, pero la ropa que les habían dado a su llegada al campo de concentración, trapos inservibles y malolientes, siguió perfumada durante semanas. Saskia había leído la novela de Saint Exupéry que había dado nombre al perfume, y se hicieron amigas. Cuando dormían pegadas la una a la otra, Saskia se evadía en la fragancia, que resistía.

Recurrió al recuerdo de esa amiga, que ya no era la mujer valiente que ella nunca había sido. Le preguntó a la dependienta si la familia Delambre seguía en la ciudad. Tuvo la precaución de mencionar sus nombres e insistir en el de Rodolphe. La actitud de la dependienta cambió en cuanto entendió que los conocía. Le contó que durante la guerra se habían exiliado a Estados Unidos, pero que el señor Delambre se había quedado allí. Rodolphe y su madre llegarían en unos días. Quizá habían llegado ya. Saskia le dio las gracias y volvió a sentirse viva.

Salió a la calle reforzada por las noticias. La orquesta estaba ensayando para esa noche, y la música ofrecía a la ciudad la melodía de la felicidad y la victoria de la primavera.

Pasó por delante del bar L'Envol. Antes de la guerra, su madre conocía bien a Léna, la dueña, pero no se atrevió a ir a verla. Volvió a cruzarse con el joven que le había dicho lo de la fiesta. La saludó y al pasar le dijo cómo se llamaba: Michael. Lo cierto es que le gustaba ver a esos desconocidos estadounidenses tan sonrientes.

En la terraza del bar, en primera fila para ver los preparativos de la fiesta, Léna observaba a los músicos con su camarero Aurélien.

—Si eliges bien el momento, te dejaré ir a bailar. Tú también tienes derecho.

—El problema es que hace cinco años era demasiado joven, y esta noche creo que soy demasiado viejo.

—¡Ah, no! ¡Los años de guerra no cuentan en la edad! La retomamos donde la habíamos dejado. Si no, es injusto —bromeó Léna.

—Sí, pero ya no sé bailar. Tendré que mirar cómo lo hace usted.

—Yo no dejaré de atender. Tendremos nuestra mejor noche.

—¿Y por qué se ha maquillado?

—Para que me lo preguntaras.

Una mujer que llegó en coche hasta la puerta del bar interrumpió su conversación. Tenía unos treinta años, era muy guapa e iba vestida de hombre, no con traje, sino con ropa de trabajo. Todos la miraron. Parecía buscar a alguien a quien preguntarle algo.

Léna se dirigió a ella. La mujer, aliviada de haber encontrado a una persona disponible y amable, se acercó y le mostró una foto.

—Hola, ¿conoce a este hombre? Es un amigo mío y no sé dónde encontrarlo.

Léna cogió la foto para mirarla más de cerca. Entornó los ojos para verla mejor, porque la foto no era muy grande. Era un hombre joven jugando al tenis, delgado y con un movimiento corporal impecable. No era un retrato, sino una foto de cuerpo entero. Su rostro estaba ligeramente a contraluz y era difícil hacerse una idea, pero a Léna le dio la impresión de que lo había visto.

—Me suena de algo...

—La foto es de antes de la guerra. Seguramente ha cambiado. Tiene el pelo castaño, los ojos verdes y una voz muy bonita.

Léna se dio cuenta de que la mujer estaba angustiada. Parecía nerviosa y agotada a la vez. Se agarró a una mesa.

—¿Se encuentra bien? ¿Quiere sentarse?

La mujer se dejó caer en una silla.

—Llevo toda la mañana de un lado a otro. Creo que he estado en todos los bares.

—¿Es su novio?

—No, pero... lo conozco muy bien. Es importante que hable con él.

—¿Cree que está aquí?

—Si está vivo, seguro. Está buscando a una mujer que se llama Ariane. Tengo que hablarle de ella.

Léna se concentró. El de la foto era Vincent, de más joven, antes de que la guerra lo marcara, pero no lo reconoció.

—Pero esa cara... Dice que tiene los ojos verdes... una voz bonita... ¿Cómo se llama?

—Hadrien. Hadrien Darcourt. Es médico.

El nombre acabó de convencer a Léna de que nunca lo había visto.

—No, no conozco a ningún Hadrien, y menos que sea médico, pero voy a anotar su nombre. ¿Y usted cómo se llama?

—Irène. Ariane es mi mejor amiga.

Irène, desanimada por su infructuosa búsqueda, se levantó, agradeció a Léna su ayuda y volvió al coche. Léna la alcanzó antes de que hubiera subido.

—Esta noche hay una fiesta. Habrá mucha gente. Si el hombre al que busca está aquí, seguramente lo encontrará.

Irène lo pensó, dudó y por fin sonrió.

–Buena idea. Intentaré posponer un día mi vuelta.

Léna la interrogó con la mirada.

–Voy con otras cinco mujeres a buscar a nuestros heridos a Polonia.

–¿Sólo mujeres? Es peligroso.

–Si no lo hacemos nosotras, ¿quién va a hacerlo?

–Qué curioso, ya lo he oído más de una vez...

Como empujada por una intuición que no entendía, antes de que el coche arrancara Léna le preguntó a Irène:

–Si por casualidad lo viera y usted no lo ha encontrado, ¿tiene algún mensaje para él?

Irène se quedó pensando unos instantes. Sin duda, después de las experiencias acumuladas en cinco años de guerra en los que el problema más cotidiano y más esencial era saber en quién se podía confiar, evaluaba si podía fiarse de Léna. Le dijo en un susurro:

–Dígale que Ariane quiere que la olvidemos.

Sin Fabien en la playa, algo no iba bien. Aunque los dragaminas se sabían de memoria las instrucciones, se sentían desamparados. El equipo de refuerzo había llegado. Pasaron un rato fumando con ellos, bromeando y conociéndose. Tenían historias que contarse. Se habían puesto en marcha bastante tarde, lo que había dado un ritmo extraño al día.

Como Fabien había previsto, el equipo se lo tomaba con calma. Curiosamente, incluso Enzo. Y como todo el mundo le seguía el ritmo, el grupo avanzaba más lento. Hubert no había aparecido sin avisar. Y además hicieron un descanso que duró más de lo necesario, el sol pegaba muy fuerte y Max se había puesto a contar una historia. Había engatusado a una chica para quedar por la noche en la fiesta, y después había engatusado a otra, porque siempre hay que tener un plan B.

–¿Has quedado con dos chicas? Te arriesgas demasiado, amigo. Si se enteran, lo pagarás caro, no te quepa duda.

–¡Dímelo a mí! ¡Mi plan B era la hermana de mi plan A! Así que al final no tengo ningún plan para esta noche. Tendré que improvisar.

Manu también tenía una cita, pero se resistía a comentarlo por discreción. Era morena y con los ojos verdes. Como él, estudiaba antes de la guerra, pero ella había podido continuar. Manu se burlaba de él. Una intelectual... No iba a durarle mucho. En definitiva, si no estaba Fabien, nadie se concentraba.

Vincent se pasó toda la jornada observando a Lukas y buscando alguna señal. Seguro que el alemán había hablado con sus compañeros. Sin duda tenía algo que contarle sobre Ariane. Después de cinco años de guerra, ¿qué prisionero rechazaría que lo ayudaran a recuperar la libertad? Pero no conseguía cruzar la mirada con él, como si Lukas intentara evitarlo. Sin embargo, había vuelto a pensar en su reacción cuando le habló de Ariane, una reacción ínfima, que a cualquier otro le habría pasado inadvertida. Bueno, a cualquier otro que no conociera a Ariane. Por esa reacción contenida, Vincent sentía que Lukas no se lo había contado todo. ¿Por qué? ¿Por miedo? ¿Porque ocultaba algo que no se podía contar? ¿Porque quería negociar? ¿Manipularlo? O porque le permitía pensar que aún tenía algo de poder, el miserable poder de los que saben sobre los que no saben.

En realidad, Lukas no pretendía poner nervioso a Vincent. No quería pensar en él, ni plantearse su propuesta, ni depender de él. Centraba toda su atención en los búnkeres. Su sueño estaba ahí, al alcance de la mano, pero no avanzaba. Lukas maldecía los descansos, la comida, que no terminaba nunca, y las bromas de los franceses. Ese día no iban a llegar a los búnkeres. Y además nada iba como había previsto. Debía ganarse la confianza de Fabien, pero no estaba allí. ¿Podría aplicar su estrategia con Enzo?

Vigilaba a Matthias, que le lanzaba miradas inquietas. Lukas le había prometido que sólo tendría que limpiar minas un día y no estaba seguro de que aguantara mucho más. Observaba también la extrema tensión de Vincent, su mirada clavada en él, y no le convenía que lo controlara.

No importaba, tenía que llevar a cabo su plan. Si había una posibilidad de fugarse, era ese día, por al menos tres razones: esa noche se celebraba una fiesta y los dragaminas no estaban tan concentrados. Además, su objetivo era llegar a un búnker, y aunque no estuvieran tan avanzados como le gustaría, estaban acercándose. Por último, si Fabien no estaba, al final no le iría tan mal. Fabien era el más difícil de engañar; leía la mente.

Pese a sus temores, había conseguido convencerse de que todo le saldría bien. En el descanso se acercó a Enzo para decirle, por medio del traductor, lo que había pensado decirle a Fabien.

—En la siguiente mina que tengamos que desactivar, estoy dispuesto a aprender.

Enzo lo miró sin reaccionar. Lukas le aclaró:

—Quiero compartir los riesgos. No es heroísmo. Nos han dicho que si dábamos muestras de valentía, podrían liberarnos.

Vincent se acercó disimuladamente. No entendía lo que pretendía Lukas. ¿No se había tomado en serio su propuesta de ayudarlo a escapar?

Enzo observaba a Lukas muy serio. Debería haberle interesado su gesto, que quizá animara a los demás prisioneros a aprender también, pero le soltó:

—Mira, alemanucho, los dragaminas somos nosotros. Quédate donde estás y todos contentos.

Lukas no podría llevar a cabo buena parte de su plan si no estaba lo más cerca posible del jefe del equipo y del búnker. Estaba convencido de que Fabien no habría reaccionado así. Y por si fuera poco, como si el día no hubiera empezado ya lo bastante mal, Vincent aprovechó que Enzo se quejaba a los demás dragaminas —«¿Quién se han creído que son estos cabezas cuadradas? ¡A ver si se creen que ahora vamos a trabajar mano a mano!»— para acercarse a él, aunque Matthias estuviera a su lado.

Vincent les ofreció un cigarrillo y fingió entablar una conversación normal. Ya encontraría la manera de hacerle entender a Lukas que esperaba una respuesta, aunque fuera momentánea, que le diera esperanzas de enterarse de algo más. Consiguió más que eso. Cuando se enteró de que el que acababa de llegar, Matthias, era violinista antes de la guerra, una avalancha de emociones arrastró a Vincent, que recordó la poca información que Audrey le había dado y reaccionó de inmediato.

—¿Tocó el violín en la granja de al lado del castillo? ¿Conoció a Ariane?

Matthias retrocedió instintivamente. Que supiera tanto de él lo asustó. Vincent lo tranquilizó.

–Sólo me gustaría saber si puede hablarme de Ariane. ¿La conocía bien?

–Creo que sí –le contestó Matthias–. Creo que yo era el que la conocía mejor.

Así que ¿era él el aliado de Ariane? Quizá Audrey no se había equivocado.

Enzo los interrumpió para volver al trabajo. Se habían pasado el día sin hacer nada y de repente, cuando Vincent por fin iba a tener noticias de Ariane, y noticias decisivas, Enzo decidía ponerse a trabajar.

A Vincent le costó mantener la calma. Se esforzaba en no llamar la atención, pero en esta ocasión le costó mucho. Volvió a regañadientes a su impasividad y a la fila de los franceses, y Lukas y Matthias a la de los alemanes. Y todos avanzaron en silencio.

Desde donde estaba veía disimuladamente a Matthias. Lo habría preferido más fuerte y más robusto. No entendía cómo Ariane podía sentirse protegida. Era más joven que ella, y sin duda más débil físicamente. Pero Ariane decía en su carta que su aliado podría ponerla a salvo. Quizá conocía un lugar secreto. El violinista podría decirle dónde...

De repente no pudo evitar preguntarse hasta dónde había llegado la alianza. Recordó las palabras de Audrey, el concierto de Matthias en el patio de la granja y la magia que les había devuelto la vida. El alemán era de rasgos delicados. Vincent tuvo que admitir que era guapo. Le rompió el corazón. ¿Cómo iba a competir con un músico? Él tocaba fatal el piano.

«¡Mina!» Enzo acababa de descubrir otro artefacto. Y vuelta a empezar. Veinte pasos atrás todo el mundo. Manu sacó el cable retorcido y las balizas. Como les había pedido Fabien el día anterior, tenía que delimitar la mina para que los artificieros militares la desactivaran, pero Enzo siguió escarbando en la arena. No era una mina antitanque, sino un explosivo antipersona muy pequeño. Una Behelfmine W-1, casi un juego de niños comparada con las que habían encontrado hasta entonces. Estaba formada por un obús de mortero recuperado de cincuenta milímetros y un percutor químico Buck en un empalme de plástico. No todas las minas eran de hormigón. Esta sí, sin duda para que fuera más estable en la arena.

—No hay problema, será fácil. ¡Un juego de niños!

Enzo se dispuso a desactivarla. Todos los que pasaban por delante de la playa en dirección a la fiesta se paraban a ver las operaciones de limpieza de minas y se estremecían desde la distancia por el peligro que corrían esos hombres. A Enzo le encantaba tener público. Lo estimulaba. Iba a terminar la jornada por todo lo alto.

Entonces apareció Fabien. Se había pasado todo el trayecto desde Lourmarin pensando en la propuesta de Aubrac. Dudaba entre las dos posibilidades que tenía ante sí: quedarse limpiando minas con su equipo o empezar una nueva vida lejos del sur, donde todo le recordaba que Odette no volvería. Esperaba que las respuestas se impusieran por sí mismas durante el trayecto, pero había conducido durante tres horas y seguía sin saber qué hacer.

Mientras caminaba por la playa, su instinto lo alertó del peligro. Los chicos no habían avanzado mucho. Ya lo había supuesto, pero en fin. Soportar cada día un trabajo tan agotador y angustioso acaba desgastando. Ese día era evidente. Sus hombres no estaban concentrados. La fiesta había empezado y oían canciones que reconocían y otras que habían olvidado. Manu y Tom ni siquiera se habían dado cuenta de que Fabien acababa de llegar y estaban charlando. Los sorprendió dándoles una fuerte palmada en la espalda.

—Así que cuando no estoy os dedicáis a descansar...

Todos se alegraron de ver que había vuelto.

—Vale, chicos, muy bien, esta noche hay una fiesta, pero el lunes tendremos que estar a tope porque esperamos a un periodista. —Se dirigió al más joven del equipo—: Tom, si nos has engañado con tu edad, te van a pillar. Van a revisar el currículum de todos nuestros chicos. Además el ministro quiere empezar a comprobar la identidad de todos para hacer callar a las malas lenguas.

A Vincent se le complicaban las cosas.

Fabien observó de lejos a Enzo, que seguía con la mina. Aunque era uno de los mejores dragaminas que había conocido, habría preferido que siguieran sus instrucciones: marcarla y esperar a los artificieros militares. Y además era raro. La playa estaba plagada de potentes explosivos antitanque. ¿Por qué habían colocado una sola mina antipersona, tan pequeña y discreta, cerca del búnker? Como un pistolero solitario que hubiera aprovechado la distracción provocada por el grueso de las tropas para asestar el golpe fatal donde no lo esperaban. Como un segundo frente. Fabien se reprochó haber ido a Lourmarin esa mañana. Debería haberse quedado con sus hombres, con el nuevo equipo. Sentía el peligro. Lo sentía en los pulmones. Intentó razonar, pero a veces lo razonable es escuchar lo que te dice tu instinto.

La orquesta decidió ser audaz y tocar jazz y swing. La ciudad había esperado tanto esa velada que los músicos empezaron a tocar incluso antes de que anocheciera, y para liberar la energía de esa primera fiesta, la música romántica vendría después. Aunque hombres y mujeres seguían mirándose, la mayoría de las parejas se habían formado enseguida, como imantadas, y revoloteaban de un lado a otro. El deseo estaba por todas partes, intenso, alegre e irresistible. La noche sería dulce, loca e imprevisible.

Léna iba de una mesa a la otra de la terraza, flexionaba todo el cuerpo, se inclinaba para servir las bebidas, se incorporaba y se arqueaba con el pelo revoloteando alrededor de la cara. No servía a los clientes, bailaba con ellos y esperaba impaciente al equipo de Fabien. La terraza era su pista de baile. Llamó a su camarero, que apareció con la bandeja llena de bebidas en la mano.

–Qué raro que todavía no hayan llegado...

–Estarán poniéndose guapos. Ya los conoces. Son unos presumidos.

Ella sonrió. Era verdad. A su manera, eran incluso dandis, con sus camisas blancas, las mangas remangadas y el pañuelo alrededor del cuello o en el bolsillo de la chaqueta, si la llevaban. Le gustaba su actitud, su mirada y su pinta. Pero cuando se dio cuenta de la hora que era, se preocupó y no pudo evitar tener un mal presentimiento.

De repente se oyeron fuertes detonaciones, silbidos y explosiones...

Léna soltó la bandeja con el corazón encogido, y todos los clientes salieron corriendo aterrorizados volcando las mesas y las sillas, sin saber de dónde venía el peligro.

Las explosiones no cesaban. Una oleada de pánico invadió el bar, como en los peores momentos, cuando sonaban las sirenas y tenían que esconderse en los sótanos.

Léna vio un resplandor en el cielo. Una bengala explotó. Después otra, y otra más. Racimos de glicinias luminosas surcaban el cielo. ¡Eran fuegos artificiales! Les habían asustado unos fuegos artificiales improvisados, descarados y juguetones. Léna se lo reprochó. Pues claro. Berlín se había rendido hacía tres días. Tenían que celebrar la paz, que estaba tan cerca.

Los clientes, aliviados, volvieron a las mesas riéndose. Aún tenían frescos los traumas de los bombardeos, pero esa noche estaban dispuestos a perdonar a los inconscientes que habían reactivado las angustias y las reacciones instintivas de la guerra.

–¡Tienen que divertirse! Son jóvenes...

Reanudaron alegremente las conversaciones, pero una mujer seguía sintiéndose mal. Léna corrió hacia ella y la ayudó a sentarse. La mujer se reprochaba estropear la fiesta.

–Dios mío, lo siento, me he asustado mucho.

–¡No, no, lo entiendo, no ha tenido ninguna gracia! ¿En qué estaban pensando? Creía que estaba prohibido. Tenga, beba un poco de agua.

–Yo estaba en París, cerca de Boulogne, cuando los ingleses bombardearon las fábricas Renault... Y estaba en Saint-Tropez cuando los alemanes volaron el puerto.

–Vamos, ya ha pasado todo. Nos acostumbraremos a ser felices.

Una mujer joven llegó al bar con aspecto azorado. Léna la reconoció. Llevaba un vestido camisero negro ajustado, con los botones superiores e inferiores desabrochados. El escote y las aberturas del vestido sobre las piernas esbeltas y ya bronceadas no dejaban lugar a dudas sobre sus intenciones esa noche. Era guapa, y esa noche no sería un problema. Léna le sonrió.

—Si busca a Manu, tendrá que esperar. Aún no han llegado.

—He oído una explosión.

—No se preocupe. Han sido unos muchachos haciendo el tonto.

Son las siete y los dragaminas todavía no han llegado. A las siete de la tarde, a finales del mes de abril, en la Costa Azul, la luz es más suave, se vuelve rosácea y es preciosa, pero ya no son horas de limpiar minas. Los dragaminas empiezan a trabajar temprano para terminar temprano. Deberían estar aquí. Desde que los conoce, Léna siempre ha temido las malas noticias, se preocupa cada vez que se retrasan e interpreta todas las señales. Vuelve a sonar la música, aún más alegre, y las parejas bailan y se emborrachan, pero esos malditos chicos siguen limpiando minas.

Los fuegos artificiales pusieron aún más nervioso a Enzo. Fabien estaba furioso porque no podía ocupar su lugar. Era demasiado arriesgado. La mina que parecía fácil desactivar estaba en realidad unida a otra, que a su vez estaba conectada a otra más, y así sucesivamente desde hacía más de dos horas. Enzo había empezado a temblar en la tercera, aunque no se le notaba.

Para complicar aún más las cosas, el artefacto y el detonador eran cada vez de un modelo diferente. Antes de empezar a limpiar minas, el único apoyo teórico que habían recibido los que iban a asumir responsabilidades, como Fabien y él, había sido un folleto que enumeraba de forma bastante incompleta los tipos de minas y sus percutores. Cuando Enzo se lo estudió, ni se le pasó por la cabeza que un día tendría que desactivar tantas minas diferentes a la vez, como si pasara las páginas del folleto a toda velocidad, como si un profesor psicópata hubiera querido meterle en la cabeza, a fuerza de sudar de miedo, todos los esquemas, las instrucciones y los manuales de uso. Estaba tan cansado y en tensión que los recordaba temblando: los percutores de fricción, los cuatro modelos de descompresión, los cuatro modelos de presión, el de tracción simple y el de tracción y descompresión, los percutores químicos...

En la limpieza de minas nada era sencillo, y Max lamentaba haber creído a Enzo y haberse quedado con él. Además, ¿no daba mala suerte decir que iba a ser fácil? Deberían haberse ido a la fiesta hacía horas. ¿Un juego de niños? Nadie se atrevía a moverse.

Fabien estaba tenso. Sabía que Enzo era orgulloso, lo que lo llevaba tanto a lo mejor como a lo peor. Nunca se rendiría ni ante las minas, ni ante el equipo, ni ante los transeúntes que se habían reunido para ver el espectáculo. Imposible, aunque la situación era muy arriesgada y la interminable cadena infernal estuviera a punto de explotar. Fabien no podía hacer nada. A Enzo le fascinaban las minas. Le encantaba adivinar las trampas, preverlas, anticipar su reacción, acariciarlas como era debido y después desatornillar, deslizar un señuelo, desplazar, presionar y cortar donde fuera necesario, si lo era. ¿Las minas creían que iban a machacarlo? Las dominaba. Gracias a ellas, con cada mina desactivada, reanudaba su conversación silenciosa para domar la vergüenza y llevarla donde él quería. Demostraba a los que le habían tirado piedras a su madre que era más fuerte que la humillación. Conseguiría vencerlas a todas con rabia y con nobleza.

Quizá era uno de los últimos días de Fabien con su equipo y no estaba yendo tan bien como le habría gustado. Sus hombres llevaban mucho tiempo esperando la fiesta de esa noche y ahora estaban cada vez más angustiados. Y también el equipo que se había unido a ellos. Se habían tumbado uno detrás del otro en el suelo para protegerse, y Fabien sentía que sólo había servido para que Enzo se pusiera más nervioso.

A Vincent le resultaba insoportable esperar a que acabara la jornada sin moverse y sin poder acercarse a los alemanes. No pensaba en Enzo ni en las traicioneras consecuencias de las minas, sino en Matthias, en ese encuentro inesperado. Esperaba tanto como temía lo que el alemán pudiera decirle. ¿Podría hablar con él antes de que volviera al campamento de prisioneros? Vincent no le quitaba los ojos de encima. Esperaba una señal que no llegaba. Era sábado. Si perdía esa oportunidad de hablar con él, tendría que pasarse toda la noche y todo el domingo preguntándose si Matthias iba a decirle algo importante. La espera sería insoportable. Sólo pensaba en eso. En cuanto a las minas, confiaba en Enzo y en Fabien.

Por su parte, Lukas estaba ya seguro de que no llegaría al búnker esa tarde. Se había fastidiado todo. Fabien había vuelto y todos estaban atentos al menor movimiento de Enzo. Las circunstancias ya no eran tan favorables. A menos que cuando la tensión se hubiera relajado, si se relajaba, y se dirigieran hacia la fiesta, aprovechara la confusión para hacer un intento desesperado. El cielo empezaba a enrojecerse. Pasaba del rosa claro y del azul pastel a un cielo más furioso. Amarillo violento y rosa malva, naranja sangriento y violeta que resaltaban sobre un fondo turquesa. Antes de desaparecer, el sol ofrecía sus colores más exaltados, y en menos de una hora llegaría el crepúsculo. La luz se hundiría en el azul oscuro. Lukas podría aprovechar la oscuridad para colarse en el búnker si Matthias distraía al equipo. Siguió vigilando, atento a la menor oportunidad. Los hombres estaban muy nerviosos, y los acordes de la orquesta machacándoles los oídos no ayudaban. Quizá era una ventaja.

De repente Enzo levantó la cabeza despacio y lanzó una mirada desesperada a Fabien y a los demás. No lo conseguía...

–Lo siento, no habría debido...

Los que no estaban ya tumbados en el suelo se tiraron.

Pero Enzo se levantó de un salto y se echó a reír.

–¡Venga, todos a recoger, nos vamos a la fiesta! ¡Tendríais que ver vuestras caras!

Al levantar los brazos para celebrar su victoria, una explosión de una fuerza inaudita lo arrolló. Por contagio, otras minas unidas entre sí estallaron en ráfaga hasta alcanzar el búnker como furias. Los explosivos tomaron el relevo, el búnker estalló en pedazos, toda la arena de la playa voló pesadamente por los aires y su masa polvorienta invadió el espacio. No se veía nada bajo ese tornado de pórfido fragmentado, de cenizas y de metal afilado. Fabien se había lanzado encima de Georges para protegerlo. Lukas vio a Matthias proyectado por los aires con otros hombres y el tiempo pareció dilatarse.

Vincent tuvo que cerrar los párpados porque la arena le quemaba los ojos. Sentía como si le comprimieran el cráneo. Los silbidos agudos de una música insoportable resonaban y rebotaban contra las paredes ardientes de su cerebro. Todo era dolorosamente lento, salvo esa música ensordecedora. Ya nada le pertenecía: su cuerpo, que no podía mover, sus gestos y sus sentidos desajustados, su oído agudizado, su vista embotada, su respiración ahogada... ¿No había dejado de respirar? La música machacona, punzante y obsesiva seguía taladrándole los tímpanos, y las neuronas le estallaban en una miríada de fragmentos de cristal afilados. Le asaltó la locura, la misma locura que siempre lo había acechado, y se lanzó salvajemente contra todas sus fisuras mientras un repentino dolor se apoderaba de él.

El estallido.

La violencia del impacto y la fuerza de la opresión. La brutalidad desmesurada de la onda expansiva. Vincent siente tanto dolor que no sabe dónde le duele. Lo peor no es el dolor de las heridas. Lo peor es el dolor que no entiende y que no cesa. No poder respirar el aire opaco. Tiene las costillas comprimidas y el cuerpo pulverizado, y el agotamiento se apodera de él. Se hunde en la oscuridad, la desea, ella lo llama, como a los demás.

Ya nadie se mueve. El estallido apocalíptico se ha calmado.

Los trozos de hormigón de bordes afilados han proyectado sobre la playa un paisaje de cemento futurista y hostil. La arena mezclada con polvo la ha cubierto con una gruesa alfombra gris que le da un aspecto de desolación abrumadora. Los cuerpos no tienen forma. La piel ya no tiene el color de la piel. La guerra insiste, persiste e insulta.

¿Cómo distinguir en esa playa a los vivos de los muertos entre todos esos cuerpos casi desnudos, con la piel arrugada por un sol gris, que yacen bajo el impacto del huracán de arena, polvo, metal y piedra?

El silencio sucedió a la furia de la explosión, tan terrible como ella. Nada se movía. Los pájaros se habían marchado volando y el viento había cesado de golpe. Tras esa violencia asombrosa, los elementos parecían haberse quedado estupefactos.

Los hombres más alejados del búnker empezaron a levantarse del suelo con dificultad. Para volver entre los vivos. Para identificarse con los que habían sobrevivido. La necesidad de sentir vida a su alrededor los empujaba a moverse pese al dolor, aunque lo que en realidad querían sus almas y sus cuerpos maltrechos era que los dejaran en paz para siempre, que no los tocaran, que no les hicieran ninguna pregunta, que no les pidieran nada que les exigiera un esfuerzo sobrehumano. Tenían sed, pero no querían beber. Llevarse una cantimplora a la boca era desmesurado. Pensar era colosal. Habían llegado al sufrimiento absoluto, así que algunos pensaban en la muerte como único refugio y preferían dejarse ir.

Era el efecto del temido estallido, que destruye todo por dentro sin piedad.

Había que ser valiente para salir de esa zona abisal. En un arrebato de supervivencia, Vincent emergió de las profundidades y se esforzó por abrir los ojos. El sol después del eclipse lo cegaba. Tenía heridas en los brazos, el torso y la cara, pero consiguió mover despacio una mano, la otra y los pies, con precaución. Intentó levantarse. No había previsto hasta qué punto todo su dolorido cuerpo quedaría paralizado por la potente onda expansiva que le había comprimido el estómago y los pulmones, y había proyectado la potente explosión sobre cada uno de sus huesos. No podía respirar, sus pulmones parecían atrapados en un estrecho corsé, pero se levantó, sin creer que pudiera, y empezó a caminar con dificultad entre los cuerpos idénticos y sufrientes cubiertos con un uniforme de cenizas.

Matthias le había dado las fuerzas para levantarse. Si estaba vivo, le contaría en ese mismo momento los secretos que no le había confesado. Con su último aliento, por compasión.

Era imposible verlo en ese caos trágico y polvoriento. Vincent deambulaba de cuerpo en cuerpo, y no le importaba si decían que primero se había dirigido a un alemán. No había asumido tantos riesgos para al final no enterarse de lo que tenía que contarle la única persona que podía hablarle de Ariane. Su supervivencia dependía totalmente de él.

Lukas se levantó a la altura del joven músico. Vincent lo vio primero a él. Murmuraba en alemán palabras de las que Vincent sólo oía fragmentos. Le suplicaba que lo perdonara. Matthias tenía que aguantar. Era muy joven...

Vincent cayó de rodillas a su lado. Matthias perdía sangre. Mucha. El chorro que brotaba de ese cuerpo inerte y su gran estela de color rojo oscuro a través del polvo gris eran impactantes, como si la que sangrara fuera la playa. Vincent, con la vista aún borrosa por la conmoción y la arena, que le irritaba los ojos, ajustó la mirada y recuperó el sentido de repente.

Evaluó rápidamente a Matthias, le tomó el pulso y lo auscultó. Aún respiraba. Vincent le arrancó la camisa, desgarró las mangas y con el cordón de cuero de la cantimplora le hizo un torniquete para detener la hemorragia.

Léna acababa de llegar al otro extremo de la playa. Cuando vio a Fabien tirado en el suelo, inerte y con los ojos cerrados, corrió hacia él llamándolo. Él no le contestó. Presa del pánico, sólo se le ocurrió darle suaves y desesperadas bofetadas en las mejillas. Estaba muy asustada. Fabien tenía que despertarse. No podía marcharse ahora y así.

Fabien consiguió abrir los ojos, con la mirada vacía y las pupilas extrañamente dilatadas.

–¡Fabien, contéstame!

La mandíbula se resistía y a duras penas consiguió decir:

–Una cadena de minas... todas conectadas... trampas asquerosas.

–Aurélien ha llamado a emergencias.

–¿El equipo...? ¿Enzo... Max...Vincent?

Léna vio que un prisionero alemán se había levantado y se alejaba como para escapar. Fabien miró en la misma dirección que ella para ver qué le había llamado la atención. Hizo un enorme esfuerzo por levantarse para impedir que el prisionero escapara. Léna lo disuadió.

–No, quédate tumbado...

Pero, pese a los temores de Fabien, el prisionero fue a socorrer a Thibault, que yacía bajo los escombros, y gritó pidiendo ayuda. Fabien volvió a tumbarse con los ojos clavados en el cielo. Las nubes se extendían y reanudaban su lento viaje. La luz centelleaba. El sol poniente desplegaba todo su esplendor con majestuosidad y sin importarle la muerte.

Fabien insistió en saber quién había sobrevivido, pero Léna no le soltaba la mano para ir a ver a los demás. No le faltaba valor y no temía la sangre, pero le daba la impresión de que si se alejaba de Fabien, si levantaba la mirada aunque sólo fuera un minuto, él podría marcharse para siempre. Veía en su rostro el desánimo que lleva a la renuncia, los rasgos caídos, la mirada de no poder más, las comisuras estrechándose en un instante y la masa oscura de las ojeras apoderándose de su rostro. No le gustaba nada.

El servicio de emergencias intentaba actuar metódicamente. Como habían hecho antes los dragaminas, peinaban la playa en busca de heridos. Casi siempre era demasiado tarde. Pese al peligro, pasaban a toda prisa de un muerto a otro, ni siquiera los tapaban con una sábana para correr hacia otro hombre con la esperanza de salvar al menos a uno. Léna levantó el brazo para llamar su atención.

Fabien le apretó la mano para retenerla. No quería ayuda. Primero los demás. Él podía aguantar. Léna asintió, lo tranquilizó, le dijo que haría lo que él quisiera, pero siguió llamando disimuladamente con la otra mano al servicio de emergencias.

Y de repente, en medio de los lamentos, se oyó un grito desgarrador que partía el alma... Matthias. Vincent había decidido cauterizarle la herida de la pierna. El torniquete no detenía la hemorragia; tenía otra herida cerca de la ingle. Vincent había sacado el cuchillo de la bayoneta y Lukas había hecho fuego. Vincent había introducido el filo metálico en las llamas y estaba quemando la carne del joven músico con el metal incandescente. Georges, que se había acercado a ellos, le tendió su petaca de whisky malo. Ni siquiera él podía soportar los gritos del alemán. Lukas se lo hizo beber con la cabeza echada hacia atrás y manteniéndole la boca abierta con los dedos para que el líquido salvador le bajara por la garganta, una gota de alcohol en el océano de dolor, pero habría hecho cualquier cosa por aliviar al hombre al que había prometido la libertad. Matthias se desmayó.

Vincent le tomó el pulso. No tenía. Se le había parado el corazón. Ya no respiraba. Lo perdían. Empezó a masajearle el corazón con fuerza, aun a riesgo de romperle una costilla. No tenía otra opción. Le hizo el boca a boca y todo lo que pudo por salvarlo. Luchaba como nunca sin darse cuenta de que Fabien lo observaba a pocos metros de él, sorprendido por sus insospechados conocimientos, justo antes de volver a sucumbir al esfuerzo que acababa de hacer para incorporarse.

Matthias recuperó el conocimiento gritando de dolor. Vincent había conseguido —¿hasta cuándo?– devolverle la vida. El músico vio sus manos, que ya no lo parecían, y volvió a gritar. Los enfermeros, que se habían acercado, lo levantaron para colocarlo en una camilla. Cada movimiento le intensificaba el dolor. Una enfermera le administró dos dosis de morfina. ¿Debía añadir una más? Se lo preguntó al médico que estaba a su lado. Estaban racionadas, por supuesto, y la necesitaban para todos, pero con ese dolor... El médico, a su pesar, prefirió posponer la respuesta para más tarde, en la enfermería de los prisioneros.

Entonces Vincent, en un último esfuerzo, intervino con una autoridad que no dejaba lugar a dilaciones.

–Las enfermerías de los prisioneros no son tan eficaces como los hospitales. Si no lo llevan a Marsella, no tiene ninguna posibilidad de vivir. Y para las manos necesita al mejor cirujano ortopédico.

Al médico, que observó a Vincent, su rostro demacrado, su ropa harapienta y su cuerpo ensangrentado, le extrañó su tono autoritario. No eran esas las reglas. Vincent no le dejó opción.

–Asume tantos riesgos como nosotros limpiando minas. No es momento para dudas. Si no, morirá.

La convicción de Vincent era inapelable. El médico indicó a los camilleros que llevaran a Matthias al hospital.

Lukas se había quedado de rodillas en la arena, sin moverse, y ni siquiera se sobresaltó cuando Vincent le apoyó la mano en el hombro.

–Lo siento.

Lukas lo miró sin saber si era sincero o si seguía intentando obtener información. Vincent se sentó a su lado.

Lukas pensó un momento y sacó del bolsillo un libro bastante destrozado. Pasó varias páginas y escribió unas palabras en el margen de una de ellas. Arrancó la página y se la tendió a Vincent.

–Llévasela a Matthias al hospital... Si...

No terminó la frase. Nadie quería hablar de la muerte, como si unas pocas palabras pudieran provocarla por sí solas, como una maldición más fatal que la explosión. Vincent no desvió la mirada de los ojos azules de Lukas, aún más claros que de costumbre, casi transparentes, de su rostro cerrado y su mandíbula apretada para encerrar su emoción. Estaba conteniendo las lágrimas. Era la primera vez que Vincent veía a un alemán con lágrimas en los ojos, y le parecía casi imposible creérselo. Se sorprendió a sí mismo pensando, aunque de forma muy fugaz, que en otro momento y bajo otro cielo Lukas habría podido ser su amigo y que no había sido casualidad que se hubiera dirigido a él.

—Te lo prometo.

Mientras Lukas escribía en la página del libro, a Vincent se le pasó por la cabeza una idea descabellada: el mensaje era para él. Estaba seguro. Sin duda Lukas había hablado con Matthias y debía de saber dónde estaba Ariane.

Incluso cuando entendió que el destinatario era Matthias, siguió convencido de que el mensaje ocultaba un doble sentido que debía descifrar.

Volvió al estudio y se sintió aliviado al ver que Saskia no estaba. Quería leer y releer la nota que le había dado Lukas. No se limpió las heridas. No le importaba el dolor. Fue a su habitación a buscar las fotos de los soldados que le había dado Audrey. Matthias era sin duda el soldado al que ella se había referido.

Vincent se puso a analizar las pocas líneas escritas en el margen de la página como si se tratara de descifrar los jeroglíficos de la piedra de Rosetta, aunque las palabras eran sencillas. Lukas le pedía disculpas a Matthias. Jamás se perdonaría lo que había sucedido. Y le prometía que, si sobrevivían los dos, lo ayudaría a entrar en la Filarmónica, donde tenía conocidos que podrían ayudarlo. Vincent entendió entre líneas que Lukas había animado a Matthias a unirse a la limpieza de minas. Se preguntó por qué, pero, si no estaba loco, era imposible detectar algún doble sentido o algún mensaje dirigido a Vincent.

El texto impreso en la página que había arrancado era un poema de Heinrich Heine. ¿Qué pensaban de él los demás alemanes? Heine era un poeta del siglo anterior importante, pero francófilo, que había vivido en Francia y se había casado con una francesa, y los nazis lo habían censurado e injuriado. ¿Esperaba Lukas hacer creer a los franceses que amaba Francia porque le gustaba Heine?

De lo que Vincent estaba seguro era de que Lukas no había elegido el poema al azar. Es cierto que el libro, que había leído y releído muchas veces, se abrió más o menos a la altura de ese poema, pero Lukas había pasado varias páginas para arrancar precisamente ese.

—¡Le dije que lo dejara!

Vincent levantó la cabeza. Saskia había vuelto. Temblaba de miedo y de rabia. No se había decidido a ir a ver si Rodolphe estaba en la fiesta hasta muy tarde, y allí, mucho después de la explosión, se había enterado de la tragedia. Había ido enseguida a la playa a buscar a Vincent, pero no lo había encontrado. Le dijeron que habían evacuado a tres heridos graves y a unos diez muertos. Pensó que uno de ellos sería él.

Saskia estaba furiosa con Vincent, que arriesgaba su vida limpiando minas. Estaba tan fuera de sí que, aunque a través de la ropa desgarrada veía sus heridas, quería pegarle.

—¿Cree que va a librarse siempre? ¿Que es más fuerte que nadie?

Vincent no le contestó. Sentía que ella no había terminado. Y así era. Se había enterado de otra cosa que le había dolido infinitamente.

—Me han dicho que un francés ha salvado a un alemán. ¿Ha sido usted? —No era necesario que le respondiera. Lo sabía—. ¿Por qué lo ha hecho?

—Porque iba a morir.

Saskia se dio cuenta de que Vincent intentaba esconder el poema que le había dado Lukas. Lo pilló al vuelo.

—Es un mensaje que debo entregar al alemán herido.

—¿Y lo ha leído? No creía que fuera tan indiscreto.

—Creo que la nota es para el alemán, pero el poema es para mí.

Ella recorrió el texto.

—¿Y se ha dejado engañar? ¡Se refugia detrás de Heine, pero es mentira! ¡Quiere hacerle creer que ama Francia, pero no podemos creer a los alemanes!

—¿No cree usted a Heine?

—¡No le creo a él!

—No lo conoce.

—Ahora va a decirme que es buena persona, que no es como todos los alemanes, que no todos son iguales. ¡Argumentos de cobarde!

—No quería ofenderla. Perdóneme.

Saskia había olvidado que los hombres pueden pedir disculpas. Inclinó la cabeza para indicarle que aceptaba sus disculpas.

—De acuerdo, pero el lunes no irá a limpiar minas.

—Lo siento, pero iré.

—Así que ¿también usted va a morir?

—No diga eso.

—Si no lo digo, me lo reprocharé toda la vida.

Saskia no se había atrevido a contarle que su hermana había muerto a su lado, en el mismo jergón, y que había visto el paso de la vida a la muerte en un suspiro, sin poder hacer nada. Sin embargo, tenía la impresión de que si hubiera reaccionado un segundo antes del instante en que todo cambió, ese instante en que ya era irremediable, habría conseguido salvar la vida de su hermana, y la suya propia. Eso la atormentaba. A veces dejaba de condenarse, y entonces culpaba a su hermana por haberla dejado sola. E inmediatamente después se culpaba a sí misma por haberla culpado a ella.

No podía contarle todo eso a Vincent, pero él sintió la furia que la envolvía, la culpabilizaba y la oprimía.

Se levantó para ir a beber agua del grifo utilizando las manos como recipiente.

Como él no reaccionaba, Saskia no pudo evitar agarrarlo. Su silencio la sacaba de quicio y desataba una rabia que llevaba demasiado tiempo reprimiendo. La rabia que tenía dentro, lista para explotar en cualquier momento desde que habían arrestado a su familia, la rabia en los trenes, la rabia en los campos de concentración, la rabia cuando había visto a su madre desnuda y la rabia de que humillaran a la persona a la que más quería. Le pegó para que parara, para que se despertara y se diera cuenta. Tenía que vivir. No podía considerar que su vida no valía nada y dejarse destrozar como un neumático reventando en el asfalto caliente. No debía aceptarlo. Y sí, también era egoísta; Saskia no quería verlo morir. No podía confesarlo, pero había estado tan cerca de la muerte que le parecía una desconocida a la que casi veía y tocaba. Merodeaba a su alrededor y se llevaba a todas las personas a las que quería. Algunos huían de ella. Otros la ignoraban. Otros no querían mencionarla por superstición. Saskia no era como ellos. Se enfrentaría a ella. Era una cuestión personal. No dejaría que la muerte venciera siempre.

En la playa, los cinco postes para levantar las minas sarcófago parecían cinco horcas, y al verlas era inevitable preguntarse si estaban allí para levantar los explosivos o para colgar a los dragaminas. Cinco, como un siniestro presagio de los cinco hombres que habían muerto el día anterior, sin contar al equipo de refuerzo, los alemanes y los que acabarían muriendo.

Al día siguiente de la fiesta y del desastre, en la playa quedaban las ruinas del búnker que había explotado, escombros cimentados a las arterias de acero, ropa hecha jirones y trozos humanos. Se acostumbrarían a verlo. Los cráteres de las explosiones convertían el escándalo de un cataclismo después de la guerra en un paisaje lunar del que casi nadie hablaría.

Después de que el servicio de emergencias hubiera atendido a Fabien, Léna se lo llevó a su casa, encima del bar. Le quitó las vendas, en las que se había metido arena, le desinfectó las heridas, le vendó el brazo y la pierna con sábanas limpias, le dio de comer y le dio ropa para que pasara la noche. Él se quedó dormido. Se despertó sobresaltado. Estaba helado. Tenía fiebre y deliraba.

Así que esa noche Léna puso en práctica su propia medicina. Sabía cómo bajar la fiebre y atenuar el dolor con extractos de corteza de sauce que había recolectado de los mejores árboles. Hizo vendajes con arcilla y plantas. Hirvió agua y le echó flores y hojas secas. Fortaleció su cuerpo con aceite de enebro extraído de los arbustos de la garriga, que dicen que son descendientes de la zarza ardiente de la Biblia. Utilizó toda su farmacopea, árnica y siempreviva. Le untó los brazos y las piernas con un macerado de hipérico –las flores todavía estaban en el frasco–, del que se extrae un aceite rojo como la granadina. Cuando Fabien se despertaba, le decía que esas flores curaban las heridas no sólo del cuerpo, sino también del alma. La dejaba hacer y volvía a quedarse dormido.

Léna fue a su casa a buscar ropa y los números de teléfono del Departamento de Desactivación de Minas de París para avisarles.

Aunque se lo había pedido él, le dio la impresión de estar allanando su casa. Sólo conocía a Fabien por las breves y agradablemente provocadoras conversaciones que habían mantenido en el bar, esa noche había amansado en parte su cuerpo, su fiebre y su piel, y ahora se embarcaba en su universo como un polizón. Libros, poesía –sobre todo de autores surrealistas–, discos de jazz –casi todos estadounidenses, aunque reconoció la portada de «Mademoiselle Swing» y sonrió–, un tocadiscos y una radio. Cartas metidas en sobres, clasificadas en pequeños paquetes atados con cintas o cordeles. Fotos de sus padres, de un chico más joven que se parecía a él, seguramente su hermano. Nunca hablaba de él. Como tampoco hablaba de una mujer joven cuya foto atrapó la mirada de Léna y le rompió el corazón. No se parecía en nada a ella. Habría dado cualquier cosa por tener esa sonrisa deslumbrante, ese pelo rizado tan moderno y esos ojos claros que le parecían infinitamente más seductores que los suyos, que eran oscuros.

La foto que más le dolió la habían tomado en el patio de una universidad. La muy descarada estaba rodeada de chicos de veinte años, seguramente todos enamorados de ella. No sólo llevaba un corte de pelo a la moda, sino que además era muy guapa. Debía de ser científica, una pionera, la única chica entre la futura élite. El entorno de Léna eran sus clientes en su terraza... También ella se sentía pionera, aunque de forma diferente. No había podido estudiar, pero había tomado su destino en sus manos, no dependía de ningún hombre y nadie le había dicho jamás lo que debía hacer. Había rechazado la sumisión educada, elegante y desesperada de su madre, aunque la quería mucho y no la juzgaba. Todas las mujeres de su familia habían hecho avanzar a las de la generación siguiente. Así avanzaban las mujeres. De modo que se sintió como una hermana de esa chica que seguramente ya no estaba allí, pero a la que respetaría.

Después, bajo la pila de ropa que cogió para que él se cambiara, descubrió algo que habría preferido no ver. Un recuerdo que Fabien debía de conservar de la Resistencia, como sus fantasmas, sus pesadillas y su nostalgia. Estaba en un pequeño pastillero de metal. No había nada escrito en la caja, pero no tuvo la menor duda: se trataba de esa dosis de veneno fulgurante que todos los miembros de la Resistencia llevaban siempre consigo, el trágico salvoconducto para no hablar bajo tortura, para no traicionar, dejar de gritar y morir. ¿Por qué Fabien había conservado esa cápsula de cianuro como un bien preciado?

Cuando Léna volvió al bar, Irène, la mujer a la que había conocido antes de la fiesta, estaba subiendo en su coche.

—¿Ha encontrado a su médico...? ¿Cómo me dijo que se llamaba?

—Hadrien. He esperado toda la noche para nada. No lo he visto. Y tengo que marcharme.

—¿Puedo hacer algo por usted?

Irène le tendió la foto que le había mostrado el día anterior.

—Si alguna vez lo ve... ¿Lo recuerda?

—Lo recuerdo. Está buscando a una mujer que se llama...

—Ariane.

—Pero Ariane no quiere que la busquen.

Irène asintió. Léna le prometió que preguntaría a su camarero y a sus clientes si lo conocían y le deseó suerte en su misión. Entró en el bar y mostró la foto a Aurélien, que volvió a mirarla con atención. Irène también le había preguntado a él.

—¿Sabe a quién me recuerda, sólo que más fuerte y más joven?

—No, no lo sé.

—Al dragaminas nuevo. Vincent.

—¡Pero este se llama Hadrien y es médico! Me sorprendería ver a un médico en el bar, aunque nunca se sabe. Parecía importante para ella.

Le dio la foto, que Aurélien volvió a mirar con grandes dudas.

Cuando Léna volvió a su casa con la ropa y varios discos, Fabien estaba despierto mirando los frascos, las flores secas y las plantas. Ella temió que la tomara por una bruja, pero él le sonrió. Le hizo beber un caldo caliente y volvió a aplicarle ungüento. Él distinguía a veces el olor a tomillo, a salvia o a romero, pero otras veces no, no lo entendía, confiaba en ella y se dejaba embriagar por los vapores aromáticos de la magia ancestral. Cerraba los ojos y el dolor se desvanecía bajo las toallas calientes y aromáticas, los bálsamos y la cera perfumada con eucalipto y menta. Sin que se diera cuenta, ella lo embriagó con valeriana, la hierba que vuelve locos a los gatos y calma el espíritu, lo que le permitió librarse por un instante del miedo terrible, del miedo irreprimible al estallido. Dejó de imaginar las heridas internas de su cuerpo, en lo más secreto de sus pulmones, en lo más intrincado de sus órganos, invisibles e irreversibles. Se había sentido destrozado, pero revivía. Al miedo le sucedió el cansancio, una especie de languidez saludable. Fabien no creía en ninguna religión. Ninguna palabra de ningún Dios podía curarlo. La piel de las manos de Léna contra la suya, sí. No creía en los milagros, pero Léna los hacía.

Ella no le dijo que se lo había advertido.

Él no le dijo que le habían ofrecido un puesto en París.

No necesitaban hablar, sólo descubrirse. Cuando Léna estaba trabajando en el bar, iba de un lado a otro, le hablaba mirándole a los ojos y se reía a carcajadas. En casa sus movimientos eran tranquilos y hablaba en voz baja. A él, siempre intranquilo, lo invadió una poco frecuente sensación de quietud.

Léna le había ofrecido su cama y ella había dormido en un sofá de otra habitación. Se había levantado por la noche y había visto a Fabien tumbado en el suelo. Desde que habían acabado los combates no conseguía dormir en la comodidad de una cama. Decía que era la costumbre. Ella entendió que no se lo permitía.

Fabien no volvió a quedarse dormido. Temía la mañana. No por el dolor, que ya se le pasaría, sino porque era el jefe del grupo y debía ocuparse de los muertos: recoger las pocas cosas que tuvieran y, lo más duro, comunicar su muerte a su familia.

Por la mañana no se dijeron una sola palabra sobre lo ocurrido durante la noche, el abandono de Fabien a los cuidados de Léna y la química entre ellos. Ella le cambió los vendajes. Desayunaron en silencio. Cuando ella se levantó de la mesa para ir a abrir el bar, le dijo sin pensarlo «Hasta esta noche», él le contestó «Hasta esta noche», y cuando él se dio cuenta, ya en la calle, de lo que había pasado, sonrió.

En la pensión en la que se alojaban tres de los dragaminas fallecidos y en la granja que acogía a los otros dos no había nada que pagar. Los arrendadores les habían pedido que pagaran por adelantado. Se justificaron ante Fabien. No era muy glorioso pedirle dinero a un hombre porque temes que muera antes de haber pagado la cuenta, pero tenía que entenderlos: fiar a un dragaminas era arriesgado. Fabien interrumpió sus disculpas. Sólo quería asegurarse de que le entregaran todas sus cosas. Los muertos no las necesitaban, pero sus familias sí.

Metió las escasas pertenencias de sus compañeros en el Traction Avant de Max. El ayuntamiento se ocuparía de enviarlas a las familias.

Un arrendador lo alcanzó en la calle. Arrepentido, le entregó una bolsa de tela que había encontrado debajo del colchón de un dragaminas. Contenía dinero y una libreta. Le juró a Fabien que en la bolsa estaba todo el dinero que había encontrado en voz tan alta que este sospechó que se había quedado con una parte. Al abrir la libreta le sorprendió ver que era de Hubert.

–¿Hubert dormía en su casa?

El hombre asintió. Al parecer era más barata que la anterior y las comidas eran mejores. Normal, era panadero. Pero Hubert no la disfrutó mucho tiempo. No volvió. El panadero pensó que había muerto en el accidente de la playa.

Fabien le dio las gracias y se marchó preocupado. Hubert

no estaba en la playa cuando se produjo la explosión y no había dicho a nadie adónde había ido...

¿No se atrevía a volver al equipo después de haber desertado en un día tan importante? ¿O había aprovechado que Fabien no estaba para abandonar la misión y volver con su familia sin tener que dar explicaciones? Había sucedido otras veces. También podía haber tenido un accidente o haberse metido en una pelea... Si era eso, Fabien acabaría enterándose, pero en ese momento no podía dedicarle más tiempo, porque tenía trabajo.

Pasó por los demás arrendadores y después se dirigió al campo de prisioneros. Conocía bien al director, antiguo miembro del maquis de Les Maures al que tenía aprecio. Hablaron un rato de los alemanes. Fabien quería que le diera información de todos ellos. Habría que decírselo a sus familias, y sería complicado. La guerra, que continuaba en Alemania, había sumido el país en el caos y se habían interrumpido todas las comunicaciones.

Era la primera vez que Fabien veía de cerca las condiciones en las que estaban los prisioneros. Entendió lo que empujaba a algunos de ellos a salir a limpiar minas en lugar de quedarse entre esas alambradas.

Después tuvo que ir a buscar el informe administrativo de los dragaminas heridos y fallecidos. Le agobiaba. Tuvo que despertar al funcionario de contratación para que le abriera el despacho. El hombre, que se había emborrachado con vino peleón en la fiesta, se había pasado casi todo el fin de semana durmiendo y no sabía dónde estaba cuando oyó los golpes en la puerta.

Recuperó la lucidez y juró que había advertido a todos los aspirantes a dragaminas antes de reclutarlos. Estaba obligado a no minimizar los riesgos.

—Pero ¿de qué sirve? Aunque no les ocultemos nada, ni el número de heridos, ni el número de amputados, ni el número de muertos, nadie piensa que le va a pasar a él. ¡Qué desgracia!

—¿Me muestra sus informes?

Eran escuetos y concisos. Costaba leerlos. Edad, estado civil y número de hijos. Las respuestas a esas sencillas preguntas esbozaban en pocas palabras un destino trágico. En unas cifras todo estaba dicho. Tom, hijo único, tenía a sus padres a su cargo con sólo veintiún años. En realidad, veinte. Fabien había recogido su verdadera documentación en el lugar donde se alojaba y, como sospechaba, Tom había mentido sobre su edad. Valentin, que había llegado como refuerzo con el nuevo equipo, a sus veintitrés años ya tenía dos hijas y un hijo, que habían evitado que lo alistaran en el ejército. Había escapado de la guerra, pero no de la muerte. ¿Cómo se las arreglarían las familias sin ellos?

Fabien leyó el informe de Enzo temblando. Su mujer, de la que tanto hablaba y de la que seguía locamente enamorado, le había dado tres hijas. También él podría haberse librado de la guerra, pero se había unido a la Resistencia. Nunca escatimaba energías y nunca se escondía. Lo daba todo. Fabien se emocionó al leer los nombres que había elegido para sus hijas para decirles que las adoraba, nombres de princesas o de diosas, ahora huérfanas.

Incluso las firmas eran conmovedoras. Dos de los que habían muerto el día anterior, Valentin y Tom, habían rellenado el formulario con una letra bonita e impecable. Tenían su certificado de estudios. Sus familias debían de haberse sentido orgullosas de ese diploma, que ni les había dado de comer ni los había protegido.

A Henri, que había huido del norte aterrorizado por el grisú de las profundidades de las minas de carbón, le había alcanzado la explosión de minas a cielo abierto. ¿Pensaba en la crueldad del destino mientras estaba entre la vida y la muerte en la habitación contigua a la de Max?

Para su tranquilidad, Fabien pidió el expediente de Hubert. Su mujer y sus hijos vivían en Corrèze. En un castillo. El funcionario también había puesto mala cara, pero Hubert le había dicho que estaba arruinado y que el castillo no era más que una casa grande con goteras. Y que tenía una familia numerosa. Fabien no dijo nada, pero cuando había echado un vistazo a la libreta de Hubert, se había enterado de que tenía dos...

De vez en cuando en los márgenes había un comentario a lápiz del funcionario. «¿Es de fiar?», «Atención, demasiado seguro de sí mismo» o «Mentiroso». ¿Qué sentido tenía desconfiar de hombres a los que se enviaba a morir? Peor aún, que iban voluntariamente.

–¿Cómo lleva la contratación?

–No le voy a mentir, no se presenta mucha gente.

Le tendió sólo dos informes.

–Tenemos a estos dos. Dada su edad, les he dado dos semanas para que lo piensen. Puedo pedirles que se incorporen antes, pero con la explosión nos va a costar motivarlos.

Veintiuno y veintidós años. A Fabien no le gustó. Aunque la guerra había hecho envejecer a todo el mundo de golpe, seguían siendo muy jóvenes. ¿Tenía elección? Dos hombres ni siquiera bastaban para volver a formar su equipo y tendría que esperar a que estuviera completo para volver al trabajo.

Su triste gira terminó en el ayuntamiento.

Mientras Fabien escribía una carta para cada una de las familias, el alcalde, muy conmovido pero también muy avergonzado, le daba el pésame en voz baja. Le decía cuánto sentía la pérdida de tantos hombres y a la vez que la situación era muy urgente. Debían reanudar la limpieza de minas lo antes posible porque la seguridad de los ciudadanos era crucial.

Después le mostró lo que había en la caja que acababa de recibir. Los medios que el ministerio enviaba para detener el peligro eran nuevos folletos que explicaban cómo limpiar las minas. Fabien, agobiado, los hojeó sin convicción. Como los anteriores, apenas incluían la mitad de los modelos.

Al final el alcalde le dijo que, dadas las circunstancias, el periodista al que Dautry quería enviar para que rectificara su desastrosa valoración de los dragaminas no llegaría.

Por si fuera poco, unos vecinos de la zona abordaron a Fabien al salir del ayuntamiento. ¡La explosión del sábado les había roto todos los cristales! ¡Habían estallado todos a la vez! ¡Debían tener cuidado, estos accidentes salían caros! Y además eran peligrosos. ¿Y si un niño se hubiera hecho daño?

Fabien les recordó sin enfadarse que precisamente por su seguridad habían perdido la vida los dragaminas. Sus interlocutores se callaron unos segundos, pero después recordaron por qué estaban allí y le preguntaron al alcalde quién iba a pagar los daños.

Durante todo el camino de vuelta, Fabien se preguntó qué iba a decirles a sus hombres. No quería preparar un discurso. En realidad no podía. Después de la muerte de sus compañeros, le costaría animar a los supervivientes. ¿No habían hecho su parte? ¿Y cómo se lo reconocían? Quizá debería aconsejarles a todos que buscaran nuevos horizontes. Les diría lo que se le ocurriera.

Y de repente, cuando ya ni siquiera pensaba en él, supo adónde había ido Hubert. Y si era lo que creía, no era una buena noticia.

¿Quién llamaba a la puerta? Saskia, paralizada en la cama, escuchaba el ruido de los golpes en la puerta de la planta baja, cada vez más rápidos. Vincent no estaba. A última hora de la mañana, Fabien había ido a buscarlo con aires de conspirador y hablando en voz baja, como si aún estuvieran en guerra y de nuevo hubiera secretos condenables. En cuanto se marcharon, volvió a subir. Estaba cansada y se había acostado, no para dormir, sino para aclararse las ideas y recuperar las fuerzas para luchar. Por más que pensaba, no veía qué podía hacer. Tenía la mente entumecida.

En el campo de concentración, cuando estaba en peligro en todo momento, pensaba a una velocidad asombrosa. Ahora que estaba fuera del alcance de los nazis y que tenía todo el tiempo del mundo para pensar en algo más que en hacerse invisible, no lo conseguía.

Y seguían llamando a la puerta. Cada vez más fuerte.

La última vez que había oído llamar así había sido en su casa, con su familia, cuando se habían reunido sin que nadie lo supiera, con las luces apagadas y hablando en voz baja. Los golpes habían sido tan fuertes que habían derribado la puerta. Un tornado negro y vociferante había arrasado su casa, no quedaba en ellos nada humano y las palabras no servían de nada. La violencia gratuita, salvaje y ebria de sí misma se había abatido sobre ellos. Habían golpeado a su madre, a su padre, a toda la familia, y se los habían llevado.

Metió la cabeza debajo de la almohada. No quería seguir

oyendo los golpes en la puerta. Si era por Vincent, ya volverían. Al día siguiente de que llegara al estudio, alguien había querido entrar. Un hombre que le causó un terror que no pudo controlar. Milagrosamente, se dio por vencido. Por la tarde se enteró de que era el primo de Mathilde, que se había desplazado desde muy lejos para afinar el piano. Le dijo a Vincent que no había oído nada. Pero ahora los golpes no cesaban.

Intentó entrar en razón. Los alemanes no estaban en el sur desde finales del verano. Los milicianos estaban en prisión. Nadie podía ir a buscarla, porque nadie sabía que estaba allí.

Pero esos golpes incesantes... La ventana de la habitación de Vincent daba a la calle. Podría ver quién estaba golpeando la puerta sin que la vieran. Imposible. Tendría que asomarse y la verían. ¿Por qué no dejaban de llamar?

Levantarse de la cama fue lo más difícil que había tenido que hacer desde que había vuelto. Esperaba que la hubieran olvidado, pero quizá alguien la había seguido y sabía dónde encontrarla. Le temblaban las piernas. Tenía la desagradable sensación de que iban a volver a arrestarla. Quizá la señora Bellanger había llamado a la policía, como la había amenazado, para que no volviera a su casa.

¿Y si se trataba de una persona importante para Vincent? Intuía que todos los días él esperaba noticias de la mujer a la que amaba.

Así que hizo el esfuerzo de ir a mirar por la ventana.

Una chica esperaba delante de la casa. No había ido por Vincent, sino por ella.

Era la chica con la que se había cruzado en la calle, la que llevaba el vestido de su madre. Había quedado con Saskia el miércoles delante del bar. ¿Qué hacía allí?

Saskia bajó a abrir la puerta. La joven, tan encantadora, elegante y alegre como la vez anterior, llevaba unos pantalones cortos anchos ceñidos a la cintura y una camisa blanca con las mangas remangadas. Pese al sencillo atuendo, estaba espectacular. A Saskia le dio vergüenza presentarse ante ella con el mismo vestido, pero no tenía otro. Lavaba la ropa cada tarde y bendecía las noches cálidas del sur por secarla en menos de un cuarto de hora.

–Siento haber llamado tan fuerte, pero quería traerte el vestido de tu madre hoy para que lo tuvieras antes.

Ante la expresión sorprendida de Saskia, la chica se anticipó a su pregunta.

–Me han dicho que vivías aquí. En este barrio todo se sabe.

Saskia lo sabía. Su familia había pagado un precio lo bastante alto para que lo olvidara. Se sentía cada vez más angustiada. Su cerebro acosado volvía a funcionar a toda velocidad. Saben que vivo aquí, si mañana vuelven los alemanes, sabrán dónde encontrarme, incluso sin los alemanes, algún vecino antisemita o los Bellanger...

–Tu madre era muy buena costurera. El vestido sienta muy bien. Voy a echarlo de menos...

Saskia todavía no le había dicho una palabra a la chica en pantalones cortos. Le propuso entrar esperando que dijera que no, pero aceptó y le dio las gracias por habérselo propuesto.

Al menos Saskia no tendría que quedarse en la puerta. Aunque en el barrio todo se supiera, no le gustaba que vieran que vivía allí. Le daba vergüenza comportarse como la dueña de la casa en ese estudio cuyo alquiler no podía pagar.

–Tienes una casa muy bonita.

Saskia no supo qué pensar siquiera de esa sencilla frase, que la chica había dicho de la forma más espontánea posible. ¿Querría saber si era de verdad su casa? ¿O si allí vivía un hombre cuyos zapatos, en un rincón junto a la puerta, acababan de llamar la atención de la chica, que no había querido ser indiscreta, pero llenaba los silencios de Saskia mirándolo todo a su alrededor?

Tenía que haber una intención detrás de cada frase. Y si no la había, o la intención no era mala, entonces sin duda Saskia ya no entendía a los demás. La chica tendría su edad, aunque ella no estaba tan delgada, iba bien peinada y maquillada, y vivía su vida, mientras que Saskia seguía pareciendo una niña salvaje.

Saskia ganó tiempo calentando agua, lo que le permitió pensar en lo que iba a decir y preparar un simulacro de conversación. Le asqueaba darle las gracias por un vestido que era suyo, pero aun así lo hizo.

–Oh, es normal, es tuyo.

Saskia le sonrió por primera vez. Por fin una persona que lo entendía. Confiada, la chica siguió hablando.

–Me llamo Éléonore.

–Saskia.

–Oh, Saskia, qué bonito... No es nada común.

Saskia volvió a sonreírle. Escuchar su nombre en voz alta despertó en ella algo familiar que había olvidado hacía mucho tiempo y que volvía muy deprisa, como una evidencia. Me llaman, luego existo. Hacía mucho tiempo que no la llamaban por su nombre y echaba mucho de menos tener una amiga.

Saskia disfrutó de la charla de Éléonore. Su tía Ida era zazú antes de la guerra –zazú, los que habían inventado esta palabra para referirse al movimiento de jóvenes rebeldes eran unos genios–, y por eso le encantaba provocar, el jazz y la ropa inglesa que le quedaba grande. Éléonore esperaba ser tan valiente como su tía. Como muchos zazús, se había unido a la Resistencia. En fin, que Éléonore adoraba a Ida.

Repetía el nombre de Saskia en cada frase, como un niño que acaba de aprender una palabra nueva que le gusta y la repite hasta el infinito. Se animó a hacer preguntas, por supuesto. ¿A qué instituto iba antes de la guerra? ¿Le gustaba estudiar? ¿Había pasado a ver sus notas del bachillerato? Aunque se hubiera examinado hacía dos años, las notas tenían que estar registradas en el rectorado. Si Saskia quería, ella misma podría informarse. ¡Oh, había un piano! ¿Sabía tocar? A ella le encantaría.

Saskia escuchaba el torrente ininterrumpido de su elegante y desenfadada conversación, salpicada de observaciones y comentarios generosos que la hacían sonreír. Le agradecía mucho que no buscara los estigmas del campo de concentración, que no le preguntara «¿Cómo era?», como si en una simple conversación pudiera contarse el calvario de la deportación, cuando además no se quiere conocer ningún detalle. Por fin una persona la trataba como a una igual, sin recelos, sin miedo y sin desprecio. Saskia se relajó. Volvía a ser como los demás.

Cuando Saskia terminó de preparar el té y se acercó con la tetera, Éléonore sintió que podía decir:

—Como tenemos la misma talla, me he permitido traerte unos vestidos. He pensado que podrías necesitarlos.

Saskia no sabía cómo reaccionar. Si tenía que darle las gracias. Le llenó la taza de té sin decir una palabra.

—¡No te preocupes, es ropa que ya no me pongo!

El té caliente se desvió de su trayectoria y cayó en la mano de Éléonore. Al sentir el ardiente mordisco, Éléonore retiró rápidamente la mano.

—¡Mete la mano en agua fría! ¡Detendrá la quemadura!

Éléonore metió la mano debajo del grifo un buen rato. Le dio tiempo a pensar. ¿Por qué le había dicho que ya no se la ponía? No era ropa vieja ni pasada de moda. Simplemente no quería avergonzar a Saskia y había sido muy torpe. No sabía cómo enmendar la situación.

Saskia se culpaba a sí misma, no lo había hecho a propósito, pero ¿merecía que le dieran ropa usada que ya no se ponían? Cuando llegó a París, una amiga de los campos de concentración le dio un vestido que se había comprado antes de la guerra y que nunca se había puesto. Eso sí que era un regalo. Era el que llevaba desde entonces. ¿Cómo aceptar esa ropa? Seguramente era bonita y a Saskia le apetecía cambiarse, pero había creído que estaba haciéndose amiga de Éléonore... No, no podía aceptarla.

—¿Estás mejor?

—Sí, gracias, el agua fría ha sido buena idea.

—Muy amable por lo de la ropa, pero mejor que se la des a alguien que la necesite.

Saskia le dio la espalda, como si necesitara vaciar urgentemente la tetera y enjuagarla con agua limpia. Éléonore entendió que la visita había terminado. Cuando le dijo que no quería molestarla más tiempo, Saskia no la retuvo.

Fabien había ido a buscar a Vincent al estudio y no había querido decirle la razón delante de Saskia. ¿Por qué había elegido a Vincent? Seguramente por instinto, pero no sólo. Si su hipótesis sobre Hubert era correcta, iba a necesitar que el tema no se comentara, ¿y quién mejor que Vincent para guardar silencio? Era evidente que ocultaba cosas, no le vendría de una más.

Se adentraron en el campo, el coche rebotaba en caminos llenos de piedras, pero a Fabien no le costó encontrar el lugar que buscaba. Antes de la llegada de Vincent, su equipo había retirado las minas del camino que llevaba a varias granjas, el camino Conil, «el camino de la colina» en provenzal. Encontró enseguida a la pareja de campesinos que había ido a la playa a darles las gracias y a llevarles aceite y vino. Se alegraron mucho de verlo, pero cuando les preguntó dónde vivía el campesino que quería que limpiaran las minas de su campo, les cambió la cara.

Vincent tampoco había olvidado a ese campesino. Se había peleado con él cuando, por pura desesperación, había ido a pegar a los prisioneros alemanes.

Al ver la expresión avergonzada de la pareja, Fabien supo que había dado en el clavo. El campesino había conseguido que Hubert le limpiara el campo de minas. Quizá incluso Hubert se había presentado en su casa por su cuenta para sacarse un dinero. Había aprovechado la ausencia de Fabien y debía de haberle prometido que limpiaría las minas durante los dos días del fin de semana.

La pareja juró no saber nada, pero cuando Fabien y Vincent llegaron a la granja de al lado, un enorme cráter mostraba que se había producido una explosión. Fabien había esperado que Hubert sólo estuviera herido, que se hubiera escondido en la granja, pero el diámetro del cráter acabó con sus esperanzas, así como el hecho de que el granjero se negara a abrirles la puerta. Fabien y Vincent tuvieron que entrar por la fuerza.

Ante las imperiosas preguntas de Fabien, el campesino se inventó una historia y no daba su brazo a torcer. ¿La explosión en su campo? Había sido una vaca, que había pisado una mina.

–¿Y dónde está esa vaca?

El campesino se encogió de hombros y se negó a contestar.

–¿Sabe a lo que se arriesga? ¡A ir a la cárcel!

–¿Porque una vaca haya pisado una mina?

–Por haber sobornado a un dragaminas.

–¡Yo no he visto a ningún dragaminas!

–Se llama Hubert. ¿Dónde está?

El campesino se quedó mudo. Fabien tuvo que amenazarlo con llamar a la policía para que confesara que había arrastrado su cadáver hasta un bosque de encinas y lo había escondido debajo de unos matorrales.

Al llegar al bosque, el mal olor era terrible. Vincent propuso que se fumaran un cigarrillo. Después otro. Cuando tuvieron la nariz y la garganta saturadas de tabaco, pudieron acercarse a los matorrales...

Al retirar las hojas secas y las zarzas, que les rasgaban la piel, se reavivaban sus heridas. Vincent se desgarró la camisa y los vendajes. A Fabien le sangraban los brazos. Estaban demasiado implicados para echarse atrás. Al final lo encontraron. Retrocedieron. Hubert ya no tenía cara ni manos. Su cuerpo estaba rígido, con los brazos cruzados a la altura del pecho, congelados en un gesto absurdo para protegerse de la explosión. El campesino no se había decidido a sacarlo del campo hasta horas después de que hubiera muerto. Era demasiado tarde. Ya no podía moverse el cuerpo. Superado el horror, Vincent y Fabien sintieron una inmensa compasión. Hubert había infringido el reglamento para poder alimentar a sus dos familias. No era el más hablador ni el más simpático, pero ningún hombre merecía una muerte así. Se había creído más listo que las minas, pero nadie lo es.

Ni el campesino ni Vincent sabían lo que iba a hacer Fabien. Sin apartar la mirada de Hubert, le dijo a Vincent: nos lo llevamos. Se fumaron los tres otro cigarrillo y trasladaron el cuerpo hasta el coche.

Como Hubert estaba rígido, no había manera de meterlo en el maletero. Lo dejaron en el asiento de atrás. El campesino, incómodo, les ofreció un trozo de cáñamo grueso para que lo cubrieran. Volvieron a fumarse un cigarrillo. El olor seguía siendo espantoso. Hicieron el trayecto con las ventanillas abiertas.

En el camino de vuelta, Fabien le contó a Vincent lo que se le había ocurrido.

—Dejamos el cuerpo en el búnker que ha explotado y diremos a la administración que Hubert murió en la explosión.

En las carreteras no había nadie, pero Fabien temía la llegada a la playa. Tendrían que esperar a que anocheciera. Había otro problema, y grande: ahora la playa estaba vigilada día y noche para que nadie se acercara.

Así que Fabien y Vincent pasaron el día en un bosque, con Hubert dentro del coche. Era la primera vez que pasaban tanto tiempo juntos y no les sorprendió que en ningún momento la conversación se interrumpiera. Después de esos días tan dolorosos, les sentaba bien hablar. Sin duda Vincent le ocultaba muchas cosas, pero no se puede elegir con quién se va a hablar. Las palabras salen cuando pueden, o cuando quieren, y dos personas se encuentran. Del mismo modo que un pensamiento se forma enunciándolo, las amistades surgen haciendo confidencias. Fabien no habría sabido decir por qué le caía tan bien Vincent.

Vincent no le pidió ninguna explicación de Hubert, pero se las dio.

—Verás, si se enteran de que ha ido a limpiar minas a otra parte mientras estaba de servicio, le quitarán todos sus derechos.

—¿Los muertos tienen muchos derechos?

—Si Aubrac consigue que se reconozca el trabajo de dragaminas, y puedo asegurarte que lo está peleando, a la viuda de Hubert le corresponderá una pensión. El problema es que tiene dos viudas, pero ya veremos lo que hacemos con eso.

A lo largo de la tarde, Vincent observó que Fabien evitaba mencionar a Enzo. Aunque no lo nombraban, sólo pensaban en él. Enzo había acogido a Vincent con los brazos abiertos, con esa fraternidad intensa e inmediata de los italianos. Era el mejor amigo de Fabien. De momento les era casi imposible aceptar que hubiera muerto. Era su primer dolor compartido.

Pero Vincent sabía que en algún momento Fabien hablaría de Enzo, como solía hablar de los muertos que lo acompañaban, los de la limpieza de minas y los de la Resistencia. Se sentía responsable de ellos, y Vincent había observado que para mantenerlos con vida Fabien no dudaba en mencionarlos en cuanto se le presentaba la ocasión. Cuando empezaba una frase con una sonrisa y decía «Tenía un amigo que...», no era raro que se le entrecortara la voz de forma casi imperceptible antes de haberla terminado.

En el caso de Enzo, Fabien necesitaba postergar el dolor para no ahogarse. Lo había aprendido en el maquis.

Cuando anocheció se dirigieron a la playa. En el maletero de Max habían encontrado ropa para cambiarse. Max siempre llevaba dos o tres camisas limpias por si tenía la suerte de no volver a casa en toda la noche.

Fabien les propuso a los vigilantes sustituirlos durante un par de horas. Les dijo que fueran al bar de Léna, que él les pagaba la ronda. Los vigilantes aceptaron encantados sin hacer preguntas.

La noche era oscura. Después de haber comprobado con las bayonetas y las linternas que iban por un camino seguro, Vincent y Fabien dejaron a Hubert en medio de los restos del búnker, y lo cubrieron con arena y escombros. Al día siguiente Fabien fingiría encontrar el cuerpo en la arena, y gracias a Vincent y a él se haría justicia a su mujer y a sus hijos, al menos justicia como él la entendía, y amistad como él la entendía. Cada quien tenía sus leyes.

Algunos tenían que asumir la guerra después de la guerra. Lo hacían sin grandes titulares en los periódicos y sin movilizar ejércitos, y los que morían no recibían condecoraciones. Se los hacía desaparecer.

Desde que Saskia había vuelto al sur, no dejaba de preguntarse qué habrían pensado sus padres, qué les habría gustado y qué los habría decepcionado. Todo detalle, por insignificante que fuera, le parecía una señal enviada desde el más allá. Se aferraba a ellos desesperadamente.

¿No era Éléonore una prueba de ello? Saskia apenas salía, no deberían haberse cruzado. ¿No había sido su madre la que había hecho que se encontraran para que entendiera que siempre estaría con ella? Y para que recuperara ese vestido, precisamente ese, que a Saskia le encantaba.

El vestido era ideal para volver a ver a Rodolphe. Se moría de ganas de recuperar su casa y un poco de serenidad, y empezar a sentirse mejor, pero no lo conseguía. Sería mucho más fuerte con él. Recordaba lo mucho que él la animaba en todo lo que hacía. Le gustaba hablar con ella, y ella esperaba impaciente las largas cartas que le escribía con frecuencia. Debía confiar en él. Aunque ella hubiera cambiado, aunque ahora fuera frágil, él sabría quererla. No debía dudar de él si no quería ser injusta.

Saskia se arregló en el cuarto de baño, muy nerviosa. Se frotó los labios con pétalos de amapola, como había visto hacer a su hermana. La mancha roja en su rostro, todavía pálido, le pareció una herida. Intentó limpiarse los labios, pero el color se aferró a su sonrisa. Había perdido la costumbre de ver caras con color. Esbozó su mejor sonrisa y consiguió mantenerla unos segundos. Rodolphe la creería.

Sacó las joyas que tenía escondidas y eligió una cadena de oro con un pequeño colgante en forma de paloma.

Aún le quedaba lo más difícil, que había dejado para el final.

¿Iba a atreverse a ponerse el vestido de su madre?

Ahora que había rechazado el ofrecimiento de Éléonore, sólo tenía ese vestido y el que llevaba puesto cuando llegó. Tenía que estar lo más guapa posible, y el vestido de su madre era sin duda bonito, pero... ¿ponerse el vestido que había llevado su madre? ¿Y que ya no podía llevar? Sentía que estaba haciendo algo prohibido. No, era ridículo, se acababa de inventar esa prohibición. ¿Qué la incomodaba? Siendo sincera, que a su madre no le gustaba mucho Rodolphe. No era justo contar con su vestido para seducir a un chico que a ella no le gustaba. Sin embargo, si Mila se había mostrado reticente a esa relación era sólo porque creía que su hija era demasiado joven para tener novio. Quería que antes siguiera con sus estudios, que trabajara y que fuera independiente, como ella misma había aprendido de su madre.

Saskia tenía veinte años. En unos meses sería mayor de edad. Éléonore tenía razón, tenía que ir a ver si había aprobado el bachillerato. Después seguiría con sus estudios. Saldría adelante gracias a la universidad y trabajaría. A Mila le tranquilizaría saber que su hija iba a tener un oficio. Y que había recuperado a Rodolphe sabiendo adónde iba.

Se puso el vestido, contenta de que le quedara bien y desesperada porque su madre ya no pudiera ponérselo.

Como había previsto, el vestido era mágico. Le realzaba el arco de la espalda y le daba ganas de moverse para que la popelina, suave a fuerza de lavados, le acariciara la cintura y las caderas. Observó el efecto que causaba al caminar, y después giró sobre sí misma una vez, y otra...

A la tercera, Vincent estaba allí.

Saskia se detuvo de golpe. Él estaba en la puerta. Tenía una herida en la frente, los brazos llenos de rasguños, como si lo hubiera atacado un animal salvaje, y la camisa empapada de sangre.

Ella corrió a buscar sábanas viejas para desgarrarlas y hacer vendas. Creyó que él no se había dado cuenta de que se había arreglado para salir, lo que la tranquilizó sobre el color de sus labios.

Cuando volvió, él se había quitado la camisa y estaba lavándose. El agua del lavabo se teñía de rojo y él tenía las manos llenas de sangre, pero Saskia mantuvo la calma, y él le agradeció que no le hiciera preguntas. Ella se ofreció a ayudarlo a limpiarse las heridas, pero él le dijo que no. Podía hacerlo él mismo.

—Además, estaba preparándose para salir... Váyase, no haga esperar a ese chico...

Durante todo el camino hasta la casa de los padres de Rodolphe, Saskia no dejó de frotarse los labios para quitarse la tinta de amapola, que parecía haberle tatuado la boca. Ver el tejado por encima de los muros circundantes la tranquilizó. Había ido muchas veces antes de la guerra. Recordó que la primera vez se había quedado impresionada. En realidad, todas las veces. Cruzó la verja de la entrada, que estaba abierta de par en par. Avanzó por el camino bordeado de lavandas en flor y olivos salpicados de marfil; era el momento efímero de la floración. En una casa así no podía pasar nada grave.

Cuando llegó ante la casa, una mujer con bata estaba fregando la escalera. No la reconoció. Debía de ser una criada nueva.

–Hola, quisiera ver a Rodolphe. Creo que ha vuelto de Estados Unidos...

–¿Usted es...?

–Saskia...

Saskia creía que su nombre sería una llave mágica, pero la mujer le sonrió esperando algo más de información.

–Íbamos al mismo instituto... y... estudiamos juntos el bachillerato –se justificó Saskia sin atreverse a decir más.

–Voy a llamarlo.

La mujer se metió en la casa. Saskia vio un gato pequeño y se agachó para acariciarlo. El del estudio llevaba dos noches sin volver y empezaba a preocuparse.

Recorrió el precioso jardín con la mirada. Todo parecía intacto. Los alemanes no habían destrozado nada en ese jardín de belleza irreal. Todo estaba como antes, y se sintió bien.

Mientras contemplaba el jardín no vio que en la casa, en el primer piso, un chico la observaba desde la ventana. Sonreía pensativo. Cuando Saskia dejó el gato de nuevo en el suelo y se volvió hacia la fachada, el chico retrocedió. No quería que lo viera.

No estaba solo en la habitación. Una joven deslumbrante, distinguida de la cabeza a los pies, colocaba en el tocador pequeños frascos de perfume, maquillaje y joyas. Estaba instalándose.

La criada llamó a la puerta y entró.

—Una compañera suya ha venido a saludarlo. Saskia...

—¿Quién es? —preguntó enseguida la joven, entusiasmada por conocer a una chica de su edad.

—Una amiga... Bueno, íbamos juntos a clase.

—¡Invítala a tomar el té!

—Mejor otro día. ¿No estás cansada?

—¡No! Estoy deseando conocer gente. ¡Tú conoces a todo el mundo aquí, pero yo no conozco a nadie!

—Tienes razón, pero en otro momento... Ahora mismo sólo soy capaz de hacer una siesta.

La criada se marchó. Rodolphe abrazó alegremente a la joven y la arrastró hasta la cama. Ella dejó de pensar en conocer a nadie.

No se había dado cuenta de la incomodidad de Rodolphe. La criada sí. Acostumbrada a descifrar lo que no le contaban, entendió quién era en realidad Saskia. La encontró junto a la fuente del jardín, con el gato de nuevo en sus brazos.

—El señor no puede recibirla. Está agotado por el viaje. Está durmiendo. No me he atrevido a despertarlo.

—Oh, lo entiendo... Ya volveré...

Saskia volvió a dejar el gato en el suelo. La criada observó sus lentos movimientos y su forma de respirar, y le dio pena. Lo peor era seguir haciéndose ilusiones.

—Su prometida está despierta. Estará encantada de verla. Tiene muchas ganas de hacer amigas. No conoce a nadie aquí.

Saskia encajó el golpe. Después se recuperó.

—Oh, ya veo... Yo también, por supuesto...

Desconcertada, le dirigió una sonrisa que ni sabía que tenía, se oyó decir palabras con una voz que no era la suya y escapó de allí. Se odiaba por tener ganas de llorar. ¿Qué esperaba?

No vio que Rodolphe había vuelto a la ventana para verla por última vez. La había querido de verdad. Había pensado mucho en ella durante su exilio en Estados Unidos. Se preguntaba qué habría sido de ella. Tenía algo indefinible que le gustaba. Su inteligencia y sus ojos. Y además su juventud, su despreocupación cuando estaban juntos. Su emoción la primera vez que había ido a buscarla a su casa, que ella había saltado el muro y se habían pasado toda la noche hablando. Nunca se había sentido tan escuchado y no había encontrado esa intensidad en ninguna otra chica. La echaba de menos.

En ese instante, si Saskia lo hubiera sabido, ¿habría cambiado algo? Acababa de tomar una decisión. Había vivido con la ilusión de ese amor que recuperaría al salir del campo de concentración, esa ilusión la había ayudado a vivir, lo que ya era extraordinario. Ahora tenía que deshacerse de él y enfrentarse al mundo. Respiró y en ese mismo instante se prohibió volver a pensar en él. Además, era lo mejor. ¿Habría entendido Rodolphe por todo lo que había pasado? No pensaba sentirse mal ni un segundo por él. No sería más fuerte, ni más feliz, pero sencillamente no podía permitirse sufrir por nada.

Por extraño que parezca, no le costó tomar esa decisión. No tenía nada que ver con la voluntad. Le pareció la única actitud correcta, y también la más fácil.

A veces uno tiene el privilegio de que lo alcance el amor. Es una experiencia única, fundamental y asombrosa, que golpea el corazón y el cuerpo. La promesa de un vínculo místico entre dos personas, total y absoluto. El enamoramiento es un estado de gracia.

Se habla menos de ello, pero también puede alcanzarte el desamor. Es la misma revelación, también física, mística y llena de promesas. El desamor no compromete, sino aligera. También es un estado de gracia. Un privilegio. Lo aprendió ese día. Con la rapidez de un sueño que se desvanece por la mañana, Saskia ya no estaba enamorada.

El 8 de mayo de 1945, Alemania acababa de rendirse. Por fin. Los aliados habían ganado y Fabien tenía que encontrar la energía para continuar. Esos días en que todos se alegraban de la victoria, sus hombres los habían pasado en la cama, agotados, intentando recuperarse y preguntándose qué hacer.

Ninguno de los dragaminas que habían sobrevivido se presentó cuando unos días después Fabien los convocó delante de la playa. A excepción de Max y Henri, que seguían en el hospital, los que habían sobrevivido estaban allí. Sólo eran cinco –Georges, Manu, Miguel, Vincent y él–, pero Fabien pidió a los vigilantes que se acercaran para que no se sintieran tan solos. Los pocos prisioneros alemanes sanos esperaban aparte.

Para ellos la rendición tenía un sabor amargo. No sólo por la derrota de Alemania, sino también porque ese 8 de mayo de 1945 no se había negociado nada respecto de la devolución de los prisioneros.

A Fabien no le sorprendió que el primero en llegar fuera Miguel. No era un hombre que se diera por vencido. Desde el inicio de la guerra civil española, en 1936, había luchado casi sin pausa, primero con el bando republicano en España y después en Francia con la Resistencia. En dos meses, en julio, serían nueve años... Estaba agotado, pero seguía siendo un hombre con convicciones.

Georges todavía estaba mal, mudo y traumatizado. Le dolían el cuerpo y las heridas. Nunca confesaría que había estado a punto de no volver, pero recordó por qué había huido del sudoeste, así que ese día se levantó temprano para llegar a su hora.

Manu tenía una cicatriz roja y azul en la cara que subrayaba su belleza, más singular pero igual de llamativa. Prefería no hablar de ello, pero quizá se le había reventado el tímpano. Apenas oía otra cosa que un fuerte silbido intermitente. Otros no habían tenido tanta suerte, así que no iba a quejarse. Esperaba que se le pasaría.

Vincent había ocultado sus heridas debajo de la camisa, y Fabien, en un esfuerzo sobrehumano por tranquilizar a los demás, parecía haberse recuperado de las suyas. Todos habían envejecido de golpe y se abrazaban como amigos de toda la vida. Los abrazos eran fuertes y duraban mucho rato.

Estaban conmocionados, impactados, necesitaban hablar de lo que había pasado y, reunidos en un corro alrededor de Fabien, recordar a los muertos y honrar sus grandes cualidades. Su pasado no importaba, ya no le preocupaba a nadie. Por mucho que hubieran discutido, que tuvieran opiniones diferentes e insidiosas sospechas, a veces la muerte envolvía a los ausentes con su velo absolutorio.

No habían tenido tiempo de conocer a los del nuevo equipo, pero los respetaban igualmente. Quedaba el problema de Hubert. Fabien contaba con mentir a la administración, pero todos los supervivientes sabían que no estaba con ellos el día de la explosión. Debía asegurarse. La mejor manera de guardar un secreto es no contarlo. Fabien les dijo que Hubert había decidido volver a casa. Vincent lo confirmó. A Miguel no le pareció raro, les sucedía incluso a los mejores. Nadie sospechó que estaba enterrado en la arena a unos metros de ellos. Hubert había tenido el olfato de marcharse antes de la explosión...

Nadie del equipo guardaba rencor a Enzo. La mañana de la tragedia se había cruzado con un grupo de prisioneros italianos en una carretera. Uno de ellos se había burlado de él. Enzo tenía sentido del humor, pero la ocupación italiana en el sur de

Francia le dolía. Había bastado ese dolor para que empezara la jornada con mal pie y que después no quisiera parar. Enzo era apasionado, nervioso y a veces imprevisible, pero todos sabían que iban a echar mucho de menos su cálida presencia. Y además, sin su voz por encima de la de ellos, ya nunca podrían cantar. «L'Élixir d'amour» sería un desastre. Para demostrarlo, pero sobre todo para rendirle homenaje, Georges y Manu murmuraron más que cantaron «Una furtiva lagrima». No fue una sola, y no fueron furtivas. Fabien, con un nudo en la garganta, seguía sin poder hablar de Enzo.

Estaban también los heridos. Para los demás, que habían bailado toda la noche en la plaza y se habían enterado por la mañana de la catástrofe –muchos la llamaban «el accidente»–, los heridos no contaban. En cualquier caso, no eran tan importantes. Sobre todo si no se detallaba demasiado el alcance de las heridas. Sin embargo, para los dragaminas estar herido significaba a menudo algo peor que la muerte.

Cuando has sido un hombre fuerte, feliz de exponer tu piel curtida al sol, que te encanta que las mujeres apoyen la cabeza en tu hombro, en tu cuerpo fuerte, no es fácil conformarse con miradas de lástima.

Aseguraban que jamás aceptarían que los amputaran. Mejor morir que no estar enteros. Pero cuando había que cortar, la cosa cambiaba. Descubrían que eran más tercos de lo que creían. Se aferraban a la vida, la única que conocían y que no querían abandonar porque les faltara una pierna. Ni por las dos.

Fabien les dio las pocas noticias que había podido reunir en el hospital. Sólo le habían permitido entrar a ver a Max.

Max era el más animado de todos. Imposible imaginar que sus heridas pudieran con él. Se lo decían a sí mismos para convencerse. Por lo demás, todos tenían heridas por cicatrizar debajo de la ropa e iban a superarlas sin secuelas, seguro. Un momento difícil, pero nada de lo que preocuparse. Eran duros y tenían la piel fuerte.

Fabien imitó a Max.

—«Bueno, Fabien, lo más importante es... ¿Me estás escuchando? Saca el Traction y condúcelo. No puede perder la costumbre. ¡Me ha costado mucho ponerlo a punto! Así que mímalo y sube a las chicas más guapas a los asientos de cuero. Lo que hace que funcione no es la gasolina, sino el perfume de las mujeres.»

Max no cambiaba ni herido de muerte, y todo el mundo se lo agradecía. Mientras hablaba, Fabien hacía saltar las llaves del Traction en la mano. Max era la generosidad personificada. Ojalá eso contara para que se curara.

Los interrumpió la llegada de un camión cubierto con una lona caqui. Nuevos vigilantes hicieron bajar a nuevos prisioneros alemanes para sustituir a los que faltaban. Hans había jurado que no limpiaría minas, pero se había apuntado. Dieter también. Los dos lanzaron una mirada cansada y resignada a Lukas. Lukas tenía razón. No se habían librado.

Fabien esperó a que llegaran hasta él para empezar a improvisar su discurso mientras repartía los folletos que le habían dado en el ayuntamiento.

—Limpiar minas no es una ciencia exacta. Y menos teniendo en cuenta lo poco que sabemos. En esta playa hemos pagado caro nuestro desconocimiento de las armas enemigas. Mientras esperamos a volver a formar el equipo, intentaremos ampliar nuestros conocimientos. He recibido estos folletos del ministerio. No son gran cosa, pero junto con lo que hemos aprendido sobre el terreno debería permitirnos formar a nuevos dragaminas.

Lukas se acercó a coger un folleto sin que nadie le dijera nada. Lo hojeó rápidamente mientras Fabien terminaba de hablar.

—Ayer perdimos todo el equipo nuevo y a cinco de nuestros hombres: Thibault, Jean, Tom, Valentin y Enzo. Henri y Max están entre la vida y la muerte.

«Entre la vida y la muerte.» Estas palabras se le habían escapado. Y los que se habían reído cuando imitaba a Max recibieron un golpe de realidad.

No sólo los franceses se pusieron tensos. El prisionero que traducía en voz baja para los demás alemanes estaba al final del discurso: «Und wir haben fünf Menschen verloren...». De repente Fabien vio la mirada de Lukas, febril, intensa y mordaz. Siguió hablando.

—No sólo han muerto nuestros hombres. También hemos perdido a prisioneros alemanes.

Una voz se elevó detrás de él.

—¡Pero no es lo mismo!

¿Quién lo había dicho? ¿Un dragaminas? ¿Un vigilante? Fabien ni siquiera intentó descubrirlo —eran muchos los que pensaban así— y siguió, imperturbable.

—Nadie puede negar que los prisioneros asumen tantos riesgos como nosotros y que sin ellos no podríamos hacer nuestras misiones.

Esto no impidió que Georges restara importancia a las palabras de Fabien.

—¡Aunque uno aprovechó la explosión para intentar escapar!

—¿No habrías hecho tú lo mismo en su lugar? —le preguntó Fabien en tono tranquilo.

—Para empezar, no intentó escapar —añadió Manu.

—¡Tonterías!

—Lo sé de primera mano. ¡Lo vi intentando salvar a Thibault!

Georges no insistió. Fabien dedicó un momento a explicárselo.

—He hablado con el director del campo de prisioneros. Me ha confirmado que no había ningún SS entre ellos. Y podéis creerlo. Es un francotirador partisano y no bromea con estas cosas.

Los dragaminas se callaron. Fabien se acercó a cada uno de los alemanes y lo miró a los ojos, empezando por Lukas.

—Señores, nunca olvidaremos lo mucho que nos ha hecho sufrir vuestro país. Sin embargo, hoy me siento más cerca de vosotros, que estáis aquí, en esta playa, para reparar los daños causados por la guerra que de los que nos miran y no hacen nada. Lo digo a menudo: para nosotros limpiar minas es un honor. Para vosotros es una deshonra, pero no escatimáis esfuerzos. A partir de ahora comeremos todos juntos. Quiero que recordemos que ha habido muertos en ambos bandos, por la misma causa.

Al oír los murmullos de los vigilantes detrás de él, Fabien se volvió y los rumores cesaron. Fabien podría haber añadido que se diferenciaba menos de los prisioneros alemanes que de los colaboracionistas con los que iban a hacer la vista gorda en nombre de la reconciliación nacional. Que se diferenciaba menos de ellos que de los que se habían quejado porque se les habían roto los cristales de las ventanas. Que de los enchufados, los aprovechados y los delatores. Y de todos aquellos que, a la que habían podido, en cuanto habían recuperado la libertad por la que habían luchado, habían tachado a todos los miembros de la Resistencia de «resistentes de última hora» para desprestigiarlos, para meterlos a todos en el mismo saco antes de lanzarlo al mar. Su equipo sintió su tensión contenida y nadie volvió a murmurar.

Lukas aprovechó la ocasión. Al hojear el folleto había constatado rápidamente que era muy básico. Le pidió al traductor que tradujera lo que iba a proponer.

—Faltan muchos modelos. Yo podría dibujar los que conozco que no están aquí.

—Perfecto. Pasaremos la información al ministerio para que la distribuya.

Fabien repartió el resto de los folletos a los alemanes.

—¿Cómo te llamas?

Fueron diciendo su nombre uno a uno. Era la primera vez que el equipo los oía. Estaban Hans, Dieter, Franz y Rainer. Cuando Fabien llegó a la altura de Friedrich, reconoció al alemán que había intentado ayudar a Thibault y le apoyó una mano en el hombro. Terminó con Lukas.

—Han operado a Matthias. No está muy bien, pero está en buenas manos y te mantendremos informado.

Y del mismo modo que los dragaminas se habían abrazado, Fabien dio un abrazo rápido pero sincero a Lukas y después a cada uno de los prisioneros alemanes. No esperaba que los demás hicieran lo mismo, pero sí que con el tiempo todo el mundo entrara en razón.

«¿Sabéis cómo reconocer a un francotirador? Primero dispara, luego apunta y por último piensa.»

Era una de las bromas favoritas de Max. Después siempre la comparaba con su situación limpiando minas. Habían empezado a limpiar minas sin saber hacerlo, y en cuanto a pensar, aún no habían llegado...

La guerra lo había puesto todo patas arriba. Habían limpiado minas justo después del desembarco, sin saber nada de ellas, y las pérdidas habían sido grandísimas, pero mientras se completaba el equipo, Fabien quería empezar de nuevo bien. Debía unir al equipo y formarlo. Si esperaban a que se creara la escuela que les habían prometido...

Por medio del ayuntamiento, Fabien había encontrado un terreno para entrenar, una cantera en desuso lejos de la ciudad. Los prisioneros y los dragaminas montaron en los camiones que los alejaron de la playa y de las tragedias. Nunca habrían imaginado que les alegraría tanto la idea de volver a aprender.

Fabien le pidió a Vincent que esperara. Se reunirían con el equipo después de comer.

Por si no hubieran tenido bastante con esa espantosa mañana de vuelta al trabajo, tenían que dejar en un lugar seguro las minas que al principio de su misión habían almacenado a un lado de la playa. Algunas las habían desactivado, pero otras había que destruirlas. Las habían dejado en la entrada, muy lejos del búnker, al igual que las minas sarcófago. Había faltado poco para que la carnicería fuera aún mayor.

–¿Tienes un lugar seguro?

–El ayuntamiento nos presta un almacén en un lugar discreto.

–No podremos los dos solos.

–Tendremos que poder. Nadie debe saber dónde está el almacén.

Tenían que cargar el material con mucho cuidado. Podrían perder la vida que acababan de salvar por los pelos en la explosión de hacía unos días.

Las minas se metían en cajas de madera con serrín. Las que no podían desactivar tenían que meterlas de una en una en cajas con arena.

Fabien había pedido prestado un camión. Cada caja de minas que transportaban era testimonio del buen trabajo que había realizado todo el equipo.

Cuando llegaron al almacén, Fabien fue a buscar la llave escondida debajo de una piedra, a unos pasos de donde estaban. Vicent tenía dudas.

–¿Estás seguro...?

–No tengo otra solución. Y tenemos que darnos prisa. De aquí hasta que los militares nos las reclamen...

–Las minas no las han limpiado ellos.

–Pero quieren su parte del botín... Y no sólo ellos. Estas mierdas son caras. Ya nos robaron algunas de otra remesa...

Volvieron a la playa. Aún les quedaban varios viajes de ida y vuelta por hacer. Al menos tres. Al final, solos en la playa vigilada por empleados del ayuntamiento, fingieron haber descubierto el cuerpo de Hubert. Los empleados avisaron a las autoridades. Nadie podía rebatir la que sería la versión oficial: Hubert había muerto como un héroe.

Fabien no estaba descontento de empezar con los que estaban en la cantera un nuevo equipo del que esperaba mucho. No se trataba sólo de suscitar la vocación por lo que hacían, sino también de tomar distancias con la tragedia, tranquilizarlos, darles confianza enseñándoles a trabajar con seguridad y, con experiencia y habilidad, establecer la superioridad del hombre sobre la mina.

Quería convertir ese aprendizaje en el requisito previo para una verdadera profesión y que dejara de ser el sometimiento a una condición miserable que llevaba a arriesgar la vida para nada. Tendría que fingir que conocía todos los secretos, por supuesto, pero ¿ser un hombre no consistía en eso?

Aunque Fabien sabía todo lo que aparecía en el folleto, el resto del equipo no. Pero los prisioneros alemanes conocían casi todos los modelos. Los habían formado para utilizarlos durante el servicio militar, fuera cual fuese su función y su rango. El estado mayor alemán había invertido mucho en minas, y por lo tanto había preparado a sus soldados.

A Fabien le sorprendió gratamente que compartieran su información. Su discurso les había inspirado confianza y se permitían señalar la particularidad de un detonador o de una mina, de las que había diferentes modelos, lo que aumentaba su complejidad. Pero aunque sabían colocarlas, no siempre sabían desactivarlas.

Fabien sacó del almacén minas, granadas, obuses y explosivos diversos. Los colocó en una mesa de madera o los enterró para que las condiciones fueran las reales. En principio, desactivar obuses estaba reservado a los militares, pero esa diferenciación era totalmente artificial. A veces los llamaban con urgencia porque acababan de encontrar un obús y tenían que ocuparse de él.

Fabien empezó con una caja de madera del tamaño de una caja grande de limpiabotas: una Panzerschnellmine A.

—Es una mina antitanque que he desactivado y he vuelto a montar sin la carga explosiva. ¿Quién empieza?

Nadie se movió, aunque se trataba de un explosivo desactivado, pero saber desactivar significaba también estar dispuesto a hacerlo, y Fabien iba a enseñarles. ¿No era mejor seguir en la ignorancia y que no se lo pidieran? No importaba que los que desactivaban las minas cobraran más. La sombra de Enzo planeaba sobre ellos...

Aunque Fabien los hubiera llevado lejos del lugar de la tragedia, seguramente era un poco pronto para abordar el problema de frente. Siguió con la teoría.

–Cuando tengamos los detectores, la reconoceremos por el asa metálica y los clavos. La carga estaba formada por cinco kilos novecientos gramos de ácido pícrico envueltos en papel impermeable. Esta mina se monta muy rápidamente. De ahí el *schnell* de su nombre.

Mientras hablaba les mostró cómo desactivar la mina. Dado que se activaba cuando un tanque pasaba por encima –tenía un percutor a presión atornillado en el bloque de explosivo–, se trataba de abrir la tapa con mucho cuidado, sin presionar hacia abajo, y después desatornillar el percutor ZZ42 y sacar el detonador. Así de sencillo.

Fabien pasó a una mina más intimidante, con una carcasa de plástico que la hacía perfectamente estanca. La Topfmine. Al no contener ningún material metálico, era completamente indetectable. Fabien enterró ese cilindro de nueve kilos y de treinta y tres centímetros de diámetro. Esta vez exigió un voluntario.

El equipo siguió paralizado.

Lukas fue el único que dio un paso al frente. Los dragaminas, pasmados, observaron la reacción de su jefe, que miró a Lukas un instante.

–Los prisioneros no deben desactivar minas. Son las reglas.

–Para que algún día me liberen parece que debo ser valiente. Si no desactivo minas, ¿cómo puedo demostrar mi valentía? –tradujo el intérprete.

Fabien dudó. No había tantos candidatos. No tenía nada claro que el funcionario consiguiera completar el equipo rápidamente. Lukas tenía buena actitud, lo había demostrado. Fueran cuales fueran las reglas, sólo había excepciones. Si querían avanzar después de la guerra, debían adaptarse.

—Muy bien, Lukas. Primero desenterramos la mina para ver dónde está el percutor, y en este caso ver si tiene trampas. Debes ir despacio, muy despacio, como si barrieras con plumas en la punta de los dedos.

Lukas acarició lentamente la tierra alrededor del artefacto.

—Cuidado, la Topfmine tiene otra ranura para un segundo percutor. Estate atento. Pasa la mano por toda la mina. Vamos a ciegas. Tus ojos son tus manos y las puntas de tus dedos.

Fabien le cogió la mano a Lukas para mostrarle cómo hacerlo. No lo pensó antes, pero al agarrarle los dedos se produjo un instante de confusión. Ninguno de los dos lo había previsto. Una cosa era hablar con un enemigo —incluso darle un abrazo, no pasaba nada—, pero cogerle de la mano, sentir su piel, su piel de bárbaro, era otra muy distinta. Era como si acabara de romperse un tabú... Así que habló de la técnica.

—Las minas llegaron desarmadas. Los alemanes las llenaron con cinco kilos setecientos gramos de explosivos cuando ya estaban aquí. Lukas, ten cuidado para no dañarla, que es el problema con las minas de plástico. La levantas muy despacio, sí, así, la dejas en el suelo y desenroscas el tapón que la activa. Por último, sacas el percutor de la ranura. Tranquilo, la mina no está llena.

Lukas se relajó.

—Ahora sólo tienes que desarmarla. Desenroscas el casquillo de protección del segundo detonador, lo retiras y lo sustituyes por el casquillo.

Vincent observaba a Lukas, su concentración y su precisión. Ver a ese hombre que sólo aspiraba a leer manipulando minas era absurdo, pero lo hacía con una buena voluntad impresionante, sin indignarse y con aplicación. Vincent se mantuvo apartado y se fumó un cigarrillo con los demás.

Nunca se había sentido tan prisionero de su decisión. Barrer una playa, una carretera o una vía férrea con una bayoneta, de acuerdo. De ahí a meterse en las entrañas de esas bestias cargadas de explosivos hasta las cejas... Siempre podría dimitir, pero oyó a Georges y a Manu preguntándose quién sería el siguiente, y veía a Fabien y a Lukas. Recordó a los niños que habían estado a punto de saltar con una mina.

La guerra lo había cambiado profundamente, pero aún le quedaba un poco de moral personal. Ya no podía dejar que otros soportaran solos los riesgos.

Dio un paso adelante para ocupar el lugar de Lukas. Fabien estaba a su lado tranquilizándolo, pero nada puede tranquilizarte cuando te enfrentas a una mina. Vincent tomó nota mentalmente de la información. Se trataba de una Tellermine 35 N1 con un percutor T.Mi.Z. 35. Un platillo de aluminio gris verdoso, de treinta centímetros de diámetro, con la tapa unida al cuerpo de la mina por un resorte de pestaña. Peso: nueve kilos. Carga: cinco kilos cuatrocientos gramos de TNT, que explotaban bajo una presión de noventa kilos.

Todos los que no estaban en el lugar de Vincent bromearon sobre sus respectivos pesos. Estaban demasiado delgados para hacerla explotar. Después pensaron en Jean el chapista, al que llamaban el Gordo, y volvieron a escuchar a Fabien en silencio. Esa mina era para tanques, pero, como sólo se necesitaban noventa kilos para activarla, explotaba enseguida, en cuanto las orugas presionaban. Así que la perfeccionaron con las Tellermine 42, diseñadas para que explotaran bajo una carga de doscientos kilos, cuando todo el tanque había pasado por la mina y la explosión podía perforarlo. Y las Tellermine 43. Estas no debían tocarlas. Muchas veces tenían explosivos trampa de fábrica y ni siquiera los militares especializados querían desactivarlas. Había que detonarlas en un lugar seguro.

En cuanto a la Tellermine 35, lo primero que había que hacer era asegurarse de que la mina no tenía trampas tirando de ella con un cable atado al asa para transportarla. Después, una vez retirada, desenroscar el percutor T.Mi.Z. 35. Había que empujar con suavidad el perno de seguridad con el pulgar y el índice, y no insistir si ofrecía resistencia. Después girar el tornillo situado encima del percutor hasta alinear el punto rojo con la marca blanca «sicher». Si no giraba con facilidad, tampoco había que insistir. Y sobre todo, como podía ser una bomba trampa, no levantar la mina con la mano hasta haber desactivado los percutores adicionales situados a un lado o debajo del explosivo. Para ello había que asegurar el artefacto impidiendo que el pasador cayera mediante una varilla de hierro y después girar la leva de la varilla del marco «scharf» hasta colocarla debajo del percutor.

Todo era cuestión de memoria, destreza y criterio para saber qué hacer y qué no, y cuánta presión ejercer sobre los tornillos y los pasadores...

Incluso en la calma de esa cantera había que estar muy atento. Con la práctica, lo harían más tranquilos, al menos eso intentaba decirles Fabien, pero en realidad –y Vincent, que había estudiado anatomía durante años antes de operar un cuerpo humano, lo sabía bien– está lo que el cerebro registra y lo que la mano retiene. Está lo que se ha aprendido y el instinto, lo previsible y lo imprevisible. Frente a lo imprevisto, el hombre puede recurrir a la experiencia, la concentración y la audacia controlada. Y a veces a nada.

Al final de la jornada, como había prometido, llegó el alcalde a darles el pésame. Lo acompañaban un oficial británico y otro estadounidense. En el maquis, Fabien se había relacionado con varios paracaidistas anglosajones. Apreciaba su valor, su sentido del humor y su abnegación. Y su compromiso. Los dos hombres sonreían y hablaban francés con un acento que le resultaba familiar. Aubrac los había enviado para que les proporcionaran la información técnica que tanto necesitaban.

Su experiencia sería muy valiosa. Cuando los británicos y los estadounidenses se dieron cuenta de que los alemanes les llevaban una ventaja aterradora en la fabricación de minas, centraron todos sus esfuerzos en solucionar la situación lo antes posible y consiguieron ponerse al día tanto en el análisis de las minas enemigas como en fabricar las suyas.

Esa tarde todos estaban dispuestos a prolongar la jornada para charlar durante la comida que ofrecía el ayuntamiento a los dragaminas y a los dos instructores aliados.

Todos estaban entusiasmados por la sensación de haber luchado y ganado juntos. Aliados. Era una palabra fuerte y poderosa. Milagrosa, dados los riesgos que implicaba. Y dada su historia. Franceses e ingleses habían luchado entre sí durante más de cien años. Los estadounidenses, apoyados por los franceses, habían acabado con el dominio inglés en su territorio por la fuerza de las armas. Todos habían luchado contra todos, pero allí, en esa cantera, sólo había conversaciones sinceras entre hombres que se alegraban de vivir por fin libres y en paz. Un momento de gracia. La idea de haber recuperado y protegido la libertad los unía y les permitía bromear, incluso con los alemanes. Ni al inglés ni al estadounidense les sorprendió que Fabien hubiera decidido formar un equipo unido en lugar de prolongar las divisiones con los prisioneros. Era como el inicio de la paz. En ese pequeño grupo que se enfrentaba a minas, que asumía riesgos, sacrificios, abnegaciones y muerte, la fraternidad iba abriéndose paso. La guerra había sido una transgresión total y bárbara, pero en esos grupos de limpieza de minas se esbozaba ya la idea de un futuro común para los países de Europa.

Fabien, el inglés y el estadounidense hablaban de sus recuerdos, contaban el desembarco, mencionaban la Operación Dragoon, las Fuerzas Romeo, Garbo, Alpha, Delta, Camel y Rosie, que habían desembarcado en dieciocho playas entre Cavalaire y Saint-Raphaël, la liberación de Saint-Tropez, la estrecha coordinación entre las Fuerzas Francesas del Interior, las fuerzas aliadas, el Ejército Francés de Liberación, los voluntarios del norte de África, Guinea, Senegal y Costa de Marfil, y los combatientes de la Resistencia en ultramar. Sí, ese desembarco eficaz y brillante, fruto de la cooperación sin fisuras, había sido un milagro.

Vincent los envidiaba. En el momento en que se llevó a cabo el desembarco de Provenza él seguía prisionero. Le habían robado varios años de su vida, y se culpaba a sí mismo.

El día terminó a lo grande cuando el estadounidense y el inglés se levantaron para ir a ver las minas alineadas en las mesas de trabajo, como un pequeño museo de los horrores que les habría gustado dejar en el pasado, un anticuado gabinete de curiosidades con el que asustar a los niños en el futuro. A los dragaminas les habría gustado pensar que todos habían aprendido la lección y que era la primera, pero también la última vez que ejércitos enemigos utilizaban esos artefactos mortíferos.

Pero los dos instructores cogieron las minas de una en una y les dijeron que ahora disponían de un modelo equivalente de todas ellas. Sus ingenieros estudiaban las armas alemanas, las copiaban, las reproducían, las modernizaban y las mejoraban hasta alcanzar la perfección.

En esa cantera todos entendieron que lo que más temían ya estaba en marcha. La guerra había terminado, pero el mundo estaba lejos de haber acabado con las minas. Era sólo el principio de una larga historia.

Aubrac había dado en el clavo: las explicaciones del estadounidense y del británico eran claras y eficaces. Fieles a la reputación de los anglosajones de no llevar su mal humor al trabajo, iban directos al grano. Tenían que avanzar.

La relación con ellos fue haciéndose cada vez más amistosa. Hablaron de volver a cenar con los dragaminas y llevarlos a ver la región. En definitiva, no estaban en una tierra conquistada, sino en una tierra que los había conquistado a ellos. Eran profesionales, aunque un poco extravagantes, y se centraban en el trabajo sin olvidarse de bromear. Se ganaron al equipo.

Fabien aprovechó su presencia para escabullirse al terminar la jornada y llevar a Vincent al hospital a ver a los heridos. Vincent quería dar noticias de Matthias a Lukas. Se separaron en el vestíbulo.

—¿Nos vemos aquí en una hora?

Fabien se marchó. Estaba impaciente por ver a Max. Se sintió aliviado al encontrarlo vivo. Aunque Max estaba con un gotero y tenía los brazos y el torso completamente vendados, consiguió sacar energías al ver a Fabien. Fabien era consciente de que un jefe puede entusiasmar a su equipo, devolver las fuerzas a sus hombres, que no quieren decepcionarlo, como un padre, aunque tenga la misma edad que ellos. Max, impulsado por esa loca energía, lo agarró del brazo.

—No vas a dejarme aquí, ¿verdad?

A Fabien le sorprendió el vigor y la fuerza de sus manos. Le habían dicho que estaba muriéndose. No podía ofrecerle nada que estuviera a la altura de la fe que Max tenía en él, y eso lo desesperaba. Intentó bromear.

–¿No te cuidan bien? Venga, que he visto a un par de enfermeras a las que seguro que les has propuesto dar una vuelta en el Traction, ¿no? Y aquí al menos Manu no te hace la competencia.

–¡¿Manu?! ¡No me hace sombra aunque me hayan embutido como a una momia!

–Bueno, aprovecha un poco para descansar...

–Quiero salir –lo interrumpió Max.

–Si algo no va bien, hablaré con los médicos y tendrán que vérselas conmigo –siguió bromeando Fabien sin convicción. Sabía lo que Max quería decir.

–Me muero de aburrimiento. Puedo salir ya, estoy bien.

–Max... No lo creo. Tienes que curarte.

–Éramos unos ingenuos en el 35. ¡Los alemanes fabricaban minas por millones y se lo permitimos!

–No te preocupes, han perdido la partida para siempre.

–¡Con eso no basta! ¡Los cabezas cuadradas tienen que saber quiénes somos! La próxima vez no nos dejaremos engañar.

–¿La próxima vez...?

–Ya no tendremos más accidentes. Estoy impaciente por volver.

–¡Qué susto me has dado! ¡Creía que hablabas de la próxima guerra!

Fabien hablaba en tono alegre, pero, por más que intentara seguirle la corriente a Max, cuyo cuerpo vendado daba testimonio de las heridas que lo destrozaban, le costaba ocultar sus dudas. Los médicos le habían advertido que seguramente no aguantaría una semana. Estaba claro que Max no lo sabía.

Fabien se oyó a sí mismo contestándole que estaba impaciente por que volviera con ellos y que la próxima vez todo iría bien, por supuesto, que habían aprendido de los errores y que esa era su fuerza.

Max había sido el primer miembro del grupo. Habían empezado a limpiar minas juntos, y con Gauthier, el pobre diablo que estaba en coma en la planta de abajo, era el único superviviente de su primer equipo de precursores, en los tiempos heroicos en que la guerra estaba en pleno apogeo. Aunque sólo habían pasado unos meses, le parecían una eternidad.

Le daba la impresión de que lo conocía como a nadie, y sin embargo no sabía casi nada de su vida anterior. Acababa de descubrir por su expediente que ese seductor estaba casado y tenía un hijo. Fabien le propuso mandar a buscarlos.

–¡No! ¡No quiero que me vean así!

–¿Cuánto hace que no los ves?

–¡No se trata de eso! ¡No quiero asustar a mi hijo! Y además a mi mujer no le dije que iba a limpiar minas. Le dije que tenía un trabajo tranquilo mejor pagado que los demás. Si me ve así...

–¿La quieres?

–¿Tú qué crees?

Fabien esbozó a su pesar una sonrisa de complicidad. Max se lo aclaró:

–Bueno, ya sé lo que crees, pero invito a mujeres a tomar algo sólo por pasar el rato. No hago nada malo. Con mi mujer es diferente. Es muy guapa, no puedes imaginarte cuánto. Y canta muy bien, imagínate. No como Enzo, a ella le gustan más las canciones modernas. Las canta mejor que todos los cantantes que oímos en la radio. ¡Y lo mejor es que no lo sabe!

–Pues que venga y se lo dices.

–Ahora no... En cuanto me recupere.

Así que Max de verdad creía que iba a recuperarse.

Una planta más abajo, en otra habitación, Vincent observaba a Matthias, que estaba dormido. Tenía las manos vendadas, y los enormes vendajes no reproducían la forma de una mano capaz de sujetar un arco y un violín. A los pies de la cama, la gráfica de la temperatura no bajaba de cuarenta o cuarenta y un grados. Matthias debía de tener una grave infección.

Cuando se despertó, Vincent le preguntó de inmediato por lo único que le importaba –¿Dónde está Ariane?– y se aferró a sus palabras, pero Matthias sólo hablaba de música y de partituras. Deliraba por la fiebre y la morfina. Luchaba contra la obsesión de que no estaría listo para un concierto en Colonia, el día siguiente.

Nadando entre las aguas de su medio sueño opiáceo, movía los brazos para coger un arco suspendido y un violín que flotaba por encima de su cama para ensayar para su futuro concierto inmóvil, con las manos vendadas.

Vincent sintió enormes remordimientos. Había intentado saber qué relación tenía Ariane con Matthias, incluso lo había envidiado, pero allí, frente a él, Matthias era presa de una soledad implacable y debía librar, indefenso e inconsciente, una batalla contra la muerte que no entendía. Vincent le aseguró –¿lo oía?– que intentaría hablar con un médico. Sabía que, con la agitación que reinaba en el hospital, iba a serle difícil encontrar a alguno. Matthias seguía abrazando el aire cuando Vincent le mostró el mensaje que había prometido llevarle.

–Es de Lukas.

El nombre no hizo reaccionar a Matthias, que ahora parecía una bailarina hipnotizada perdida en sus alucinaciones musicales.

–Te quiere mucho, ¿sabes?

Matthias tarareó en voz baja una melodía que Vincent no reconoció. No tenía sentido hablar con él, era un esfuerzo inútil. Cogió una silla, se acercó a la cama, sacó un cuaderno y un bolígrafo de la chaqueta y se puso a escribir rápidamente.

Lo interrumpió Fabien, que lo llamó desde la puerta. Vincent salió al pasillo con él.

–¿Cómo está?

–No muy bien. Supongo que es normal después de la operación...

En realidad, la infección de Matthias podía acabar con él y Vincent sabía que tenía que actuar deprisa. No tenía otra opción.

—Me ha dictado una nota para Lukas. Tengo que llevársela.

Arrancó del cuaderno la hoja en la que acababa de escribir el mensaje a toda prisa. Fabien se sorprendió; no había oído hablar a Matthias. Vincent añadió:

—¿Y Max?

—Sólo habla de la próxima vez que vaya a limpiar minas.

—¿Porque quiere volver?

—¡No piensa en otra cosa! Tengo a otro como él. Gauthier, del anterior equipo, que no saldrá de aquí. Pero si salieran, aunque les dijeran que sólo les queda un mes de vida, irían a limpiar minas. Irían en silla de ruedas. Aunque tienen miedo, ¿eh? Pero es superior a ellos. No quieren admitir la derrota.

Vincent no estaba en posición de juzgar las obsesiones de los demás. Sabía que no se controlan.

Pasaron a ver al médico que atendía a Matthias. Entendieron que no debían hacerse demasiadas ilusiones. Aun así insistieron en que hiciera todo lo posible por salvarlo.

En el pasillo, sin decirse nada, ninguno de los dos habría apostado a que el joven músico sobreviviría.

Justo cuando estaban a punto de salir del hospital, Vincent oyó gritar un nombre que temía oír. El suyo.

—¡Hadrien!

Fabien se volvió y vio a una mujer con bata blanca que le pareció muy guapa dirigiéndose hacia ellos. Sin mirar atrás, Vincent aceleró el paso más de lo razonable para que pasara inadvertido.

–Vincent, ¿estás bien? –le preguntó Fabien, sorprendido.

–No me gustan mucho los hospitales...

La mujer casi los había alcanzado. Vincent había reconocido la voz de Audrey. En su obsesión por interrogar a Matthias, había olvidado totalmente que trabajaba en el hospital de La Timone. Cuando ella volvió a llamarlo y lo agarró del brazo para detenerlo, se volvió tranquilamente y le dijo con su mejor sonrisa:

–Me temo que se equivoca. Yo no me llamo Hadrien. Lo siento.

Audrey se quedó atónita y no supo qué decir, pero enseguida se recuperó.

–Oh, perdón... Se parece usted a un hombre al que conocí antes de la guerra. De lejos creí que lo era. Es cierto que de cerca no se parece en nada.

–No se preocupe. Que tenga un buen día.

Ella se alejó muy confundida mientras Vincent seguía su camino. Audrey sospechaba que estaba dispuesto a todo, pero no hasta el punto de cambiar de identidad. Y de paso hacerla pasar por loca.

Vincent se daba cuenta de que Fabien lo observaba; tenía que seguir actuando con calma, como si el incidente no le hubiera afectado en absoluto. Siguió hablando.

—Oye, ¿crees que podría pasar a ver a Lukas para darle la carta de Matthias?

—Ya se la darás mañana.

—Matthias quiere que dé noticias de él a los demás alemanes, los que no limpian minas.

—No se entra así como así en un campo de prisioneros.

—Conoces al director. Y se lo he prometido a Matthias.

Fabien dudó, pareció pensar algo y le contestó en tono neutro y desenfadado:

—Te haré una nota de recomendación. Supongo que servirá.

A Vincent le sorprendió que le hubiera salido tan bien. Supuso que Fabien pretendía algo que se le escapaba. Debía estar atento. Llegaron al Traction Avant, subieron y Fabien arrancó.

—Hablando de cartas, y por cambiar de tema, un amigo va a mandarme las que D'Estienne d'Orves escribió justo antes de que los alemanes lo fusilaran. Su abogado ha conseguido hacerlas circular. Parece que son ejemplares.

Vincent tenía razón al desconfiar y estaba seguro de que Fabien no diría una sola palabra al azar.

—¿Sabes quién es D'Estienne d'Orves?

En su Oflag alemán, Vincent no había tenido ocasión de ver nada.

—Un oficial de la marina de una valentía admirable. Dimitió, pasó a la Resistencia y creó una red. Lo arrestaron...

—¿Se sabe cómo?

—Se había llevado con él a un joven marinero. Un radiotelegrafista. Confiaba en él, pero lo entregó a los alemanes.

—¿Quieres decir que torturaron al radiotelegrafista para que hablara?

—No, fue a ver a los alemanes para venderles la información. ¿Y sabes lo peor? A D'Estienne d'Orves le habían advertido que su grumete hablaba demasiado en los bares y que no era de fiar, pero no quiso creerlo. Confiaba en él y no le retiró su confianza. Lo fusilaron en el Mont Valérien. Acababa de cumplir cuarenta años.

Fabien había dicho «por cambiar de tema», pero en realidad sólo hablaba del doloroso tema que les obsesionaba a todos en esos momentos y que les obsesionaría durante toda su vida: si mañana volviera a haber nazis, fascistas y bárbaros, si hubiera guerra y estuvieran en peligro de muerte, ¿en quién confiarían? ¿A quién confiarían su vida? ¿Quién no hablaría si lo torturaran? ¿Quién no les traicionaría? ¿Quién no traicionaría jamás?

El tema de la traición asediaría las relaciones humanas. Y si Fabien creía que Vincent podía traicionarlo, los días de Vincent en el equipo estaban contados. Tenía que actuar enseguida. Debía conseguir ya la información de Lukas, si es que Matthias se la había dado.

Después de mencionar al miembro de la Resistencia fusilado, se quedaron en silencio. Fabien vivía en un cementerio celestial y llevaba sus muertos consigo. Sus muertos estaban más vivos que todos los que se dejaban la piel, se comprometían y se las arreglaban a su alrededor. Les erigía una tumba mágica. Para él, todos los muertos eran bienvenidos, incluso los que no eran de su partido ni de su maquis. Aunque no los hubiera conocido. Daba igual de dónde fueran. Lo único que contaba era lo que habían conseguido.

Fabien leería las cartas a sus chicos en cuanto las recibiera. Se debatía entre el deseo de guardar para sí sus palabras, como un diálogo íntimo, una conversación que sólo es posible entre personas que se bañan en la misma agua clara, y el deseo de compartir, la esperanza de que alimentara a los demás y saciara su sed.

Eran tiempos en los que parecía más aconsejable relacionarse con los muertos que con los vivos.

Fabien volvió al bar. Necesitaba ver a Léna cuanto antes.

—¿Dónde está la foto de la que me hablaste?

Léna estaba haciendo las cuentas y pensó en voz alta.

—La foto...

—La que te mostró una mujer la noche de la fiesta. Quería hablar con un hombre. Me dijiste que se llamaba Hadrien.

—Sí, ya sé, se la di a Aurélien. ¿Dónde la habrá dejado?

Rodeó el mostrador y abrió un cajón donde guardaba cosas que encontraba en el bar. La foto estaba allí y se la tendió.

—¿Lo conoces?

—Sí, y tú también. Es Vincent.

—¿Estás seguro? Aurélien también cree que se le parece, pero yo creo que para nada, aunque con el contraluz no se ve bien.

—La foto es de antes de la guerra. Añádele cinco años, el hambre, el miedo y la experiencia de un campo de prisioneros. No hace falta tanto para cambiar.

—¿Por qué iba a mentir sobre su nombre? Además, el hombre de la foto es médico. ¿Por qué iba a mentir también sobre eso?

—Eso es lo que va a tener que explicarme.

Fabien estaba inquieto. Léna lo abrazó y le habló en voz baja.

—Fabien, prométeme que lo dejarás explicarse. Que no vas a acusarlo sin haberlo escuchado. Sé que a ti te cuesta aceptarlo, que en el maquis una mentira solía ser un asesinato, pero ya no estás en el maquis. A veces se miente por buenas razones, créeme.

—¿Buenas razones para mentirme a mí?

—No me malinterpretes. Me has entendido. Lo único que te pido es que no actúes en caliente, aunque te cueste. Cuando lo veas, espera al menos a que acabe la jornada.

—¿Por qué te escucho? —le preguntó enternecido.

En el reverso de la foto, además del nombre de Hadrien figuraba el de la joven con la que Léna había hablado: Irène Zeller.

—¿No te dijo nada más?

—Que él estaba buscando a una mujer que se llamaba... Ariane, creo. Ella quería que la olvidaran.

Fabien se quedó inmóvil. Léna lo entendió al instante.

—¿La conoces?

Él asintió muy emocionado.

—Creía que había muerto hace mucho. Me alegraría mucho que estuviera viva.

Desde la explosión, a Lukas lo atormentaba esa noche crepuscular, que le daba vueltas en la cabeza hasta el amanecer y sería la pesadilla de todas sus noches futuras. Le habría gustado mucho salvar a Matthias, conseguir que escapara y que tocara el violín en las mejores salas de conciertos del mundo, incluso que sólo volviera a tocar para Ariane.

Revivía cada minuto una y otra vez. Justo después de la tormenta de acero había contemplado el búnker destruido que contenía las armas y sus desvanecidos sueños de escapar. Su plan había estado a punto de hacerse realidad y allí estaba, a sólo unos metros de él, pulverizado entre los escombros. Y después había visto a Matthias. Un sentimiento de culpa indescriptible se apoderó de él al pensar que lo había sacrificado por su loco proyecto, aunque habría dado cualquier cosa por salvarlo. Había ayudado a Vincent todo lo que había podido. Lo había cogido del brazo y no había desviado la mirada mientras Vincent le cauterizaba las heridas. Cuando se lo llevaron en camilla, se quedó angustiado, las garras de la culpabilidad se le clavaban en el corazón y lo desgarraban con todas sus fuerzas, pero seguía pensando en escapar.

Se odiaba a sí mismo. El problema de escapar era que resultaba imposible no pensar en ello, y a todas horas, sin volverse loco. El torbellino de posibilidades no le permitía recuperar cierta tranquilidad. Sometido a las oscilaciones de un metrónomo delirante, oscilaba entre los pensamientos más contradictorios. El miedo insuperable y la esperanza insensata. Las ínfimas posibilidades de conseguirlo y las terribles repercusiones si fracasaba. Se le aceleraba el pulso. Le resultaba absolutamente imposible decidir en qué momento pasar a la acción. Peor aún, convencerse de que lo mejor era seguir adelante.

Pero ya no podía echarse atrás, aunque acabara de sufrir la más siniestra de las derrotas.

Preparar la huida ya era huir. Soñar con lo que vendrá. Desarmar las certezas de los vigilantes, que creían que los prisioneros se habían rendido. Desmentir a los franceses, que pensaban que todos los alemanes estaban hundidos. Sacar de su error a los alemanes, que creían que sus prisioneros aceptarían que los olvidaran y que nunca pedirían explicaciones.

Lukas tenía la necesidad vital de soñar con lo que haría tras la huida, y en ello se proyectaba. Sustituía la realidad por sus deseos, y le iba muy bien. Era eso o morir. ¿Adónde iría? Lo había pensado miles de veces. Sus indecisiones eran como el principio de la libertad.

Antes de la guerra no habría dudado en elegir Francia. Abrir una librería en París, cerca de los muelles del Sena. O el sur, quizá incluso Hyères, Ramatuelle, Saint-Tropez... Qué ironía. En ese momento elegiría Italia. Pero Italia vivía tiempos terribles, no podría quedarse allí. Tendría que huir de nuevo.

España seguía bajo el yugo de los fascistas, y Grecia era presa de enfrentamientos entre británicos y comunistas. Había soñado mucho con el Mediterráneo y ahora todo estaba devastado.

¿Y por qué no irse más lejos? ¿A Marruecos? ¿A Argelia? Recordaba los cuadros de Delacroix, y con eso le bastaba para sentir el polvo caliente de la tierra roja. Se veía cubierto de prendas de algodón para protegerse del calor, comiendo frutas apetecibles y buscando oasis en el desierto.

Estos sueños le daban las fuerzas para concentrarse en la parte técnica de la huida. No podía anotar nada, porque los vigilantes registraban con frecuencia sus barracones. Una lástima, porque escribir le permitía pensar. Lo había constatado en las cartas que había escrito a la mujer a la que amaba, que no había podido enviarle. ¿Podría un amor sobrevivir a ocho meses sin noticias?

No podía esperar. Le quedaba una oportunidad, sólo una. Para llegar a ella tendría que organizar una reacción en cadena de acontecimientos decisivos que se activarían uno tras otro como las minas que los habían destrozado. Parecía imposible, pero no le quedaba otra opción. Debía volver al antiguo cuartel general de la Wehrmacht, al castillo de Eyguières, al que estaba prohibido acceder y que estaba plagado de minas.

Era el único lugar donde podría tener ventaja sobre los franceses. Sabía dónde encontrar armas, oro y un pasadizo secreto por el que escapar.

Lukas conocía el castillo como la palma de su mano. Había tenido acceso a todo lo que escondía, armarios, habitaciones, pasadizos secretos y puertas ocultas. Le gustaba todo de él, la arquitectura, el terreno, los muebles... Le encantaba tener el pasado al alcance de la mano y el espíritu que reinaba en él, pese a la ocupación alemana. Siglos de sofisticación habían resistido a su manera en los muebles y las molduras elegantes, y en los techos y los espejos majestuosos. El enorme tamaño de las salas de recepción, los pasillos más grandes que un piso, la suntuosa escalera, las lámparas suspendidas cuatro metros por encima de las cabezas, todo aplastaba con su belleza a los peleles arrogantes embutidos en su uniforme. Creían que lo controlaban todo, pero el que salía victorioso del enfrentamiento era el castillo.

En el último momento, su jefe había lanzado un último combate que no tuvo nada de honorable: había llenado de minas hasta el menor rincón del castillo. Habría podido prenderle fuego o volarlo con dinamita, pero no, quería además matar a franceses.

Ese era el gran problema de su plan de huida: el castillo era un polvorín a punto de estallar y nadie quería aventurarse en él. No era como en una carretera, una vía del tren o una playa, donde se podía escarbar el suelo con la punta de la bayoneta; no, allí había explosivos por todas partes, debajo de los tablones del suelo, de los escalones e incluso en las bibliotecas, los armarios, las vitrinas, los jarrones, debajo de los cojines...

Lukas había escuchado a Fabien y Enzo comentando que el Departamento de Desactivación de Minas echaba el freno a la espera de material más sofisticado. Aunque el castillo era un objetivo estratégico decisivo, la administración prefería no enviar a sus dragaminas a esa trampa infernal.

El material tardaría en llegar. Había poco y lo reservaban para el ejército, que estaba limpiando las minas del frente oriental para rematar los combates. ¿Quién sabía durante cuánto tiempo más el castillo seguiría inactivo?

La única baza de Lukas no era una reina, sino un peón: Vincent.

Tendría que convencerlo, que él consiguiera convencer a Fabien, y Fabien tendría que convencer al alcalde, que a su vez tendría que trasladar el tema a un prefecto y al Departamento de Desactivación de Minas, al Ministerio de la Reconstrucción, cuando el gobierno de Francia todavía era provisional y todo podía cambiar en cualquier momento.

Eran muchas personas, pero estaba seguro de que convencería a Vincent, y Fabien se había vuelto tan importante para la seguridad de la zona que no podrían negarle nada.

¿Estaba loco por pensar que lo conseguiría? Su plan era complejo, pero él nunca tenía planes fáciles, así que ¿por qué no?

Debía pensar en la mejor manera de manipular a Vincent. Si creía que Lukas tenía algo que ofrecerle, su plan funcionaría, pero para ello tendría que darle algo esencial, algo que le interesara lo suficiente como para bajar la guardia y arriesgarse sin darse cuenta.

Tenía lo que necesitaba. En el ajedrez se debe saber sacrificar las piezas más importantes, aun a riesgo de que la reina peligre.

Vincent llegó al campo de prisioneros. Le decepcionó no encontrar al vigilante al que le había sacado información ofreciéndole cigarrillos en el bar. No importaba, tenía la carta de recomendación de Fabien, que presentó a un vigilante al que no conocía. El corazón le latía como si estuviera preparando una huida al revés, del mundo libre a la prisión. Mientras el vigilante desapareció para comprobar si podía dejarlo entrar, Vincent observó a los prisioneros a través de la alambrada. Cada vez que lo hacía, esperaba sentir náuseas ante todos esos soldados atrapados en la red, pero ver el campo de prisioneros le recordaba a otra red, la del Oflag en el que había pasado demasiados años de guerra. Volvía a verse a sí mismo con su ropa raída, muerto de miedo, pero obsesionado por tranquilizar a Ariane sobre su suerte. En todas sus cartas le describía el buen trato que los alemanes, respetuosos con las leyes de la guerra, daban a los oficiales, lo cual era cierto en el caso del médico con el que había trabajado, antinazi, valiente y tremendamente humano. Por lo demás, se preguntaba si Ariane le había creído.

De repente vio a tres prisioneros caminando muy despacio por el patio, medio encorvados. Un comportamiento incomprensible para quien no hubiera estado prisionero en tiempos de guerra, pero no para Vincent. Entendió de inmediato que buscaban la más mínima brizna de hierba en un suelo en el que ya no quedaban. Los prisioneros llevaban meses ingiriendo sólo alimentos líquidos, sopa o té, que no tenían ningún sabor. Necesitaban masticar algo. Podía ser una mala hierba, un caracol o lo que fuera. Se lo echaban en la bebida. Cuando llegó al campo de prisioneros de Kassel, en el centro de Alemania, Vincent creyó que nunca llegaría a ese punto. Tardó poco en llegar.

Se asfixiaba.

No quería seguir pensando en el campo de prisioneros.

Retrocedió, se volvió y un poco más allá la vida libre había retomado su curso, la gente paseaba y una pareja de enamorados se reía a carcajadas.

Una fuerte palmada en la espalda lo sobresaltó. El vigilante al que conocía le reprochó que no hubiera preguntado por él. Vincent volvió a sacar los argumentos que había perfeccionado con Fabien: era el depositario de las últimas palabras de un herido grave y debía dar noticias de él a los demás prisioneros. Cierto que se trataba de un alemán, pero debían ser un poco humanos. No tuvo que seguir convenciendo al vigilante, que se burló de su sentimentalismo, porque el primero volvió a buscarlo.

Acompañó a Vincent hasta el interior del campamento. Pasaron por delante de los barracones de los oficiales, que estaban aparte, de modo que mantenían, si no sus privilegios, al menos cierta distancia. Llegaron al barracón donde se alojaba Lukas. El vigilante los dejó solos.

Los recuerdos lo invadieron y sentía que volvían sus instintos de médico. En medio de hombres sanos, como los que trabajaban limpiando minas, veía también a hombres hambrientos y enfermos. La menor enfermedad, por anodina que fuera, podía empeorar rápidamente. Había tomado consciencia de la importancia de la salud mental. En Alemania había atendido a prisioneros franceses, belgas, ingleses y rusos. Recordaba a un joven ruso al que los nazis le prohibieron atender, pero lo atendió igualmente. Se preguntaba si habría sobrevivido.

Vincent sentía crecer en él una compasión que no quería sentir. Le preguntó a Lukas en qué barracones estaban los soldados del castillo de Eyguières y en cuáles se alojaban los jefes del cuartel general, y después le entregó la carta que supuestamente le había dictado Matthias.

—¿Cómo está?

—Es demasiado pronto para saberlo.

—¿Y sus manos?

—No volverá a tocar.

Lukas bajó la mirada, hundido.

—Le dije que volvería antes a Alemania.

—Decidió él...

—Yo insistí.

Lukas dobló la nota, se la metió en el bolsillo, le dio las gracias a Vincent y después fingió volver a su barracón. Como había previsto, Vincent lo detuvo.

—Cumpliré la promesa que te hice. ¿Sabes algo?

Lukas se volvió hacia él.

—¿Quieres saberlo?

—Más que nunca.

—Te dolerá.

—¿De qué te has enterado? —le preguntó Vincent, impaciente.

Lukas bajó la mirada y la voz. Aún estaba a tiempo de no decirle nada, de fingir que no sabía nada, pero estaba decidido a seguir adelante.

—Matthias no conoció a Ariane en la granja; la conoció en el castillo de Eyguières.

—¿Ella iba al castillo?

—A veces prestaba servicio, cuando había recepciones.

Vincent siempre había sabido que los alemanes iban a la granja de los padres de Ariane a buscar provisiones, pero no que Ariane tenía que ir al cuartel general de los alemanes. Sus padres no se lo dijeron cuando fue a verlos. Se dio cuenta de que esquivaban algunas de sus preguntas. Debían de sentirse avergonzados. Ariane había aparcado sus estudios de medicina para ayudarlos en la granja y cuidar de su madre. Si además tenía que servir a alemanes...

—¿Sucedía a menudo?

—Sí, bastante. No porque ella quisiera. La obligaban.

—¿Quién?

—No lo sé. Seguramente un alto mando. Ella temía que fueran contra su familia si se negaba. —Lukas bajó la voz. Como ya empezaba a conocer a Vincent, sabía que mordería el anzuelo—. Una noche, después de una fiesta, ella desapareció. No volvimos a verla. Algo pasó con un oficial que quiso seducirla.

—¿Tú estabas allí?

—A mí no me invitaban a ese tipo de recepciones.

—¿Puedes descubrir algo sobre el oficial?

—Hago todo lo que puedo.

—¿Cuándo fue?

—El día del cumpleaños del comandante. El 8 de junio de 1943.

La fecha resonó como un trueno. Coincidía con el momento en que Ariane había ido a refugiarse a casa de Audrey, en Marsella. Tenía que replanteárselo todo. Hasta ese instante había buscado al lobo en el gallinero, cuando era Ariane la que había estado encerrada con la manada.

Lukas sugería lo que Vincent temía desde el principio. Un oficial del castillo de Eyguières habría atacado a Ariane, o algo peor, y ella habría decidido desaparecer. ¿Por qué había aceptado servir en el castillo? Debería haber escapado antes. Sus padres lo habrían entendido. Las preguntas le daban vueltas en la cabeza, pero sentía que una pieza importante del rompecabezas, el escenario, se colocaba en su lugar.

Vincent le dio a Lukas una libreta y unos lápices que había cogido del estudio.

—Quiero un retrato de todos los oficiales alemanes que estaban en el cuartel general y que están prisioneros aquí. Ariane tenía una amiga que iba de vez en cuando a la granja. Reconocerá al oficial que puso en peligro a Ariane.

—No se me dan bien los retratos.

—Si pudiera hacer fotos, las haría, pero es evidente que no van a darme permiso.

—Lo intentaré, pero hay una forma mejor de descubrirlo.

Lukas estaba a punto de asestar el golpe final.

—En el castillo de Eyguières están nuestros archivos. Durante la guerra lo filmaban todo, las ceremonias oficiales, pero también las salidas, los domingos, las fiestas... Hay miles de imágenes, kilómetros de películas Agfa. Todas bien archivadas. El orden alemán combinado con los esfuerzos propagandísticos.

Vincent no lo esperaba. Imágenes de Ariane, imágenes animadas de Ariane viva. Le costaba controlar la emoción.

—¿Se quedó todo eso en el castillo?

—Teníamos prisa, debíamos huir. No nos llevamos ni destruimos nada. Verás la última fiesta en la que Ariane sirvió. Y seguramente al que quiso sobrepasarse.

Lukas acababa de mover la primera ficha de ese dominó infernal en el que tenía que convencer a Vincent de que convenciera a Fabien de que debía a su vez convencer al alcalde, hasta llegar al ministerio.

Vincent sabía que dependía de Lukas, pero no quería que este se diera cuenta. Fingió dudar. La duda, cuando el que negocia está hambriento, es un pobre subterfugio...

—No soy yo el que decide. He oído decir que el castillo no es una prioridad. Está lleno de minas.

—Yo estaba allí cuando pusieron las minas y lo demás. Puedo ayudaros.

—Habrá que convencer a Fabien...

A fuerza de pensarlo, Lukas había encontrado la ficha de dominó que podría hacer caer todas las demás, la información adecuada en el momento adecuado.

—También hay algo en el castillo que podría interesarle a Fabien y que lleva mucho tiempo buscando...

Saskia volvió al ayuntamiento para preguntarle a Édouard si había avanzado en su caso. Se dio cuenta de que lo molestaba. Él le dijo:

—Ya me pondré yo en contacto contigo.

Para indicarle, de forma apenas disimulada, que no era necesario que volviera.

—Mira, me he quedado sin casa, así que tampoco tengo dirección. ¿Cómo vas a ponerte en contacto conmigo?

La pregunta, con voz clara y en tono tranquilo, aunque insolente, lo sorprendió. No se había preocupado de preguntarle dónde dormía, no le había propuesto ayudarla, pero el comentario calmó su deseo de mantenerla alejada.

Cada vez que ella preguntaba a los vecinos, a los tenderos del barrio o a los niños que jugaban en la calle, sentía que molestaba. Había ido a ver a un notario —creía recordar que era el notario de sus padres—, pero este le aseguró que no podía ayudarla. Ni siquiera le indicó los pasos a seguir. Apenas le había prestado atención, y ni siquiera evitó poner mala cara.

Saskia estaba agotada, pero no iba a quedarse de brazos cruzados. Se trataba de no aceptar otra injusticia. Para ella era fundamental, aunque para los demás fuera insignificante, y tenía que vivir con eso.

En el estudio encontró unas libretas en las que tomar nota de sus investigaciones para asegurarse de no flaquear. Intentaba ser metódica y no dejarse llevar por los sentimientos. Había sobrevivido a cosas mucho peores, pero la incomodidad que suscitaba en todas partes le pesaba. Quería desaparecer, que no la vieran más. No tener que pedir nada. Parecía que al único al que no molestaba era a Vincent, pero él no la veía y no podría contar con él eternamente. Además, ¿qué iba a ser de ella si explotaba con una mina? No quería pensarlo. Las únicas personas en las que de verdad podía confiar eran las que habían ayudado a su familia a esconderse. Aplazaba cada día ir a verlos porque no tenía valor para explicarles lo que había pasado después de que los arrestaran.

Intentó ordenar sus pensamientos. ¿A quién le interesaba denunciar a su familia? Le resultaba insoportable vivir en un mundo, en una ciudad y en una calle donde los que habían enviado a sus seres queridos a la muerte vivían con total impunidad, disfrutando de la paz que acababan de recuperar, sin que les importaran las consecuencias de las palabras asesinas que habían escrito en un papel. ¿Quién los odiaba hasta ese punto? Saskia creía que a sus padres sólo podían quererlos.

Sin duda había algo evidente a lo que su familia no había prestado atención. Una razón pragmática e interesada. Ahora le parecía obvio que los que habían querido que arrestaran a su familia habían recurrido a ese método para quedarse con su casa, pero en el campo de concentración ninguno de ellos lo había pensado.

Podrían haber sido los que la habían ocupado, pero algo no encajaba. Los niños que jugaban en la calle le habían dicho que los Bellanger vivían en la casa sólo desde el verano anterior. ¿Para qué denunciar a una familia hace dos años y quedarse con su casa un año después?

Aunque no podía descartar del todo esa posibilidad, seguro que había otras.

Saskia había visto al salir del instituto a unos hombres intentando cortejar a su madre. ¿Se habrían sentido humillados hasta el punto de querer castigarla, a ella y a toda su familia? Mila e Ilan eran la pareja perfecta. Sin duda muchos envidiaban su felicidad.

Su vecina, por ejemplo, la señora Morin, los odiaba. Nunca le había dado vergüenza lanzarles insultos llenos de insinuaciones antisemitas. Y no dejaba de presentarse en su casa a quejarse: del ruido que hacían los niños que estaban jugando en el jardín, de que los árboles hacían sombra a sus plantas y de que la hiedra llegaba a su muro e iba a estropearlo. Durante mucho tiempo les había exigido como una histérica que talaran un cedro que temía que cayera sobre su casa. A Mila no le gustaba nada la idea de talar un árbol, y mucho menos un cedro. Tenía al menos doscientos años, ¿y lo iba a talar por las buenas, sólo por darle el gusto a una vecina amargada?

Ilan y Mila se quedaron atónitos al descubrir que la señora Morin había conseguido que varios vecinos firmaran para que talaran el cedro. ¿Habían firmado contra el árbol o contra ellos? Los padres de Saskia no quisieron que la situación empeorara y con todo el dolor de su corazón talaron el precioso árbol.

¿Podía Saskia añadir a su lista de sospechosos, junto con los Bellanger y la señora Morin, a los que habían firmado esa miserable petición? Su padre aseguraba que no todos los franceses eran antisemitas. A pesar de todo lo que estaban pasando, tampoco ella creía que los odiaran porque eran judíos.

No tenía sentido; no iban a la sinagoga y sólo creían en la República y en la Francia de la Ilustración. Sus padres habían llegado de Polonia con las últimas nieves de Varsovia y habían abandonado toda práctica de una fe que no tenían. En cualquier caso, ¿y si hubieran sido creyentes? En Francia había católicos y protestantes. Habían estado en guerra durante mucho tiempo y se habían reconciliado. Lo había aprendido en la escuela. Y en los pueblos y ciudades de Provenza había visto iglesias y templos muy cercanos, a veces en la misma calle.

Quizá Saskia debía pensar en otra cosa; sus preguntas quedarían sin respuesta. Una profesora les había hablado del concepto del *carpe diem*, de aprovechar el día. Para ella era el único camino razonable, aunque ¿quién podía seguir siendo razonable? El *carpe diem* era un lujo reservado a los que no habían conocido los campos de concentración. ¿Cómo aprovechar el día cuando se ha vivido cada uno de ellos como si fuera el último del Apocalipsis?

Al volver al estudio se cruzó con la propietaria, que salía. No se la habían presentado, así que se sintió incómoda. Mathilde le sonrió. Fue ella la que le pidió disculpas.

–Lo siento, he llamado, pero no había nadie. Quería traerles ropa de cama para las habitaciones y para usted.

–Ah, se lo agradezco...

–Ha venido una chica a dejarle un mensaje. Éléonore. Ha ido a informarse sobre el bachillerato. La ha encontrado gracias a su bonito nombre. ¡Ha aprobado! ¡Felicidades!

Saskia dudó. Sus padres siempre habían estado convencidos de que había aprobado, pero de todas formas le habría gustado compartirlo con ellos. Hacía dos años.

–Les he traído unas botellas que tenía en la bodega para que lo celebren. Y también les he dejado en la mesa verduras y frutas del huerto. Ah, y Éléonore me ha pedido que le traslade sus disculpas. No sé por qué, pero parecía sincera.

Saskia la escuchó sin saber qué responderle, aunque le reconfortó la aparición furtiva de un poco de calor humano y de consideración. Pensó que Éléonore era muy valiente por volver después de como la había recibido. Tenía que volver a verla. Quizá podría darle clases de piano. Y ahí estaba Mathilde, frente a ella, tan erguida, tan elegante y tan cariñosa. Sus palabras la tranquilizaban. La mujer parecía entenderlo todo. Vincent le había dicho que hablaba mediante enigmas y que no siempre entendía lo que quería decir. Al final de su conversación, sin que Saskia supiera a qué venía, no faltó a su costumbre.

–Mire, Saskia, sólo durante la guerra vemos con toda crudeza lo peor de los seres humanos, pero también durante la guerra, y sólo entonces, algunos alcanzan lo sublime.

Tras una campaña intensiva de movilización por parte de los ayuntamientos de la zona para enviar a nuevos candidatos a limpiar minas, Fabien pudo volver a formar un equipo. Cuatro jóvenes franceses se habían unido a ellos. Por más que aseguraran en tono bravucón que no tenían ni Dios ni amo y que hacían lo que querían, no eran libres; estaban allí porque tenían hambre.

Poseían la gracia, la belleza inconsciente y la sonrisa generosa de Manu antes de resultar herido. La juventud. Aunque Manu era reservado y melancólico, mientras que ellos eran alegres y todavía tenían la mirada llena de entusiasmo. Incluso los más duros se sorprendían a sí mismos pensando que sería terrible que fueran ellos los que explotaran con una mina.

Estaba también un hombre más mayor con los ojos oscuros y el pelo negro, Andreï. Había formado parte de un grupo de armenios reclutados a la fuerza por los alemanes en la Ost-Legion. Todos se habían vuelto contra los nazis y, además de proporcionar información importante, habían llevado a cabo operaciones de sabotaje decisivas con una valentía temeraria. A catorce de ellos los habían descubierto y fusilado. Los demás se habían unido a las Fuerzas Francesas Libres y habían desempeñado un papel determinante en la liberación de Hyères. Fabien había oído hablar de Andreï. Supuso que, como él, quería unirse a un nuevo grupo para sobrellevar el miedo de haber sobrevivido.

Todo nuevo miembro sentía la dificultad de formar parte de ese equipo que había quedado diezmado. Tenían la extraña sensación de quitarles el sitio a los muertos, como si los empujaran al olvido.

Para eliminar cuanto antes la impresión de que había dos grupos, los antiguos y los nuevos, Fabien dedicó tiempo a hablar con ellos y a escucharlos. Y para avanzar decidió que ya era hora de acabar con esa maldita playa. Eso cohesionaría al nuevo equipo.

No fue fácil volver al lugar de la tragedia. Fabien había conseguido que los militares mandaran artificieros para desactivar las minas sarcófago y que las autoridades autorizaran detonar las minas que no habían explotado, si las había. Le dieron la autorización enseguida, lo que le sorprendió. El ayuntamiento debía tener en cuenta que el ruido molestaría a los vecinos, por no hablar de los posibles cristales rotos. Fue un favor, y Fabien sabía por experiencia que todos los favores se pagan. Ya vería cómo y cuándo.

Empezaron a cuadricular la playa desde el principio. Para acabar cuanto antes, los vigilantes los acompañaban a un metro de distancia para retirar los escombros de las zonas revisadas. Eso les permitía redimirse, porque cuando se produjo la explosión presenciaron la tragedia sin saber qué hacer. Se quedaron tan paralizados que ni siquiera tuvieron ánimos para llamar a emergencias. Desde entonces mantenían un perfil bajo, incluso con los prisioneros, a los que intentaban tratar bien por respeto a los riesgos que asumían.

En cuanto la bayoneta de un dragaminas golpeaba algo sospechoso que no fuera un bloque de cemento o un resto de mina, Fabien se ocupaba. O Vincent. A veces Lukas.

Como era de esperar, pocos artefactos habían escapado a las primeras revisiones y a la explosión, aunque quedaban algunos en los márgenes. Se llevaban con precaución todas las minas desactivadas y las dejaban junto a las demás, alineadas, a la espera de la explosión final que las vengaría de la explosión fatal de la noche de la fiesta. Esta vez ellos controlaban la situación y decidían el momento...

Vincent descubrió una extraña satisfacción en el hecho de tener que concentrarse al máximo. Al principio, cuando se limitaba a detectar, no lo conseguía, pero ahora cada mina desactivada y cada victoria sobre el metal y la pólvora aumentaban su confianza y hacían resonar en él algo que no habría sabido definir, pero que tenía que ver con la adrenalina y el placer. Un placer venenoso. Adictivo. En cuanto desactivaba una mina, estaba impaciente por encontrar otra y volver a empezar. Tener que concentrarse en un explosivo, con la precisión de un relojero y la frialdad de un francotirador, como cuando operaba, lo distraía de su obsesión. Le permitía respirar un poco más tranquilo hasta que consiguiera ir al castillo de Eyguières.

Esperó al descanso de la mañana para hablar con Fabien, pero esta vez era él quien compartía su paquete de cigarrillos con los alemanes. Esperó a la comida, pero lo mismo. Fabien se había sentado con los nuevos para que le contaran sus primeras impresiones, y no pudo llamar su atención. En el descanso de la tarde de nuevo le fue imposible hablar con él.

Aunque Vincent sabía por Lukas lo que podía decirle a Fabien para convencerlo de limpiar las minas del castillo, no sabía cómo hacerlo ni en qué momento. Desde que se habían encontrado con Audrey en el hospital, Fabien lo evitaba. O más bien lo miraba con desdén y se apartaba de él. Vincent se sentía muy incómodo, pero intentaba convencerse de que se solucionaría.

Por fin llegó el momento de hacer explotar las minas. Fabien inició la cuenta atrás y todos lo siguieron. Como habían colocado carteles avisando de la explosión, los niños se habían reunido por encima de playa con sus padres para asistir al espectáculo. Fabien no había previsto que el aviso, que pretendía disuadir a los vecinos de que se acercaran por allí, atraería a tanta gente.

Cuando las minas explotaron en un géiser de arena, sonaron aplausos y gritos de alegría, y las voces cristalinas de los niños se mezclaron con los vítores de los dragaminas. La alegría de los pequeños contagió a todo el mundo. Como Fabien esperaba, la explosión controlada sirvió de catarsis para exorcizar la tragedia.

Tras la expresión de placer volcánico llegó el momento de la comprobación final. En principio, lo habían detectado todo o había explotado; ya no había riesgos, pero era el protocolo. Con las minas nada era seguro. Algunas podían haberse hundido en la arena a más profundidad y haber pasado inadvertidas. Les correspondía a los alemanes avanzar en fila apretada y pisar cada centímetro cuadrado de playa con todo el peso de su cuerpo para comprobar que no se hubieran dejado ninguna mina.

Todos los que habían asistido a la explosión se quedaron para ver a los alemanes arriesgando el pellejo. Este espectáculo no suscitó gritos de alegría, pero la extraña imagen fascinaba a los transeúntes.

—Si fuéramos civilizados, este trabajo lo haríamos con tanques —comentó Fabien.

—¿Tenemos los medios para ser civilizados? —le preguntó Vincent.

Vincent se daba cuenta de que Fabien estaba perdido en sus pensamientos durante ese instante solemne y tenso, pero era el único momento en que no estaba rodeado de gente. Volvió a atacar.

—Gracias a ti he podido ver a Lukas en el campo de prisioneros. Dice que puede indicarnos dónde están las minas en el castillo.

—¿El castillo...? —le preguntó Fabien, distraído.

—El castillo de Eyguières... El cuartel general de los alemanes.

—¿En serio...? —dijo Fabien.

A Vincent le dio la impresión de que por fin le interesaba lo que le estaba contando. En realidad, Fabien le respondía de forma automática. Le dio otra respuesta críptica.

—He pensado en el castillo, pero... tal como está ahora es complicado.

«Complicado...» La palabra que de inmediato lo convierte todo en imposible. Vincent quería insistir, pero procuró que no pareciera que esperaba su interés como una gota de agua después de atravesar el desierto.

Fabien ya no estaba con él en la playa, sino mucho más arriba, al otro lado de la barandilla, impresionado por el enorme contraste entre la impaciencia nerviosa de los que miraban y la impasividad de los que se arriesgaban a salir volando. Los espectadores y los dragaminas. Intuía un peligro latente, sin saber exactamente cuál.

Después miró a Lukas, que avanzaba despacio con los demás prisioneros. Habían llegado al final de la playa. Habían retirado todos los jalones. Lukas y Hans se miraron y respiraron aliviados.

Vincent decidió volver a intentarlo.

–Puede dibujar los planos del castillo y del jardín, e indicarnos dónde están las minas.

Fabien no lo escuchaba.

De repente, las personas reunidas al otro lado de la barandilla, sin poder esperar más, corrieron hacia la playa riéndose y quitándose la ropa a toda prisa para meterse en el agua.

No sabían que el fondo del mar estaba cubierto de minas, justo delante de ellos, peces araña de metal hundidos en la arena mojada y medusas de acero flotando entre dos aguas a la espera de que las rozaran para explotar.

Fabien gritó para detenerlos, pero las risas de los niños lo ahogaban todo. Incluso sus padres se reían.

Entonces, instintivamente, alemanes y franceses se cogieron de la mano para formar una cadena y contener la avalancha de aspirantes a darse un baño. Esta vez no lo dudaron, las palmas de las manos no tenían nacionalidad. Alemanas, francesas, españolas y armenias, todas eran fuertes, grandes, humanas y protectoras, y todas se unieron. La cadena era sólida, pero los bañistas estaban desatados. No querían saber nada. Además, gritaban tanto que no oían nada.

Los audaces bañistas, retenidos por los fuertes brazos de los dragaminas, los prisioneros y los vigilantes, tuvieron que escuchar a Fabien, que les explicó que la playa ya era segura, pero el mar no. Para impedir el desembarco de los aliados, los alemanes habían colocado minas marinas y submarinas capaces de hacer estallar buques de transporte de tanques, así que personas en bañador...

El peligro debería haberlos hecho retroceder de golpe, pero miraron a Fabien con desconfianza. Hacía mucho tiempo que lo esperaban. Entre la ocupación italiana y la alemana, llevaban tres años sin poder ir a la playa. ¡Tres años sin bañarse! Cuando Fabien les dijo que también ese verano las playas seguirían prohibidas, algunos se sintieron abrumados y otros se enfadaron.

–¡Aún quedan dos meses! ¿No es tiempo suficiente para limpiar las playas?

Frente a la determinación de Fabien, los más razonables acabaron convenciendo a los más recalcitrantes. Volvieron a la carretera, no sin haber refunfuñado contra los dragaminas.

A Vincent le pareció propicio ese momento al final de la jornada. Después de recoger se acercó a Fabien, pero este sólo pensaba en marcharse.

Sugirió a los vigilantes, que no pusieron objeciones, que se detuvieran en una cala que habían limpiado de minas hacía unos meses. Seguía prohibida al público para no crear confusión, aunque era evidente que, gracias a las rocas y a la poca profundidad del mar, allí no podía atracar ningún barco, de modo que no había explosivos submarinos. Durante la limpieza de minas Fabien había pedido a dos buzos que lo comprobaran.

Allí, protegidos de las miradas de los transeúntes, organizó una sesión de pesca. Los alemanes hicieron fuego. Manu lanzó dos o tres granadas al mar. La pequeña explosión sacó a la superficie suficientes peces para darse un festín.

Los alemanes estaban tan hambrientos que, sin comentarlo entre ellos, todos los dragaminas los dejaron comer primero.

La hoguera, el pescado a la parrilla, unos cuantos moluscos que encontraron entre las rocas y la alegría de poder celebrar juntos su victoria sobre la playa que les había arrebatado a sus amigos les dieron ganas de prolongar la velada.

Fabien se llevó aparte a Vincent.

–He visto que querías hablar conmigo. Hablaremos, pero en tu casa. No quiero que nadie oiga lo que tengo que decirte.

Vincent entró en su casa con Fabien. Creía que sólo tenía una botella de vino y un poco de fruta que recogía cuando volvía a casa en bicicleta, pero vio lo que les había llevado Mathilde. Abrió la botella y colocó la fruta en un plato. Fabien no se sentó. Lo miró y lanzó a la mesa la foto en la que estaba jugando al tenis.

–¿Me lo explicas?

Vincent se había dado cuenta de que Fabien dudaba de él. Desde el incidente del hospital había tenido tiempo de pensar en cómo responderle.

–¿Quién es Vincent Devailly?

–Un prisionero que me traicionó en el campo. Habíamos planeado escapar juntos. Me entregó a los vigilantes y se fugó solo.

–Eso no explica por qué has cambiado de nombre.

–Soy médico. Médico militar. No podía pagarme los estudios. Me los pagó el ejército. A cambio, le debo diez años, pero no quiero volver.

–¿No quieres volver al ejército, pero limpias minas?

–Tú tampoco querías luchar en Alemania, pero limpias minas.

–Vincent, no es lo mismo. Tú limpias minas porque quieres relacionarte con los prisioneros alemanes. Estás buscando a Ariane.

Vincent se sorprendió.

–¿La conoces?

–Creo que sí. ¿Tienes una foto?

Vincent subió la escalera a grandes zancadas, cogió varias fotos y bajó corriendo. Tendió varios retratos de Ariane a Fabien, que los miró un buen rato sin decir nada. ¿Porque se había equivocado? ¿Porque la belleza de Ariane traspasaba el blanco y negro, llegaba al corazón, y el rostro que veía lo había dejado subyugado? Era como si ella lo mirara a él, y sólo a él, desde su rectángulo de papel satinado. Vincent esperaba la reacción de Fabien para interpretarla. Por su emoción, creyó entender que sabía algo, pero que dudaba de si contárselo. Al final le contestó.

—Ariane... Sí, es ella.

Fabien no quería que Vincent se aferrara a información fragmentaria que podría sumirlo en la desesperación, pero decidió no mentirle.

—No la conocía bien. Vino a ofrecernos su ayuda.

¿Por qué a Vincent le pareció una traición que Ariane se hubiera unido a la Resistencia sin decírselo? Controlaban el correo, por supuesto, pero podría habérselo dado a entender de forma encubierta, con sutileza, como solía hacer.

—¿Formaba parte de tu red?

—No exactamente, pero nos ayudaba.

—¿Por ejemplo?

—Nos informaba de lo que hacían los alemanes en la zona. Estaba en contacto con bastantes oficiales.

Vincent lo sabía, pero quería que le siguiera contando.

—¿Te dijo algo antes de desaparecer?

—Nada, y eso me preocupó. Tuve que tomar medidas de seguridad y esconder a mi equipo durante dos semanas.

—Cuéntamelo.

Fabien sabía que lo que iba a decirle lo asustaría. Sabía perfectamente lo que era temer por tu mujer, saber el riesgo que corre y no poder protegerla. Vincent sintió que dudaba. Lo entendió.

—Ariane no se limitaba a daros información... Fue más allá.

—Ariane propuso envenenar al comandante del cuartel general. Era algo fuera de lo corriente, pero nos convenció. Estaba muy decidida.

–Sé que intentó conseguir digitalina.

–Exacto. Iba a echársela en las bebidas al final de la noche, en la fiesta del cumpleaños del comandante, pero no murió, ni él ni nadie. Desde entonces no volvimos a verla. Nadie supo lo que pasó. ¿No lo consiguió? ¿Decidió no hacerlo? ¿Cambió de bando?

–¿Cómo pudiste pensar algo así?

–Tuve que hacerlo para proteger a mis hombres. No podíamos depender de una persona a la que no conocíamos bien, pero me preocupé mucho, por supuesto. Parecía honesta y generosa. Sólo había que ver cómo te miraba. Cuando te escuchaba, tenías la impresión de ser la persona más importante del mundo. En realidad te creías elegido, pero ella no elegía. Para ella todo el mundo era fascinante.

Ah, él también se había dado cuenta...

–¿Y dónde está ese jefe del cuartel general al que quería asesinar? ¿En el campo de prisioneros?

–Está muy mal. Seguramente lo trasladarán.

La puerta se abrió y entró Saskia. Desde la calle, por la ventana abierta, había visto el vino en la mesa, las fotos de Ariane y la nostalgia que flotaba en el aire y que, como el genio de la lámpara, debía de haber surgido de la botella y del recuerdo de esa mujer a la que sin duda habían querido, cada uno a su manera. La nostalgia del amor de uno y la nostalgia de la red del otro, y del tiempo en el que compartía los riesgos y cada pequeña victoria con hombres y mujeres a los que habría inscrito en el Panteón.

No quería ser indiscreta. Los saludó y subió a su habitación. Fabien ya sabía que Vincent la alojaba hasta que le devolvieran su casa. Siguieron hablando.

–Mira, te propongo una cosa. Te he contado lo que sabía de Ariane. No sé si descubrirás mucho más con los prisioneros, pero inténtalo. Creo que si está viva, volverá y nos lo explicará. Confío en ella. En cuanto a la limpieza de minas, supongo que no te importa...

–Me gustaría terminar la misión que he empezado con vosotros.

Fabien lo pensó.

–Voy a ser muy pragmático. Te he formado. No tengo tanto personal. Aún menos que sepa de minas. En cuanto al ejército... Estabas prisionero, no todos han vuelto de Alemania, así que tienes algo de tiempo. Creo que eres más útil aquí que allí, así que de acuerdo.

Vincent no lo esperaba y se sintió aliviado. Fabien se sirvió un vaso de vino y casi susurró para darle un aire de solemnidad, porque nunca temía ser solemne cuando había vivido algo que le parecía importante.

–Los que creen que la lucha termina cuando se deponen las armas se equivocan. La Resistencia es lo contrario de la guerra relámpago, es una lucha constante. No me gustó tomar las armas, pero era necesario, y volvería a hacerlo, aunque no debemos volver a eso. Dicen que si quieres la paz, tienes que prepararte para la guerra. Ahora pienso lo contrario. Para evitar la guerra hay que prepararse para la paz.

Vincent no se atrevió a volver a hablarle del castillo.

En un primer momento, Vincent no entendió por qué, al final del último día de formación, Lukas le había dado un empujón, le había pedido disculpas y se había alejado. En realidad le dejó una nota en la mano diciéndole que había terminado los dibujos.

Esa misma tarde Vincent fue al campo de prisioneros a buscarlos. Le pasó a Lukas por encima de la alambrada un trozo de pan y unas fresas que había recogido en un huerto abandonado. Lukas no esperó a comérselas porque no quería dar envidia a los demás. Al verlo devorándolas, Vincent lamentó no haberle llevado más. Recordaba muy bien que el hambre podía ocupar todos los pensamientos hasta volverse loco. Cuando Lukas hubo terminado y se aseguró de que nadie los miraba, le pasó a Vincent la libreta con los dibujos.

Toda una galería de sospechosos estaba congelada en un cuaderno de veintiún centímetros por doce y medio, que Vincent se metió en el bolsillo interior de la chaqueta, contra el corazón, que latía cada vez más deprisa, como si todos esos presuntos criminales aún vivos fueran a irradiarlo desde el cuaderno.

Se detuvo a un lado del camino, impaciente por ver los retratos. Como había supuesto, Lukas dibujaba bien. Había esbozado en poco tiempo y con mucha elegancia el rostro de unos quince prisioneros, pero Vincent se quedó decepcionado. Esperaba descubrir de inmediato, por la fuerza evocadora del dibujo, qué oficiales del cuartel general alemán podrían haber hecho daño a Ariane. Quién era criminal y quién no lo era. El problema era que Lukas había dibujado a hombres, cuando Vincent quería a soldados. Había plasmado su humanidad, cuando él buscaba su violencia.

Lukas sólo había dibujado las caras y los hombros, y esas caras, con sus pliegues alrededor de los ojos, sus frentes preocupadas, sus ojos claros pero grises, el gris del lápiz que tuvo que borrar con las yemas de los dedos, no parecían las de oficiales ni alemanes. Su forma de dibujar difuminaba las diferencias. Vincent se enfadó con Lukas. Le daba la impresión de que lo había engañado. Sin embargo, en la playa, observando a los recién llegados, él mismo había confundido a varios alemanes con franceses.

Durante la guerra, con los uniformes, era diferente. No había confusión posible. Sus posturas, su actitud, sus expresiones, su arrogancia y su indiferencia eran muy similares. Y su mirada de hielo. Esa mirada con la que no querías encontrarte para no tener problemas, pero a la que debías enfrentarte para no generar sospechas. Esa mirada –por sí sola el símbolo del proyecto nazi– que examinaba, evaluaba, diseccionaba, despreciaba, juzgaba, clasificaba, seleccionaba y condenaba, esa mirada que no se olvidaba, esa mirada mortal que hacía que odiaras los ojos cuando en principio nos hablamos a través de ellos, cuando son los ojos los que salvan a todas las especies vivas de su lado oscuro; esa mirada de odio distorsionaba el propósito de la mirada y canalizaba la parte más hostil del ser humano. En ese caso se podía pensar que todos los alemanes eran iguales, porque la diversidad de cuerpos y rasgos se diluía bajo el uniforme, el quepis y la mirada, que dirigía todo lo demás.

Cuando trabajaban en la playa, en el punto más bajo de su derrota, los alemanes ya no tenían esa mirada arrogante. Mostraban otra, de una humildad casi conmovedora. Al perder el uniforme habían perdido también la actitud, como si la ropa militar hubiera ocupado el lugar de su esqueleto y sus músculos. Con el torso desnudo al sol, su cuerpo adquiría otras posturas y cada uno se inclinaba a su manera, como las flores de un jarrón.

Y ahora esos rostros no le decían nada del mal que habían hecho, aunque entre ellos seguramente se escondía el hombre que había alterado el destino de Ariane. ¿Podía la abyección difuminarse como los trazos a lápiz?

Audrey le diría algo. Ella reconocería al alemán que buscaba.

No la encontró en su casa. Por más que llamó a la puerta, no oyó ningún ruido, aunque la había avisado por la dueña de la tienda de la planta baja, que tenía teléfono. Esperó una hora en el rellano, después fue a dar una vuelta y volvió. Seguía sin estar en casa.

De repente lo entendió. Audrey sabía que iba a pasar por allí y se había marchado. Por lo tanto, sabía algo de Ariane y no quería decírselo. Recordó sus palabras tranquilizadoras la primera vez que volvieron a verse, que ahora lo abrumaban: «¿Qué te crees? Si supiera que Ariane está muerta, no me verías aquí, delante de ti, preguntándome dónde está. Sería lo primero que te diría. O te evitaría. Odio ser mensajera de malas noticias».

Audrey lo evitaba, temía enfrentarse a él... Vincent, con su cuaderno de retratos en la mano, estaba desesperado. Ya casi había llegado, podía encontrar al hombre que había agredido a Ariane, y quizá ya nada tenía sentido, quizá todo se hundiera en un caos infinito si descubría que Ariane estaba muerta...

En la acera de enfrente del portal de Audrey vio a unas prostitutas bromeando entre ellas. Tenían algo de extravagantes. Vincent las admiraba. Sabía cuánto cuesta mantener la dignidad cuando todo intenta arrebatártela y lo disciplinado que hay que ser para parecer contento cuando el mundo entero te considera insignificante. Él ya no lo conseguía.

Pero conocía las virtudes de la disciplina: fingiendo estar contento casi se conseguía estarlo. Había experimentado esta técnica en el campo de prisioneros. No se la había inventado él, sino que la había visto en un compañero, Jules. Jules hablaba alemán y se sabía chistes que hacían reír a los oficiales. A fuerza de sonreír y de hacer sonreír, era como si se hubiera pasado al bando de los vencedores. No se podía sonreír como él si eras un vencido.

Jules llegó a convencer a sus carceleros de que no les guardaba ningún rencor, y así durante muchos meses se libró de castigos e incluso obtuvo una pequeña compensación: lo mandaron a las cocinas, que era uno de los puestos más envidiados. Pero cuando contrajo una especie de gripe, los vigilantes le reprochaban que ya no los hiciera reír, como si no se esforzara lo suficiente. Murió apenas tres días después de un tiro en la nuca. Un bufón no tiene derecho a ponerse enfermo.

Mientras volvía hacia el puerto, Vincent se dio cuenta de que jamás podría volver a ver la vida presente sin el prisma de la vida pasada. Estaba esa gran zona oscura, Alemania, y las orillas soleadas, Ariane. Si no la hubiera conocido antes de la guerra, habría estado fastidiado. Mientras estaba en el campo de prisioneros, lo sobrellevó todo y escapó por ella. Ahora, en libertad, le permitía soportar la vida, aunque seguía sintiéndose prisionero.

Ariane estaba en todas partes, tan poderosa que suplantaba con una apariencia radiante todos sus siniestros recuerdos y sus sombríos pensamientos sobre la condición humana y la guerra. Seguía dialogando con ella. La conocía tan bien que sabía lo que habría pensado, lo que habría dicho y lo que habría hecho. A veces le sorprendía una reflexión que ella parecía dirigirle, como en los sueños en los que nos sorprende lo que pasa aunque seamos conscientes de que se trata de un sueño.

Antes de perder a una persona, creemos que se necesita una fuerza infinita para retener a nuestro lado a alguien que ya no está, para que no salga volando hacia la inmensidad celeste o se evapore. Nada más lejos de la realidad. Los ausentes tienen el don de la ubicuidad y siempre están presentes. Ariane le permitía a Vincent seguir encontrando sentido a su existencia. Su opinión seguía contando. Lo que ella habría dicho, pensado o hecho guiaría siempre sus pasos. Bastaba con que él dejara volar su mente, y en un instante, sin necesidad de llamarla, Ariane estaba allí, delante de él. Se reía, hablaba deprisa, animada y mucho más atenta que él a la vida, a las personas, que le interesaban todas por igual. Su atención nunca era fingida. Decía que todos los seres vivos han aprendido algo singular en su vida que pueden transmitir a poco que sepamos escucharlos.

Volvía a verla diciendo estas frases, y el hecho de que apareciera diciéndolas no era casualidad. Algo la molestaba. Algo flotaba en el aire, impregnado del espíritu de Ariane y persiguiéndolo desde que había salido del edificio de Audrey. Una impresión tenue pero obsesiva, insistente, que se le acercaba y se le escapaba, parecía colársele por los ojos hasta la mente y volvía a escapar con la volatilidad de un perfume con el que te cruzas en la calle, que evoca con intensidad a una persona conocida o querida, pero que habría que respirar más tiempo para saber a quién y que intentamos desesperadamente capturar oliendo el aire a nuestro alrededor, aunque eso signifique seguir a cualquiera a cualquier parte.

Y de repente lo recordó. Era evidente. ¿Cómo no se le había ocurrido antes? ¡Las prostitutas! Cuando Ariane hacía la residencia, atendía a más de una cuando nadie quería hacerlo. No les cobrara ni las juzgaba, y muchas veces Vincent la había oído reírse con ellas.

Volvió corriendo a la calle donde vivía Audrey.

Estaban allí, en fila como frágiles gramíneas, con sus alargados cuerpos todavía delgados por las privaciones, con vestidos ligeros y las piernas al aire, con una raya dibujada a modo de medias, y elegantes a pesar de todo, a pesar de la pobreza, con la gracia de las que sonríen cuando todo debería hacerlas llorar.

Ariane habría hablado con ellas. Seguro. Vincent se dispuso a interrogarlas. Tras el primer momento de confusión, en que lo tomaron por un cliente, le confirmaron que conocían a Ariane. Incluso había ayudado a varias de ellas. Cuando entendieron que la estaba buscando día y noche, le contaron el secreto que les había confiado.

Como Ariane creía que estaba en peligro, había vuelto a Marsella, pero no se había quedado. Había decidido huir, se había despedido de ellas y les había dicho que nunca volvería a Francia.

Vincent se quedó devastado. Ariane estaba viva, al menos cuando había hablado con ellas, pero no volvería jamás... ¿Qué significaba? ¿Había perdido toda esperanza de volver a verlo o ya no lo amaba?

Dicen con entusiasmo que el mundo es un pañuelo. Ahora que Ariane podía estar en cualquier parte, el mundo le parecía enorme, y estaba totalmente perdido.

Como cada día debía avanzar sin desfallecer, Saskia volvió al ayuntamiento a ver a Édouard. Aunque le costara, insistiría. Él acabaría diciéndole algo. Y además tenía otra buena razón para ir a verlo.

Al volver a entrar en su despacho, antes incluso de que ella hubiera dicho una palabra, él le dio la información decisiva que llevaba esperando desde que había vuelto, aunque estaba en las antípodas de lo que esperaba: su casa no estaba a nombre de sus padres. Sin escrituras ni permiso de construcción, Saskia no podía reclamarla.

No se lo podía creer. ¿A qué nombre estaban las escrituras? ¿Se había producido un cambio de propietario? Su padre había comprado el terreno, dibujado los planos y supervisado las obras. ¿Podía ver el expediente que Édouard tenía delante?

Édouard lo cerró de golpe y la riñó en tono amable. Los expedientes eran confidenciales. ¿Le gustaría a ella que su información personal circulara por ahí? Como él esperaba, Saskia no mencionó el catastro, porque evidentemente no sabía de su existencia ni de su función, lo que le permitió mostrarse compasivo y lamentar las injusticias con expresión afectada. Dios sabe que no queríamos esto... ¡Qué desgracia, la guerra! En este mundo todo eran desigualdades. Si al menos pudiéramos hacer algo... Pero no podemos hacer nada, y no lo sabemos todo.

Para su sorpresa, Saskia decidió cambiar de tema. Gracias a Mathilde, la propietaria del estudio en el que se alojaba, se había enterado de que podía estar bajo la tutela del Estado. Sus padres habían muerto y ella era menor de edad, así que tenía derecho. Eso le permitiría retomar sus estudios. Édouard asintió. Era la mejor idea para empezar de nuevo. Entendió que debía ayudarla y al final no le pareció mal ser útil a su manera, en recuerdo de Mila, la madre de Saskia, que había sido decisiva para que se sacara su certificado. Aunque él no se ocupaba de esos temas y no estaba muy al corriente de los pasos a seguir, fue a ver si en alguna parte había un modelo de solicitud, un formulario o algo que rellenar. Fue a preguntárselo a una compañera.

Saskia rodeó corriendo la mesa, abrió el expediente de sus padres y fotografió mentalmente todo lo que pudo.

Cuando Édouard volvió, estaba de nuevo en su sitio. Se las arregló para que no se le notara el impacto que le había producido ver en el expediente un nombre que conocía bien. Le dio las gracias por los formularios que tenía que rellenar, le pidió que le aclarara algunos puntos y le dijo que volvería a pedirle ayuda si la necesitaba. Él, aliviado por su aparente voluntad de aceptar sin rechistar la mala noticia de la propiedad de su casa, la acompañó a la puerta.

Ese día soplaba una brisa fresca y envolvente que Saskia sintió que sólo pretendía propulsarla hacia delante. Ahora tenía dos datos: el nombre del propietario de su casa y el nombre del pueblo donde vivían antes los Bellanger.

El primer nombre no le era desconocido y la había desconcertado. Bunley. El socio de su padre. Habían montado juntos el estudio de arquitectura. Eran amigos y, cosa rara, habían seguido siéndolo. ¿Era posible que le hubiera usurpado las escrituras? ¿Que lo hubiera traicionado de la peor manera posible?

Ilan lo consideraba su benefactor, porque Bunley tenía el capital para montar el estudio solo, pero se había asociado con él. Aunque ¿no se había beneficiado del talento de su padre y de su trabajo? Ilan estaba tan agradecido que se empeñaba en aceptar cada vez más encargos.

De repente lo vio todo negro. ¿La amistad de Bunley? Falsa. ¿Su amor por la familia de Ilan y Mila? Puro interés. ¿La asociación profesional? Una estafa.

Recordó que en septiembre de 1941, cuando la ley había prohibido a los judíos trabajar como arquitectos, Eugène Bunley le había propuesto a su padre poner el estudio a su nombre. Le prometió devolverle su parte cuando terminara la guerra. ¿Habían hecho lo mismo con la casa? ¿Pensaba cumplir su promesa o había propuesto el cambio para quedarse con su parte? Eran preguntas terribles, y lo peor era que sus padres se habían escondido en su casa.

En el bar de Léna había teléfono y listín telefónico. Cuando llegó, Léna no estaba. Aurélien, el camarero, le permitió utilizar el teléfono. Allí, en la trastienda, sentada en un taburete alto de molesquín burdeos, se enteró de que Eugène Bunley y su mujer estaban muertos. Asesinados por sus actividades en la Resistencia.

En cuanto a su hijo, había vivido en la casa de Ilan y Mila para protegerla de los saqueadores. Lo detuvieron poco después que a sus padres y también a él lo deportaron.

Seguía sin saber quién los había denunciado, pero no había sido el hombre al que su padre veneraba. Su familia y él los habían ayudado hasta el final. Recordó las palabras de Mathilde. Tenía razón. Había que afrontarlo todo. No olvidar nada. Tanto lo peor como lo sublime.

A la mañana siguiente, Saskia se levantó temprano para ir al pueblo en el que vivían los Bellanger antes de la guerra. Viajó en autobús hasta las alturas del interior de Grasse. El trayecto fue largo, pero el pueblo era precioso. No le costó encontrar su antigua casa. Se trataba de una gran propiedad rodeada hasta donde alcanzaba la vista de inmensos campos de flores: jazmines, rosas centifolias y nardos, y enormes cultivos. ¿Cómo habían dejado un lugar así para irse a vivir a la ciudad, a una casa mucho más pequeña? Esas fincas pasaban de una generación a la siguiente y se quedaban en la familia.

Decidió preguntar a las personas de los alrededores. Al fin y al cabo, no había motivos para que le dieran una mala respuesta. Sólo tenía que decir que era una amiga de los Bellanger que quería saber adónde se habían trasladado.

Fue la peor estrategia posible. La miraron como a una apestada. Le contestaron como si le escupieran en la cara.

–Nadie sabe adónde han huido. Esperamos que los hayan atrapado y estén en la cárcel. O mejor que los hayan fusilado.

Enterarse de que los que habían ocupado su casa eran colaboracionistas le dio mucho asco, pero por primera vez disponía de una información muy valiosa que haría que Édouard se doblegara. Apenas la había ayudado, pero ahora no tendría más remedio. Tendría que hacerlo. Él o algún otro. Nadie podría aceptar que no se juzgara a esos traidores.

Volvió al autobús a toda prisa, corrió hasta el ayuntamiento y llegó justo cuando los empleados se marchaban. Alcanzó a Édouard en una calle adyacente y le contó lo que había descubierto. Hablaba tan deprisa que en un primer momento él no la entendió. Tuvo que pedirle que se lo repitiera. Estaba tan entusiasmada que no terminaba las frases. Al final lo entendió. Se lo resumió para mostrarle que lo había entendido bien. Si los Bellanger eran colaboracionistas, iba a informar a quien correspondiera.

Saskia sintió por primera vez que las cosas empezaban a cambiar. Había desenmascarado a los Bellanger. Iba a ganar. Édouard no parecía tan optimista como ella. Seguramente estaba cansado. Pero a Saskia le asaltó una ligera duda de la que intentó deshacerse lo antes posible.

Vincent habría preferido no tener que pedirle nada a Fabien, pero no le quedaba otra alternativa. Todos los caminos que había tomado llevaban a un solo lugar: el castillo. Fue al bar. Para su sorpresa, Fabien estaba allí, solo en la terraza. Se sentó a su lado y pidió una copa de vino blanco.

Fabien le comentó que no tenía mucho tiempo. Lo habían llamado del ayuntamiento, y el alcalde estaba esperándolo. Las cosas no empezaban bien para Vincent.

Sobre todo porque no era fácil empezar la conversación. Ahora sabía que Fabien se daría perfecta cuenta de que había ido al bar por algo, así que lo abordó directamente, sin rodeos, como si fuera natural seguir con la conversación que habían iniciado dos días antes.

—En el antiguo cuartel de la Wehrmacht hay muchísimas armas. Si conseguimos limpiar las minas del castillo, quizá podríamos dárselas al ejército a cambio de detectores.

Al oírle hablar del castillo, Fabien se puso rígido, como en la playa la primera vez que se lo comentó. Se limitó a pedir otro vaso de vino.

—Además están sus archivos. Podrían ser útiles para los juicios.

Fabien no reaccionaba. Ni a las armas ni a los archivos, tan importantes para testificar contra los criminales de guerra, de modo que Vincent añadió un dato con el que ganarse su apoyo.

—Y Lukas me ha asegurado que en el castillo están los mapas de las minas de esta zona.

Aunque los mapas eran su obsesión, Fabien lo escuchaba en silencio, como si ninguno de los argumentos de Vincent le interesara. Seguía tenso. ¿Sería por su reunión en el ayuntamiento? No decía nada. Al final se decidió a decir:

–Los aliados están en Berlín. Sin duda conseguirán los mapas de las minas.

A Vincent no le estaban saliendo bien las cosas. Le quedaba el argumento decisivo del que le había hablado Lukas, pero no se decidía a recurrir a él. En los archivos estaba la lista de los miembros de la Resistencia a los que habían interrogado, todos los expedientes de los luchadores en la sombra a los que habían hecho prisioneros y los informes de los interrogatorios. Seguramente Fabien podría saber qué le había pasado a Odette. Aun así, Vincent prefería no acercarse a ese terreno pantanoso, ni siquiera a pequeños pasos y con palabras comedidas. Lo dejó correr.

Fabien se bebió el vaso de vino hasta el fondo y pidió otro. Le dijo en voz baja:

–Si vamos al castillo, lo sabré. Y no quiero saberlo.

Estaba claro que Fabien no había esperado a que Vincent o Lukas se lo dijeran para pensarlo. Sabía perfectamente lo que podría encontrar en Eyguières.

–Esperé a Odette mucho tiempo...

Deportados que habían escapado le habían contado lo que les hacían a las mujeres de la Resistencia.

Si no las mataban en el acto, sino que las deportaban, era para que el asesinato de esas mujeres no se viera, porque las mataban de forma repugnante. Habría preferido que no se lo contaran.

Su mujer era bailarina, siempre con palabras, con gestos y con el cuerpo en movimiento, y él la imaginaría siempre así, con su pelo rizado y su alegre locuacidad. Los nazis no le meterían otras imágenes en la cabeza. Como él, Odette siempre llevaba encima una cápsula de cianuro; se suicidó, estaba seguro, o huyó muy lejos y nunca tuvieron el repugnante placer de asesinarla.

Cuando Léna llegó a recoger los vasos y a llevarles unos trozos de *fougasse* que había preparado para el aperitivo, Vincent se dio cuenta de que entre ellos ya no había bromas, pullas ni carantoñas, sino miradas y una manera particular de hablarse, una discreta exclusividad que los acercaba y creaba un espacio sólo para ellos.

Miró esa nueva vida de la que él estaba excluido y los envidió. Aunque Léna no había oído nada, estaba preocupada por la conversación que habían mantenido porque había observado el velo de tristeza en la mirada de Fabien, que la tranquilizó con una sonrisa.

Vincent se sintió un miserable por no haberlo entendido antes, por haber incomodado a Fabien removiendo recuerdos asesinos. Quiso marcharse, pero mientras montaba en la bicicleta, Fabien le propuso que lo acompañara al ayuntamiento.

—Tienes razón, vamos a luchar por los mapas de las minas. No podemos esperar a la buena voluntad de los militares. Pero tú clasificarás los informes del castillo. Yo no quiero ver sus asquerosos archivos.

Vincent no se sentía orgulloso de haber conseguido lo que quería así. Pensó en la frase que todo el mundo repetía sin considerar su espantosa incoherencia y sus terribles implicaciones: el fin justifica los medios. Pero si recurres a medios repugnantes, al final, ¿qué pierdes y qué ganas?

Vincent nunca se perdonaría haber despertado a un sonámbulo que seguía soñando que su mujer bailaba.

Fabien llevó a Vincent al ayuntamiento porque quería un testigo. Los años que había pasado en la Resistencia le habían enseñado a anticipar las encerronas y le habían creado una aversión infinita a las reuniones improvisadas. Durante la guerra suponían un gran riesgo de emboscada. Y ahora sentía que era una trampa...

En el despacho del alcalde, un mapa colgado en la pared mostraba los avances en la limpieza de minas. Las chinchetas rojas señalaban el peligro, y las verdes, los territorios recuperados. Era como la guerra, como un juego; la Costa Azul iba cubriéndose poco a poco de chinchetas de colores. Había habido grandes victorias, pero aún quedaba trabajo por hacer. Las chinchetas rojas eran las más numerosas.

Mientras el alcalde les ofrecía algo de beber, Fabien no desviaba la mirada de los dos hombres trajeados, con un maletín de cuero y una carpeta bajo el brazo, que se mantenían aparte. Seguramente se acercarían después, cuando el alcalde hubiera preparado el terreno.

—Me han dicho que pescan con los alemanes... —le dijo el alcalde en tono de broma—. He recibido muchas quejas. «¡Qué vergüenza! ¡Pescar con los alemanes! ¡Y encima con granadas!»

—Parece que los delatores han vuelto a las andadas —le contestó Fabien en tono tranquilo.

—Bueno, era de esperar, no es ninguna sorpresa, ¿verdad? En fin, no se preocupe. Usted sabe lo que hace. Confío plenamente en usted. Además ya vio que le permití explotar las minas en la playa. He recibido críticas, pero no me arrepiento...

Fabien había sabido desde el principio que tendría que pagar por esa explosión compensatoria. Había llegado el momento. El alcalde le hablaba en tono amable y agradecido, pero bajo su jovialidad Fabien veía que hacía cálculos y esperaba la cuenta. Tras los preliminares, el alcalde sacó los regalos como un colono que intenta engatusar a una tribu indígena.

−¡Tengo una buena noticia! ¡Estos señores nos han traído los detectores de resonancia magnética que llevan tanto tiempo esperando! −Y añadió bajando la voz, como si fuera un secreto de Estado−: No sabemos cómo los han conseguido ni queremos saberlo. ¡Lo importante es que los tenemos!

A Fabien no le gustaban las buenas noticias, y menos cuando llegaban envueltas como un regalo. Resultó que tenía razón: se trataba de limpiar las minas de un terreno que no estaba previsto en el calendario. Además, el alcalde exigió, con diplomacia, es verdad, que lo hicieran de inmediato. La reconstrucción despertaba el apetito.

Creyendo que Fabien iba a aceptar sin rechistar, el alcalde le señaló un punto en el mapa.

−Yo los llevaré, ya verán, es muy bonito.

Fabien observó el mapa fingiendo interés.

−Lo conozco. Está cerca de las dos playas más bonitas de la zona. Bien situado, pero protegido del mistral por la colina y este bosque de pinos marítimos. Había incluso palmeras.

−¡Eso es! Ya vemos que conoce bien la región.

−En efecto, es ideal −siguió diciendo Fabien, imperturbable−. Los alemanes lo quemaron todo, pero los pinos marítimos volverán a crecer y las palmeras se pueden volver a plantar.

El alcalde se volvió hacia los dos hombres trajeados.

−Ya les dije que es muy inteligente, no es necesario darle largas explicaciones.

−Por eso no le gusta que hablen de él en tercera persona, como si no estuviera delante −añadió Fabien.

Fue como un jarro de agua fría. El alcalde no quería discusiones.

–Bueno, Fabien, sólo estaba elogiándolo.

–No me haga perder el tiempo. Ese terreno no es una prioridad.

–Perdone, pero al final tendremos que limpiarlo todo.

–Somos un servicio público, no una empresa privada. Trabajamos por el interés general, no por los intereses de estos señores. Como el terreno está lleno de minas, supongo que ahora no vale nada y que se lo han comprado por una miseria a unos campesinos arruinados. Y después, gracias a nosotros y sin que les cueste nada, aumentará su valor. ¡Los negocios vuelven a estar en marcha, si es que alguna vez han dejado de estarlo! –Se volvió hacia los dos hombres de negocios–. ¿Qué quieren construir en ese terreno? ¿Un hotel, un chalet?

–Una urbanización...

–Tendrá que esperar –zanjó Fabien.

–Pues les pagan por lo que hacen. Y no poco. Me han dicho que tienen primas considerables.

–Nada puede compensar los riesgos que corremos.

El alcalde indicó a los dos hombres con un gesto que seguía hablando él.

–Fabien, reconstruir Francia significa reconstruirla. Si no lo hacemos, no tiene sentido.

–Si lo prioritario no es proteger a la población, tampoco tiene sentido.

–Es sólo un terreno.

–Que va a beneficiar mucho a estos señores y puede costar caro a mis hombres, así que permítanos que elijamos por qué nos jugamos el pellejo.

El alcalde entendía lo que quería decir Fabien, porque había hablado con él muchas veces. Lo peor era que estaba de acuerdo, pero el asunto lo sobrepasaba. Los dos hombres tenían fuertes apoyos en la zona. Debía negociar con ellos.

–Podríamos dar a sus hombres cupones de racionamiento extra.

–¡Es un insulto! ¡Mis hombres arriesgan la vida por Francia, no por conseguir unos cupones!

–¿Y los alemanes? ¿No podrían venir fuera de su horario?

–Los alemanes están como nosotros, agotados físicamente y nerviosos. Para empezar, no les dan bien de comer. Si les pedimos que trabajen el domingo, los perderemos. Además, el reglamento nos lo prohíbe, pero creo que tengo una solución.

Fingió reflexionar unos segundos durante los cuales el alcalde y los dos hombres de negocios se relajaron.

–Primero les contaré una historia.

Todos contuvieron el aliento.

–Ustedes conocen a Saint Exupéry, un escritor fantástico, aunque también poeta, reportero, aviador y uno de los pioneros de la Aéropostale. Vivía en Nueva York con una mujer de la que estaba enamorado. Habría podido quedarse allí durante toda la guerra. Decidió volver para luchar. Le aconsejaron que no lo hiciera, le dijeron que ya no tenía edad y que no estaba en buena forma. No hizo caso. Cada mañana despegaba su avión desde una punta del Mediterráneo. Una mañana despegó en Córcega. En el tanque tenía combustible para seis horas. Aunque las baterías antiaéreas podían derribarlo en todo momento, voló a lo largo de la costa a muy baja altitud, la más baja posible. Seguramente demasiado baja. ¿Y saben por qué? Porque, además de las baterías antiaéreas, tenía que detectar campos de minas, y no se puede ver un cartel en el que pone «ACHTUNG MINEN» si se vuela a demasiada altitud. Elaboró mapas muy precisos de las zonas con minas para preparar el desembarco. Su última misión fue el 31 de julio de 1944. Tenía cuarenta y cuatro años. Cuando llevaba seis horas sin emitir ninguna señal, supimos que no volvería. Está en alguna parte, en el fondo del mar, con su avión. Murió por su misión. Ya ven, las minas también sacrificaron a este hombre. ¿Lo que ustedes nos piden hoy está a la altura de su sacrificio?

El ambiente era gélido. Ya nadie se atrevía a hablar de cupones de racionamiento. La lección estaba clara: a los dragaminas se les paga, no se les compra. El silencio era tan opresivo que el alcalde sirvió otra copa a todo el mundo para recuperar la compostura y después se atrevió a volver a dirigirse a Fabien en un tono que pretendía ser despreocupado, pero que era desesperado.

–¿No ha dicho que se le había ocurrido una solución?

–Limpiamos las minas del castillo de Eyguières y después nos ocuparemos de sus terrenos. Piénselo.

Vincent admiró a Fabien más de lo que jamás podría admirar a nadie. Y en esos tiempos repugnantes era bueno admirar a una persona sin segundas intenciones.

Los dos hombres de negocios estaban indignados. Quisieron responderle, pero el alcalde les dio a entender que valía más que no lo hicieran. Fabien se puso la chaqueta para indicar que la reunión había terminado y miró a los ojos a los hombres a los que había insultado.

–«Creemos que morimos por la patria, pero morimos por industriales...»

–No sabía que era tan grandilocuente.

–¡No es mío!

–¿De quién es?

–De Anatole France. Y no es grandilocuente. Es grande y elocuente. ¡Y nunca ha sido tan verdad como ahora!

Era una de esas reuniones de las que se espera todo. Que ofrece por fin la posibilidad de cambiar de vida. En cuanto Saskia entró en el despacho, se dio cuenta de que iba a llevarse un chasco. Édouard la miraba sonriendo, pero como para neutralizar su indignación, como diciendo vamos, no es tan grave, habrá otras soluciones...

Ella creía haber descubierto información que podría utilizarse como arma de destrucción masiva para acabar con los Bellanger. Nada de eso. Édouard se había informado y le contó que en realidad a los Bellanger ya los habían juzgado. Su abogado, con buen criterio, había trasladado el juicio a Aix, donde nadie los conocía, los vecinos de su pueblo no se trasladaron allí para testificar y, gracias a esa distancia de poco más de cien kilómetros, sus crímenes no parecieron tan graves, como las montañas adquieren el tamaño de colinas a medida que nos alejamos de ellas y acaban desapareciendo al final del camino. Los habían absuelto.

Édouard le explicó que los Bellanger no eran los únicos que se habían beneficiado de la indulgencia de un tribunal. En un primer momento la justicia había sido dura, implacable y expeditiva, pero poco a poco los veredictos se habían suavizado, y el propio De Gaulle así lo quería.

Saskia, que lo había escuchado sin decir nada, hundida, se revolvió en la penúltima frase. Édouard no podía decirle que los veredictos se habían suavizado. ¡No eran suaves, eran retorcidos! ¡Los Bellanger habían colaborado con el enemigo mientras los suyos morían en campos de concentración! ¿Dónde estaba la justicia? Vivían en su casa impunemente, mientras que a ella la consideraban una intrusa en su propio hogar. Era muy injusto, y al oírse decir esta última frase, sintió hasta qué punto la expresión era pobre respecto de lo que sentía. ¿Acaso la justicia francesa de la Liberación no era mejor que la de Vichy?

Como nadie atendía sus legítimas demandas, se aferraría a sus estudios. Buscaría un trabajo a la altura de las esperanzas de sus padres. Y de las suyas. Quizá abogada, para ofrecer a los demás la ayuda que ella no había recibido. O arquitecta, como su padre. Resucitaría su estudio.

Édouard le entregó entonces la respuesta a su demanda de que la reconocieran como huérfana bajo la tutela del Estado. Saskia la leyó varias veces. Aunque la carta era breve, no lograba entender lo que decía. Era absurdo, lo había entendido mal, no habían elegido bien las palabras o eran ambiguas. Levantó la cabeza y al ver la expresión apesadumbrada de Édouard no tuvo ninguna duda.

No podían considerar a Saskia huérfana bajo la tutela del Estado porque las autoridades francesas no tenían pruebas de que sus padres hubieran muerto. Se debía aportar una prueba irrefutable de que habían fallecido, y no simplemente desaparecido.

¿Demostrar que habían muerto? Saskia sintió que se mareaba.

Incluso Édouard se compadeció de ella e intentó consolarla.

—No es fácil, lo sé, pero a veces hay que olvidar y pasar página. Como hacemos todos.

Saskia casi sintió pena por él. Para él era fácil pasar las páginas de un libro que nunca había leído.

Lukas ya no estaba muy lejos de su objetivo, sino muy cerca de fracasar. En la conferencia de San Francisco, el ministro francés de Asuntos Exteriores, Georges Bidault, acababa de conseguir que Francia pudiera utilizar a prisioneros de guerra para cualquier actividad, incluida la limpieza de minas. Ya era oficial: todos se habían olvidado de ellos.

Por si fuera poco, acababa de enterarse de que Matthias, al que tanto le habría gustado proteger y el único con el que le apetecía charlar, no volvería al campo de prisioneros. No había muerto, al menos todavía, pero para que no lastrara las estadísticas francesas iban a mandarlo a morir a Alemania. Lukas era presa del desánimo, y todo el mundo sabía que en el campo de prisioneros el desánimo es el principio del fin. Debía aferrarse a su plan de fuga. Era vital. Pero ¿para qué fugarse si no tenía a nadie con quien marcharse y seguramente tampoco ya a nadie con quien reunirse?

Los demás no debían de sentirse tan solos como él. Hans había recibido un paquete inesperado. Sus padres, sus amigos y su novia habían descubierto por fin dónde estaba. El paquete, que le habían llevado milagrosamente unos conocidos, contenía vino y cerveza, carne seca –mucha carne seca– y salchichón. Los vigilantes, que siempre se quedaban con algo, no se habían atrevido a robarle por miedo a que se produjera un baño de sangre. La fuerza de Hans impresionaba a todo el mundo, y además intuían que estaba bastante loco.

Cuando Hans abrió el paquete, el olor de los embutidos

llegó a los demás prisioneros. Además de la tortura del hambre y de que las papilas gustativas les salivaran, un arrebato de nostalgia se apoderó de ellos. Hans no compartió nada. Peor aún. Cortaba con parsimonia trozos muy pequeños de salchichón para prolongar el placer, y por las noches los prisioneros ya no soñaban con mujeres, sino con carne de cerdo condimentada.

Otro detenido, Kurt, había recibido la visita de una mujer, una alemana que le había traído ropa, una manta y un buen par de zapatos. Se mantuvo digna pese a los silbidos y los comentarios picantes de los prisioneros. Kurt se emocionó tanto al verla que ni siquiera se molestó en hacerlos callar. No podía apartar los ojos de la mujer. Su mujer. Ella le dijo en tono tranquilo desde el otro lado de la alambrada que iba a instalarse allí con su hija para estar lo más cerca posible de él. Le traía sin cuidado cómo la miraran los franceses, le daba igual no hablar francés, no le importaba tener que vivir en condiciones indignas, vencida entre los vencedores, sin trabajo de momento y con toda su familia lejos. En Alemania todo era un caos. Había visto que enviaban a prisioneros alemanes a Rusia, Inglaterra y Francia. Se había enterado de que los prisioneros iban a quedarse fuera de Alemania incluso después de que se firmara la paz, seguramente mucho más tiempo del razonable. No quería que su hija creciera lejos de él. Aunque le habló de su hija, a él le emocionó que tampoco ella, que seguía siendo tan guapa como siempre, pudiera vivir sin él, que ya no era nada. En cuanto corrió la voz, y corrió enseguida, de que la mujer se había marchado de Alemania e iba a instalarse en Francia, en territorio hostil, para estar cerca de su marido, para apoyarlo, los prisioneros ya no la vieron como a una chica guapa, sino como a una heroína.

Lukas también envidiaba a Kurt, por supuesto. Lo único que le quedaba a él un poco único, y era consciente de la terrible ironía de la situación, era su relación con Vincent, aunque corría el peligro de dejar de serlo.

Todos los prisioneros que trabajaban limpiando minas sospechaban que el francés le había propuesto algo a Lukas y estaban dispuestos a pelear por conseguirlo ellos.

El día anterior Hans había sido el más atrevido. Se había acercado a Vincent y le había hecho varias preguntas a las que este había contestado sin demasiado entusiasmo. No quería que todos se enteraran de su plan, pero tampoco le molestó darse cuenta de que Lukas los observaba. Lukas sospechó que Vincent contaba con esa competencia desesperada. Debió de verla cuando él mismo había estado prisionero. Al final siempre existirá rivalidad, incluso entre los más oprimidos. Esa es la malsana genialidad de los opresores: incitar a los humillados a pelearse entre ellos en lugar de contra quienes los humillan.

Así que Lukas se había aislado voluntariamente de los demás prisioneros para no tener que responder a preguntas que lo incomodaban. Pero necesitaba a un cómplice, y no era tan sencillo encontrarlo.

Dieter no era lo bastante listo para no decir nada a los demás. Kurt no iba a querer fugarse ahora que su mujer estaba allí. Y de los demás no se fiaba.

Mientras trabajaba en los planos del castillo de memoria, aunque sin convicción, porque sus esperanzas eran cada vez más débiles, un rumor lo interrumpió: al día siguiente limpiarían las minas del antiguo cuartel general. Recuperó la esperanza. Iba a poder escapar. Y en ese momento vio la solución: Hans. No era tonto y no simpatizaba con la ideología nazi. Tampoco era francófilo y se negaba a que lo culpabilizaran, pero al menos se podía hablar con él. Además, Lukas no estaba por encima de los demás. Estaba agotado, necesitaba fuerzas, no dejaba de pensar en ello y hacía que se sintiera humillado, pero se moría de envidia. Quizá de paso podría negociar un trozo de carne seca...

Esa mañana los dragaminas estaban contentos. Después de semanas de trabajo agotador en playas bajo un sol plomizo y de intentar olvidar la terrible tragedia que los había diezmado, limpiar las minas del castillo parecía la actividad más estimulante que podían asignarles. Se sentían más legitimados que nunca. Su esplendor pasado ennoblecería a los que lo restauraran.

El cuartel general que habían elegido los alemanes era una feliz combinación de los restos de una torre medieval y un edificio renacentista, con influencias de la cercana Italia y una ampliación más reciente, del siglo XIX. Cuando los alemanes lo requisaron, se convirtió en el lugar más temido de la ciudad. Ya no era un castillo, su castillo, sino una odiosa fortaleza y la guarida funesta que imaginaban que por las noches se convertía en un tugurio decadente.

Incluso sin los alemanes, seguía siendo la encarnación de una antesala del infierno. Todo el mundo recordaba a los siete niños que habían querido entrar y habían muerto en el jardín.

El castillo estaba lleno de minas y de explosivos de arriba abajo, era una historia de terror en un escenario de cuento de hadas, pero los dragaminas, ante la idea de descubrir el interior del edificio, se sentían importantes. Sin ellos ese castillo no sería nada.

Fabien lo veía como una valiosa ocasión para hacerse con los mapas de las minas. Vincent como la promesa de saber por qué Ariane había desaparecido. En cuanto a Lukas, era su última oportunidad de fugarse.

Para celebrar la ocasión, el alcalde había acudido a la cita, así como varias personalidades que pretendían desempeñar un papel en la futura administración de la zona. Felicitaron a los dragaminas, les aseguraron que los admiraban infinitamente e incluso los aplaudieron. No les costaba nada y recordaba los primeros días vacilantes y heroicos de la limpieza de minas, cuando nadie se atrevía a creer que saldrían vivos.

En cuanto se hubieron marchado, Fabien estableció el plan de ataque. Aunque todos querían entrar en el soñado castillo –quizá habría monedas de oro y botines de guerra que podrían repartirse–, era imprescindible abordarlo de forma segura. Primero la entrada, todos juntos. Después se repartirían los alrededores del castillo, las zonas más cercanas a las alas, y a continuación los jardines adyacentes. Cuando hubieran limpiado todos los caminos de acceso, los alrededores de todas las fachadas, todas las puertas y las ventanas, un equipo podría empezar a trabajar dentro.

Como el papel escaseaba, el ayuntamiento había utilizado el reverso de carteles de Vichy para reproducir los planos de Lukas. Antes de clavarlos en paneles de madera a la entrada de la finca, los dragaminas volvían a leer aterrados la propaganda de Pétain: «SE ACABARON LOS MALOS TIEMPOS. PAPÁ TRABAJA EN ALEMANIA. FRANCESES, ID A TRABAJAR A ALEMANIA. LOS OBREROS ALEMANES OS INVITAN». Todos sabían que no habían sido los obreros alemanes los que habían invitado a los franceses y que los propios franceses habían obligado a compatriotas suyos a ir.

Fabien hizo callar a su equipo y pidió a Lukas que describiera a grandes rasgos cómo habían colocado las minas.

Todos recuperaron la concentración; su vida dependía de ello, aunque no podían evitar que afloraran sus emociones. Los franceses habían aprendido poco a poco a apreciar a los alemanes. Y ahora Lukas les explicaba con todo detalle cómo habían saboteado el castillo y los jardines, cómo habían llenado de minas esa maravilla que les hacía recordar su infancia, los cuentos de hadas y los sueños de grandeza nacional.

Lukas se daba cuenta de que a medida que hablaba, la ira y el resentimiento aumentaban. Los franceses, que durante toda la ocupación habían tenido que someterse, soportar las desgracias y el miedo, y acostumbrarse a los abusos y las injusticias, ahora se levantaban, como si de repente aquello fuera demasiado. Era absurdo después de tantos años de guerra, pero la insensata política de tierra quemada los sublevaba. Aunque no fueran de esa zona, tenían cariño a esas viejas murallas, a esos pedazos de historia, e imaginar que el menor paso por el jardín podría pulverizar tanto las piedras como a ellos les indignaba.

Se hicieron varios comentarios mordaces. Lukas se mantuvo impasible. Se suponía que no los entendía. Pero para calmar la tensión ajustó su discurso y terminó con una sonrisa.

–Tardamos tanto en llenar de minas el castillo que acabamos cayendo en manos de la Resistencia. Los alemanes somos muy listos...

Los dragaminas que quedaron desconcertados al oírlo burlarse de ellos mismos, pero algunos se echaron a reír, y la risa se contagió a los demás. Los prisioneros no se lo tomaron tan bien. Lukas siguió describiendo con detalle que los alemanes estaban convencidos de que podrían escapar impunemente, pero los atraparon en cuanto cruzaron la puerta.

Fabien no se reía. Le preocupaba que al menor roce volvieran a surgir tensiones entre alemanes y franceses. Ese lugar simbólico de la ocupación podría desencadenar la catarsis que tanto temía. Dio la señal para empezar a trabajar.

Vincent observaba a Lukas, que había vuelto con los demás prisioneros. Sin duda había elegido al más hábil del grupo. No lo había elegido al azar, sino por su mirada, su actitud, el hecho de que leyera libros en los descansos y su manera de hablar y de mantenerse apartado de los demás, como él. Había leído que, según Edgar Poe, la intuición no es un poder mágico, sino una infinidad de informaciones registradas que entran en sinergia y en un momento dado cristalizan en una revelación. Enseguida recordó que su instinto no era infalible. La primera vez que había querido fugarse había confiado en el peor de los hombres. Desde entonces se había jurado no ceder a sus intuiciones. Lukas empezaba a caerle bien, así que debía desconfiar aún más de él.

El primer día en el jardín del castillo fue bien, más rápido de lo previsto. Contar con las indicaciones de Lukas les proporcionaba una seguridad que incrementaba su eficacia. Aprendieron mucho sobre cómo colocaban las minas los alemanes y sobre cómo poner trampas a los franceses.

Lukas siguió ganándose la estima de Fabien contándole la estrategia. Señaló una línea de explosivos a detonar para llegar directamente al castillo. Enfrente, un poco más allá, un montículo con árboles les permitiría protegerse de la explosión...

Dos dragaminas prepararon la explosión mientras los demás se dispusieron a dirigirse al montículo en cuanto Fabien diera la señal. Cuando todos estuvieron en sus puestos, Lukas los detuvo. Los alemanes habían previsto la reacción de los franceses y también habían colocado minas en el montículo.

Los dragaminas se rieron, pero esta vez de forma distinta. A excepción de Fabien, que había estado en una situación similar, todos habrían tenido el impulso de refugiarse en ese lugar y habrían muerto.

Lukas habría podido aprovechar que conocía el terreno para provocar una distracción, pero prefirió atenerse a su plan. Era imprescindible que Vincent y él formaran parte del equipo que trabajaría dentro del castillo en unos días.

Al día siguiente todo el mundo volvió a alegrarse de regresar al castillo. Con los dibujos de Lukas y la colaboración de los alemanes el trabajo no era tan pesado.

Y además esa mañana se llevaron una agradable sorpresa que dejó pasmados tanto a los alemanes como a los franceses. Hans quiso compartir el enorme paquete que le había enviado su familia. Al ritmo que iba, tenía comida para varias semanas si se la quedaba para él solo, pero prefirió compartirla con el grupo.

Era una propuesta audaz. Los prisioneros alemanes se lo reprocharon y los dragaminas desconfiaron. ¿Qué ocultaba? ¿Quién se creía ese alemán? ¿Se creía tan fuerte como para invitar? ¿Esperaba comprarlos con salchichón? François dio un paso atrás y escupió al suelo. No tocaría sus asquerosos embutidos.

Hans se mantuvo digno. Fabien se acercó a las cestas. Se agachó, olfateó, sonrió y asintió convencido.

—Peor para ti, François, y mejor para nosotros. Son de primera calidad.

Todos miraron los embutidos. Los dragaminas estaban mejor alimentados que la mayoría, pero muchos enviaban los cupones de racionamiento a su familia, y su menú básico era realmente básico, así que esas cestas a rebosar, el reconfortante olor a comida que emanaba de ellas y la naturaleza excepcional de productos que ya no tenían la oportunidad de comer los tentaban.

Para Fabien todo estaba dicho. Sonrió dirigiéndose a Hans.

—Tiene una pinta estupenda. Vamos, chicos, si hoy conseguimos limpiar una cuarta parte del jardín, saldremos media hora antes para tomar algo.

Como el ambiente era relajado, Vincent propuso disimuladamente a Fabien que los equipos fueran mixtos. En lugar de avanzar los franceses por un lado y los alemanes por el otro, quizá podrían avanzar juntos. Fabien estuvo de acuerdo.

Como tenía previsto, Vincent eligió a Lukas para su equipo. Junto con el aire fresco y el penetrante olor de los pinos marítimos se respiraba algo parecido a la alegría de vivir. La primavera se imponía suavemente y todos estaban de acuerdo en que debían ser felices y dejar que el odio se desvaneciera a sus espaldas. Era casi verano.

Vincent nunca había estado tan cerca de conocer la verdad.

Al tercer día, Fabien decidió acelerar la marcha. Parecía seguro que iba a llover, y limpiar minas en el barro era muy peligroso. Era uno de esos casos de fuerza mayor que los obligaban a parar. Tenía que pensar en un plan B para que el equipo pudiera trabajar en el castillo, a cubierto.

De entrada tendrían que despejar los accesos, el vestíbulo, los pasillos y las escaleras para preparar la llegada de todo el grupo. Era evidente que Lukas debía estar con ellos, porque recordaba a la perfección dónde habían colocado las minas. Vincent, que hablaba alemán, dirigiría el reducido grupo. Necesitaban a una persona más. A propuesta de Lukas, Vincent sugirió que fuera Hans.

Dentro, el ambiente era extraño. Nadie había entrado desde la muerte de los niños en el jardín. Por un lado estaban las huellas de las explosiones, que habían impactado en las ventanas, las lámparas y los techos, y por otro los testimonios de la ocupación alemana, cierto desorden y restos de vida. Los alemanes habían abandonado su cuartel general de forma precipitada, y a pesar del polvo, parecía que acabaran de marcharse y que dos o tres rezagados pudieran seguir allí escondidos como ratas.

Un abrigo seguía colgado en la entrada. Lukas lo levantó con cuidado. Debajo había una pequeña mina de baquelita, parecida a un bote de cosméticos, lista para explotar. La precipitación no les había impedido colocarla. Lukas la desactivó.

Lukas había dibujado los planos de todo el dispositivo, como en el caso del exterior. Empezaron por levantar las tablas del suelo del vestíbulo para sacar los explosivos. La memoria visual de Lukas no fallaba.

–Nuestro comandante ordenó colocar minas en esta línea del parquet, perpendicular a la rampa de la escalera, pero sin impedir el acceso por si acaso.

–¿Por si acaso qué? ¿Creíais que podríais volver? –le preguntó Vincent sorprendido.

–Estábamos mal informados. Recibíamos mensajes contradictorios. Hitler había pedido que no evacuaran Tolón ni Marsella. Nuestros mandos temían las represalias si la situación cambiaba.

–¿Y tú? ¿Tú creías que aún podríais ganar?

–En mi caso es diferente. Yo quería que perdiéramos –le contestó Lukas en tono tranquilo.

Hans se puso tenso al escucharlo, y entonces Lukas le preguntó:

–¿Tú no?

–Yo quería que acabara, eso es todo –le contestó Hans en el tono más neutro posible.

Lukas era consciente de que había herido sus sentimientos. Después de haber atacado a Alemania, se permitió atacar a Francia. Al fin y al cabo, así demostraría su honestidad.

–Alemania no se merecía en lo que nos hemos convertido, pero... Francia tampoco era la misma, ¿no crees?

–No lo sé, no estaba en Francia durante la guerra...

Lukas se había creído con derecho a iniciar un debate de igual a igual y con toda sinceridad, pero Vincent no lo aceptaba. De acuerdo. Se quedaron callados mirando las tablas del parquet. El trabajo concienzudo a nivel del suelo no permitía a Vincent tener una visión de conjunto. Mientras manipulaba los tablones encerados, los tacos y los listones de madera, se preguntaba cuándo alcanzaría su Santo Grial. Lukas había calculado que tardarían dos días, porque los archivos estaban en la segunda planta, al final de un pasillo interminable y lleno de minas.

En un momento en que estaban cerca, Lukas volvió a intentarlo.

—¿Sabes? En Alemania también había opositores a Hitler. Como aquí. De izquierdas, de derechas...

—Supongo que no muchos —le contestó escuetamente Vincent, que no tenía ganas de discutir.

—Lo importante no es la cantidad. ¿Cuántos diputados y senadores de Vichy se negaron a votar en favor de conceder plenos poderes a Pétain?

—Ochenta.

—¿De cuántos en total?

—No lo sé. Quinientos cincuenta. Quinientos setenta.

—Ochenta de quinientos no son muchos.

—Es verdad. No podemos decirnos que nuestro honor esté a salvo.

—No, pero podemos decirnos que no todo es una mierda...

A Vincent le sorprendió el razonamiento de Lukas. En lugar de criticar a los representantes franceses por su cobardía ante Pétain y Laval, por haber renunciado a las armas de la democracia y a los valores de la República, prefería fijarse en esa pequeña minoría, en esos ochenta que se opusieron valientemente a Pétain por honor, aunque le habría resultado sencillo apelar al fracaso democrático.

Al llegar a las escaleras encontraron otro abrigo en la barandilla. No les sorprendió que ocultara otra mina. Mientras la desactivaba, Lukas murmuró a Vincent:

—Culpamos a la República de Weimar de que se perdiera, pero la Tercera República también murió en Vichy sin golpe de Estado. Cuando acabemos con la escalera te mostraré algo...

Vincent lanzó una mirada a Hans, que estaba trabajando en los zócalos.

—Los demás están fuera. No podría llegar muy lejos —lo tranquilizó Lukas.

Impulsado por la idea de acceder por fin a las filmaciones de los archivos, Vincent aseguró los escalones, uno detrás del otro, en un tiempo récord. Nunca había estado tan concentrado. Mientras subían las escaleras, ya fuera de peligro, Lukas le explicó cómo estaba organizado el cuartel general.

–En la planta baja teníamos las salas de recepción, en el primer piso los despachos, en el segundo más despachos y una enfermería, en el tercero las habitaciones del comandante, y en el desván...

El desván del castillo estaba abarrotado de muebles viejos, baúles y archivos, un tremendo desorden administrativo que demostraba una vez más que los alemanes se habían marchado a toda prisa. Lukas forzó la cerradura de un baúl. La tapa se abrió de golpe empujada por la presión de los sobres, que en parte salieron volando. No eran los archivos que Vincent esperaba. Lukas se lo explicó.

–Cartas de denuncia. Miles de cartas. Al final no las abríamos. No teníamos tiempo. Yo estaba asqueado, y no era el único.

Vincent cogió una al azar y leyó en voz alta.

–«Por la presente, yo, honrado ciudadano francés, tengo el honor de denunciar...» El honor de denunciar...

–Antes de la guerra quería abrir una librería en París... Soñaba con Francia. Y cada día veía llegar decenas de cartas como esta.

No fue necesario que Lukas dijera: esta es la Francia que no reconozco. Vincent tampoco la reconocía. La pregunta que todos se hacían –¿habría sido Francia capaz de hacer lo que ha hecho Alemania?– encontraba respuesta en esos baúles llenos de odio. No estaban sólo los delatores, sino también los que señalaban, detenían, encerraban, vigilaban y metían en vagones a todos los inocentes enviados a morir. Y ahora a los que volvían no los consideraban, ni los respetaban, ni los querían. Los filósofos alemanes, los escritores, los científicos, sus premios Nobel, toda la cultura alemana no había servido de nada, pero la Ilustración francesa se había apagado. Y nadie lo entendía.

Al final a Vincent le habría gustado hablar con Lukas. Nadie podía resolver la dolorosa pregunta por el origen del mal. Pero oyeron la señal que indicaba el fin de la jornada. Vincent dejó la carta con las demás. Al bajar al primer piso, Lukas le mostró un pasillo con una puerta al fondo.

–Ese es el despacho con las filmaciones...

Ante los baúles de cartas, Vincent había pensado de inmediato en Saskia, pero al salir del castillo ya no sabía si debía comentárselo, porque podría destruirla con la fría eficacia de una bomba de relojería. Quizá ella era como Fabien y prefería no saber. Pasó por el bar para darse un tiempo para pensarlo. Tuvo que pedir varios vasos hasta decidirse, pero al llegar al estudio fue lo primero que le comentó. Saskia no lo dudó. Le pidió que la llevara al castillo.

Aunque había carteles que indicaban que estaba prohibido entrar, ahora Vincent sabía mejor que nadie por dónde tenía que pasar para llegar al desván, donde se amontonaban en baúles todos aquellos testimonios escritos de falta de dignidad.

Al pasar por las tablas del suelo levantadas y los escalones destrozados, Saskia se dio cuenta de lo difícil que era el trabajo de Vincent. Se sintió conmovida por poder abrirse paso en ese enorme edificio lleno de minas guiada por él. Compartía un poco su experiencia. Curiosamente, no tenía miedo.

Cuando llegaron al desván, Saskia se angustió, como si volviera a estar en la guarida del Mal. Contuvo la respiración. Le habían dicho que la Biblioteca Nacional tenía una sección de libros prohibidos. La llamaban «el infierno». Pero el infierno estaba allí, en el desván de ese castillo.

Era para echarse a llorar y hundirse, pero había llegado el momento de saber. Quien hubiera cogido la pluma para señalar como objetivo a sus seres queridos debía responder de los crímenes que había cometido. Pasaría allí el tiempo que fuera necesario, sin salir de esa habitación llena de polvo que acumulaba el calor bajo el sofocante techo.

Vincent se dirigió a un baúl que contenía cartas abiertas. La mirada de Saskia se desvió hacia otro que estaba lleno de sobres cerrados. No pudo evitar envidiar a las familias cuyos nombres se había quedado en un sobre cerrado y que quizá gracias a eso se habían librado de la deportación.

¿Cómo iban a hacerlo? Aunque Vincent la ayudara, tardarían días y días. La misión parecía imposible.

Vincent le habló de los trece millones de minas que debían limpiar. También parecía imposible, pero no había otra opción. Iban paso a paso. Harían lo mismo con las cartas. Baúl a baúl. Sobre a sobre. Línea a línea. Y lo descubriría.

Saskia se sentó delante del baúl, al lado de Vincent. De vez en cuando leía un nombre en voz alta. Conocía a la familia denunciada o al que firmaba la carta, al que nunca habría creído capaz de semejante infamia. Leía las cartas enteras. Le daba la sensación de que juzgando mentalmente a las personas que habían denunciado a esas familias les rendía homenaje por un instante. Quería entenderlo, pero era demasiado. El amor tiene mil formas, pero el odio varía poco. Todas las cartas eran iguales. Todas pretendían destruir impunemente a las familias a las que denunciaban. ¿Porque uno tiene envidia de su vecino o quiere quedarse con su negocio decide que deporten a toda su familia? Y esa frase que se repetía una y otra vez: «Tengo el honor de...». Tuvo que leer las cartas por encima. Sus ojos se convirtieron en un radar que iba directo a los nombres de las familias denunciadas.

Mientras leía surgió un problema en el que no había pensado y otra inquietud se apoderó de ella: la mayoría de los delatores tenían el honor de denunciar, pero no de firmar... ¿Y si la carta de denuncia que había causado su desgracia era anónima?

Al llegar a su fin ese sábado soleado en el que casi se hunden bajo la vorágine del odio manuscrito, no la habían encontrado. La incalculable cantidad de cartas los había envenenado. La tinta les había ensuciado las manos. Tenían el cuerpo agotado y la mente presa de una tristeza insoportable. Ya eran las dos de la madrugada. Abrumados tanto por lo que habían descubierto como por lo que no habían encontrado, debían detenerse, con el riesgo de no tener fuerzas para volver.

Saskia tenía a su alcance una de las informaciones más importantes de su vida, pero para acceder a ella debería tener el valor de volver a sumergirse en lo más hondo del abismo.

De vuelta a casa no dijeron una sola palabra. Vincent sacaba fuerzas pensando en vengarse, pero Saskia estaba destrozada. Él sintió que ella flaqueaba. Se reprochaba haberla llevado al castillo. Se lo dijo. Ella lo sacó de su error. Todo lo contrario. Debía ser valiente. Se lo debía no sólo a su familia.

Vincent la observaba, tan delgada, tan frágil y con tanta determinación pese a estar hundida. La pérdida de un ser querido es insoportable, pero ¿cómo sobrevivir a la de todas las personas a las que más querías? ¿Cuánto podemos aguantar solos en el mundo, un mundo que ya no reconocemos y que no considera intolerable la pérdida de las personas a las que más queríamos?

Pasaron por delante de un cartel del gobierno provisional. Hablaba de reconciliación y llamaba a recuperar la calma. ¿Eran ellos los que debían calmarse? ¿De verdad? ¿Sus muertos no contaban? Fue demasiado para Saskia, que no pudo contener las lágrimas.

Vincent le propuso que antes de volver se acercaran a la cala que Fabien había limpiado. El mar los tranquilizaría. En cualquier caso, les costaría quedarse dormidos. Puestos a no dormir...

Cuando Saskia vio la cala, las miríadas de reflejos plateados en el mar en calma, sólo fruncido por la brisa nocturna, se sintió invadida por esa belleza de la que había estado privada durante tantos años. En los campos de concentración no había hierba, ni flores, ni colores, pero se veían las estrellas. Desde que había vuelto, necesitaba agua y viento, campos de trigo y flores silvestres, aire puro, naturaleza y sobre todo lugares en los que el hombre estuviera ausente. Y magia. Vincent le propuso dar un paseo por la playa. Ella aceptó. El bando del Mal no había ganado; Saskia le sonrió.

Cuando bajaron por el camino que llevaba a la media luna de arena entre rocas, Saskia quiso descalzarse. El momento exacto en que nos descalzamos para sentir la arena bajo las plantas de los pies era la libertad, la infancia, que no pueden arrebatarnos. Se acercaron a la orilla y les sorprendió que el agua todavía estuviera tibia. Era imposible resistirse a las ganas de bañarse. Sumergirse en esa armonía misteriosa y sentirse muy pequeño bajo las estrellas. Un privilegio. Vincent se quitó la ropa, pero Saskia no podía. Él le ofreció entonces su camisa. Saskia dudó unos segundos y después se puso la prenda, demasiado grande para ella, por encima del vestido, que se quitó por los pies. Y así nadaron en silencio, uno al lado del otro, hasta muy lejos, con la luna en el punto de mira, como si fuera posible acercarse a ella.

Al volver Saskia estaba tan cansada que temía no llegar. Apoyó una mano en el hombro de Vincent. Se dirigieron a la orilla. Confiaba en él. Curiosamente, a él le enterneció. Se concentró en nadar haciendo el menor ruido posible para no alterar nada.

Al llegar a casa, cada uno se metió en su habitación. Algo había cambiado, pero no querían pensar en ello. Agotados, con el pelo mojado y el cuerpo cubierto de sal, se quedaron dormidos enseguida a pesar de los diversos y contradictorios pensamientos que los asaltaban. La noche los ordenaría y dejaría reposar las preguntas para las que no tenían respuesta, y las otras.

Vincent y Saskia no habían cruzado palabra desde que se habían despertado. Terminaron de beberse el sucedáneo de café en silencio.

Saskia dudó. ¿Debía volver al castillo y quedarse destrozada leyendo esas cartas abyectas? Además, la mayoría de ellas eran anónimas. Si la que había enviado a su familia a un campo de concentración no estaba firmada, le daría la impresión de que los delatores seguían burlándose de ella y ganando todas las batallas.

Vincent se dio cuenta de sus temores. No habían podido hablar de lo que habían descubierto en el desván del castillo. Tampoco habían hablado de la playa ni de la agitación que habían sentido cuando Saskia, cansada, se había acercado a Vincent. Cuando ella le había apoyado la mano en el hombro, él había sentido que flaqueaba, le había pasado el brazo por la cintura y la había llevado a la orilla nadando con sus cuerpos entrelazados, sincronizados con tanta fluidez y tanta obviedad que, lejos de entorpecer el avance de Vincent, el cuerpo de Saskia lo había impulsado. El contacto con ella le dio fuerza. La fuerza que permite no hacer esfuerzos. Lo contrario de la resistencia que necesitaba para aguantar ocho horas de pie en una playa limpiando minas con la espalda encorvada. La fuerza que es ímpetu y que permite elevarse. Que produce más energía de la que gasta. Era imposible que Saskia no hubiera sentido ese ardor, pero era evidente que nunca hablarían de ello.

Al levantarse de la mesa, Saskia le preguntó si no le importaba volver al castillo. Tenía que trabajar duro al día siguiente y le sabía mal que sacrificara su domingo. Quizá podía llevarla y dejarla allí para no perder todo el día. Vincent ni se lo planteó. Estaría con ella hasta el final.

En el desván, Saskia inspiró para darse valor. Habría querido llevarse todas las cartas firmadas para tirárselas a la cara a los que las habían escrito y exigirles que lo lamentaran y se arrepintieran. Un sinfín de actos de contrición. Esperaba que los remordimientos los consumieran.

Su madre tenía razón. Nadie se alegraba nunca de la felicidad ajena. Y ahora entendía mejor su obsesión por la modestia y la discreción, pero ya no era momento de agachar la cabeza. Ahora debía encontrar a la persona que había envidiado su sencilla felicidad, que no pisaba a nadie, que habían querido compartir, pero que llenaba de envidia y de odio a alguien que una noche oscura se había permitido escribir en su mejor papel, apelando al honor y con otras palabras atronadoras y obscenas, que su familia empañaba la gloria de Francia y que esos parias no merecían quedarse allí.

De repente Vincent dejó de leer. Saskia lo entendió de inmediato. Él le tendió la carta. Los habían señalado como blanco en un bonito papel avitelado de alto gramaje.

Como Saskia temía, la infamia no estaba firmada.

Se había pasado más de quinientos días y quinientas noches preguntándose quién los había denunciado, llevaba más de veinte horas soportando esas cartas infames, y la carta no estaba firmada.

Buena letra, sin faltas de ortografía, y discurso estereotipado. En otras palabras, ningún indicio sobre el autor. No había forma de saber a quién beneficiaba el crimen. Era odio corriente. El odio interesado permite rastrear al que lo siente, pero ¿qué hacer con el odio porque sí?

Vincent intentó tranquilizarla. Creía que podrían compararla con la letra de los Bellanger, o de Édouard Maillan, el secretario del ayuntamiento, o de su vecina, la que había hecho talar el cedro, o de los vecinos que habían firmado la petición. No les sería difícil conseguir muestras de su letra. Saskia empezaba a pensar que jamás conseguiría demostrar nada.

Sin embargo, había pistas, cierto que difíciles de seguir, que podían señalar el inicio de un camino. El hombre –decía que estaba orgulloso y encantado, en masculino– sabía mucho sobre la familia de Saskia. Conocía su verdadera identidad y que su apellido adaptado al francés era falso. Sabía dónde se escondía Mila, qué familia alojaba a su hermano, a su hermana y a ella misma, y estaba al corriente de las fechas en las que se reunían en secreto. Debía de ser alguien que los conociera bien. Una persona muy cercana. Íntima. Pero Saskia no reconocía esa letra.

No podía seguir en el desván. Se levantó y se llevó la carta. Fuera, el día no había terminado. Bonitas nubes como algodón se acumulaban y dispersaban los rayos dorados del sol con el brillo de una manifestación divina. Sin duda el cielo la consolaba y el sol le enviaba una señal. Aunque el aire era una vidriera transparente que ofrecía una vista impresionante, la carta le quemaba las manos. Se la dio a Vincent; así no la vería. ¿Podría superarlo? ¿Y era lo mejor?

En el cielo, dos nubes se separaron despacio. Los rayos del reino de los cielos desaparecieron. Ahora el sol la cegaba.

De repente Saskia tuvo una revelación fulgurante. Cogió la carta de las manos de Vincent y la dirigió al sol. Apareció una marca de agua transparente e impecable. No reconocía la letra de la carta, pero había visto muchas veces ese papel con marca de agua. Comprobó su intuición mirando el sobre al trasluz. En la solapa vio unas iniciales estampadas en una caligrafía sofisticada. Dos letras entrelazadas: una D y una R. D de Delambre. R de Rebattet. Delambre-Rebattet. Era el monograma de la familia de Rodolphe.

En un sobre como ese y en ese mismo papel avitelado había recibido la primera carta del chico al que amaba... En el mismo papel con monograma que buscaba impaciente en el buzón de sus padres habían escrito su primera carta de amor y la condena a muerte de sus seres queridos.

Saskia no había reconocido la letra de la carta porque no era la de Rodolphe. El papel era de su padre, de modo que seguramente la carta la habría escrito él. De repente recordó todo lo que nunca había querido tener en cuenta, a menudo porque Rodolphe la tranquilizaba. Empujada por el ardor de su amor incipiente, no había querido prestar atención a las miradas de desprecio del padre de Rodolphe, a los avergonzados rodeos de este para explicarle que la comida a la que la había invitado al final no iba a celebrarse, sin darle otra fecha, y al hecho de que sus padres la evitaran en las fiestas del instituto. Nunca habían comido juntos para que la presentara. Ella había pasado todo eso por alto y había creído que la pasión que ambos sentían acabaría imponiéndose. En la sublime historia que iban a vivir, el hombre que contaba era Rodolphe, no su padre.

Le dolió darse cuenta de que si no se hubiera enamorado de Rodolphe, quizá no habría pasado nada. Se aferró a la frase de su amiga en el campo de concentración: «No tienes la culpa de nada. La culpa es de los alemanes».

¿Qué iba a hacer con la carta? En ese incierto período de posguerra nada era seguro. ¿Qué les sucedería a los que habían colaborado y a los que habían denunciado? Habían linchado o detenido a los colaboracionistas más evidentes y más activos. Al menos, eso decían. Pero quedaban muchos, como los Bellanger, ocultos a la sombra de protectores que les debían favores, que se habían colado impunemente por las grietas de la reconciliación nacional de la que Vincent había hablado una noche con Fabien. Saskia lo había oído todo. De Gaulle no estaba dispuesto a volver a dividir Francia, así que si colaboracionistas importantes salían impunes, lo mismo sucedería con los que habían denunciado. Un crimen abominable sin ningún riesgo y con las mayores consecuencias posibles. Unas palabras escritas con fruición, metidas en un sobre, y listos... ¿Cómo iban a juzgar a todos los que habían enviado a la muerte a miles de inocentes mediante una sencilla carta, que exclamarían: oh, nosotros no sabíamos que...?

Pero esta vez no habría impunidad. Vincent se lo juró. Tenían que hacer algo. Y precisamente era domingo.

Vincent irrumpió en la casa de los Delambre-Rebattet. La criada no pudo detenerlo. Derribó una magnífica puerta al fondo de un suntuoso pasillo, la del despacho del padre de Rodolphe.

El hombre, asustado, se levantó de inmediato para enfrentarse a Vincent.

–¿Quién es usted?

–¿Y usted? ¿Usted quién es?

–¿Cómo dice?

Vincent no le dejó ninguna duda sobre lo que sabía. Estaba acostumbrado a mantener la boca cerrada, pero de repente no podía callarse. Sí, ¿quién era ese hombre que había enviado deliberadamente a toda una familia a la muerte para que su hijo no se casara con Saskia y que seguía viviendo como si tal cosa? Jean-Robert no pudo defenderse durante mucho rato a base de «Comete usted un grave error» y de «No entiendo una palabra de lo que me está diciendo», porque Vincent le plantó la infame carta en las narices mientras cogía el montón de papel de cartas y de sobres cuidadosamente colocados en el vade de cuero del escritorio. El papel, los sobres, la letra, todo era idéntico a la carta de denuncia que tenía en la mano. Vincent lo miró a los ojos. Jean-Robert agachó los suyos.

Vincent no le pegó un largo sermón. No habría servido de nada. Lo que había hecho agachar la mirada al padre de Rodolphe no eran los remordimientos, sino el miedo. Vincent no estaba dispuesto a seguir escuchando sus patéticos argumentos –«Temía por el futuro de mi hijo»– ni sus justificaciones –«No sabía lo que pasaría en Alemania»–, y no se creía sus excusas.

Lo que Vincent le exigió fue que organizara la vuelta de Saskia a su casa. De inmediato. Que resolviera el espinoso problema del acta notarial. Que echara a los Bellanger, sin duda amigos suyos. Los perfumistas y los propietarios de grandes terrenos de flores se conocen.

El padre de Rodolphe aplastó el cigarrillo que se consumía en un cenicero. Estaba acorralado.

–¿Cómo quiere que lo haga? No soy juez, ni alcalde, ni de la policía.

–Pero tiene algo que muy pocos poseen: ese fantástico teléfono negro de baquelita. Va a utilizarlo para solucionar esta situación.

–Me sobreestima.

–Conoce a todo el mundo y tiene abogados. Si no quiere que su hijo y toda la ciudad se enteren de que es usted un asqueroso delator criminal, soluciónelo. Y deprisa.

Jean-Robert Delambre-Rebattet, abrumado, dudó antes de recurrir al argumento que Vincent había estado esperando desde el principio.

–No sabía que los matarían.

–¿No lo sabía o no quiso pensarlo?

–En ese momento...

Vincent lo interrumpió.

–¿En qué momento le parece a usted normal expulsar a una familia de su ciudad, de su país y de su vida?

El padre de Rodolphe agachó la mirada.

–No es la época la que convierte a los hombres en hijos de puta, sino los hijos de puta los que han ensuciado esta época.

El padre de Rodolphe no perdió el tiempo y los Bellanger se marcharon a toda prisa. Saskia pudo por fin volver a su casa. Lo que le parecía tan natural cuando era niña y tanto había esperado mientras estaba en el campo de concentración, pero le fue imposible al volver a Hyères, lo tenía ahora a unos pasos. Lo único que debía hacer para volver a ser como los demás era cruzar la verja de la entrada, avanzar por el camino, girar la llave en la cerradura y empujar la puerta.

En un último acto de falta de consideración, los Bellanger no se habían tomado la molestia de cerrarla al marcharse. Estaba entreabierta. Saskia temía encontrar su casa saqueada, pero parecía que no se habían llevado nada, aunque no se hacía ilusiones. Sin duda no se habían marchado por voluntad propia. Los habría empujado el padre de Rodolphe por miedo a perder su honor, que dependía de la buena voluntad de Vincent.

Durante los pocos meses en que los Bellanger habían vivido en su casa, habían cambiado la distribución de las habitaciones. Aunque era su casa, tan perfectamente planificada por su padre para que fueran felices, con espacios para leer, otros para charlar e inmensas ventanas en los lugares adecuados para que entrara el sol, esa casa que había sido su paraíso era también ahora un espacio manchado por personas a las que odiaba, así que entró con precaución, como un gato.

Sus reflejos la sorprendieron. Al entrar en el dormitorio de su hermano, su mirada se dirigió de forma espontánea a la izquierda de su cama, donde le gustaba sentarse en el suelo a hacer los deberes, como si fuera a verlo allí. Ya en el salón lo había buscado en el sofá, donde se tumbaba como si estuviera en una hamaca. No se atrevió a ir a la habitación de sus padres, como tampoco se atrevía cuando estaban vivos, por respeto. Su habitación y la de su hermana estaban en un desorden indescriptible.

En el pasillo, abrió el armario de la ropa de casa. A primera vista le pareció que faltaban sábanas. No olía como siempre. Cuando ella vivía en la casa, el armario estaba lleno de arriba abajo de sábanas perfumadas. Mila creía que había cosas mejores que hacer que planchar, y el viento cálido extendía las sábanas de lino tendidas en el jardín y las perfumaba con el aroma del jazmín o de la glicina.

Recordó entonces que su madre guardaba aparte, para cuando su hermana y ella se casaran, bonitas sábanas bordadas por su abuela y toallas con sus iniciales. Las guardaba en el cajón de la parte superior del armario, que apenas se veía; parecía una simple moldura sin tiradores ni cerradura. Saskia tenía que subirse a una silla, sujetarlo por debajo y tirar hacia fuera. Le costó, el cajón se resistía y se preocupó. O los Bellanger lo habían forzado, o la madera se había hinchado. Al final se abrió y las sábanas estaban ahí. Su madre había conseguido esa pequeña victoria.

Mientras volvía a bajar, se sobresaltó al oír el ruido del canalón situado al lado de la ventana de la cocina. Como antes. En esa cocina en la que sus padres, a los que le gustaba mirar sin que se dieran cuenta, se contaban cómo les había ido el día bebiéndose un vaso de vino y creyendo que sus hijos no los oían.

Encontró la bonita vajilla de loza de diario y la de porcelana con los finos ribetes dorados. Los Bellanger no la habían tratado con cuidado, porque había varios platos desportillados.

De repente sintió asco al pensar que los Bellanger habían comido en sus platos y se habían llevado a la boca los vasos y los cubiertos. Sintió deseos de lavarlo todo, la casa, la vajilla y la ropa de la casa. Volvió a subir a la planta de arriba corriendo, sacó las sábanas del armario y las llevó a la enorme cubeta de piedra del jardín que utilizaban como lavadero.

Un ruido la hizo volverse. Había oído algo claramente, como pasos en la grava, e incluso una rama rompiéndose. Eran los Bellanger. Estaba convencida. Debían de estar espiándola. Seguramente se habían quedado con unas llaves. Saskia nunca estaría segura. Podrían volver en cualquier momento, sin avisar, incluso mientras estuviera durmiendo. Corrió a encerrarse en la casa.

En cuanto entró, volvió a buscar por dónde huir, como en la casa de Vincent. No acabaría nunca. Comprobó todas las ventanas tan frenéticamente como lo había hecho en el estudio. ¿Podría saltar al jardín desde la habitación de sus padres? ¿Podría agarrarse a las contraventanas para amortiguar la caída? ¿Por dónde era menos peligroso? En esa casa perfectamente diseñada debía haber una forma de escapar.

La pregunta la acechaba desde los campos de concentración. ¿Por qué se habían refugiado con personas a las que en el fondo no conocían bien? Nunca se conoce a nadie. Deberían haberse quedado juntos en su casa. Su padre podría haber diseñado un escondite, una habitación secreta e indetectable, y todos lo habrían ayudado a construirla. No habrían encendido las luces por la noche. Nadie habría sabido que seguían allí. Ella habría salido a comprar pasando por el muro del jardín del vecino sin que nadie la viera. Habría cambiado de aspecto, se habría cortado el pelo o incluso se habría disfrazado de chico. Además, nadie se fijaba en ella. Y cuando hubieran tenido que huir, como la noche en que los detuvieron, todo habría estado previsto, un pasadizo por el sótano, algo que dependiera de ellos y de nadie más, porque sólo podían confiar en ellos cinco. Podrían haber escapado juntos de esa casa. Se habrían turnado para vigilar, como las guardias en un barco que navega día y noche.

Estaba llena de recuerdos de los que ahora era la única depositaria y a los que se aferraba –«Tengo más recuerdos que si tuviera mil años», como decía el verso—, y se sentía sola en el mundo. Ese día más que nunca. Y allí más que en ninguna otra parte. Y sola, no servía de nada buscar por dónde huir. ¿Qué haría si se encontraba de cara con los Bellanger, dispuestos a vengarse? Quizá habían fingido obedecer y marcharse, pero volverían para matarla y recuperar la casa. Intentaba entrar en razón. Por todas partes, en la calle, en todas las conversaciones y en todos los labios oía: «¡Hemos ganado, los aliados están en Berlín!». Veía que todo el mundo había recuperado la sonrisa, pero ¿recuperaría ella alguna vez la tranquilidad aunque la guerra hubiera terminado?

Tenía que marcharse. De niña le habría parecido inaudito, porque su casa era su refugio, pero estaba más segura fuera. Lo que ayer la protegía ahora la atrapaba. Se asfixiaba. Estaba donde más quería estar en el mundo, pero le resultaba imposible quedarse. No le daban miedo los fantasmas. Temía que ni siquiera ellos acudieran a su llamada.

Vincent creía que no iba a terminar nunca de retirar las minas del pasillo.

—Vuestros archivos deben de ser terribles para que hayáis dedicado tanto tiempo a protegerlos.

—Pero a nadie se le ocurrió que algún día podrían ser comprometedores.

—¿Estabais al corriente de todo? Quiero decir que si los que estaban aquí, en Francia, estaban al corriente de lo que pasaba en Alemania o en Polonia.

—Sabíamos que desde hacía mucho tiempo no estábamos en una guerra corriente. Ninguna guerra lo es, pero a esta, por las cosas de las que nos estamos enterando, no sé cómo se la llamará. Era un proyecto contra la humanidad entera.

Hans escuchaba sin intervenir, aunque temía lo que Lukas estaba confesando. Esperaba que fuera una estratagema para que el francés bajara la guardia, pero en realidad, tras sus conversaciones en el patio del campo de prisioneros, era consciente de que estaba siendo sincero. Lukas podía pensar lo que quisiera, al fin y al cabo no era el único, pero ¿por qué se lo decía a Vincent? ¿Por qué permitir que los franceses estuvieran convencidos de que lo que les hacían a los prisioneros alemanes era legítimo dándoles a entender que los alemanes no valían nada? Si los franceses hubieran ganado la guerra en 1940, si hubieran ocupado Alemania, ¿se habrían comportado mejor que los alemanes? Desde que los aliados habían permitido al gobierno francés utilizar a los prisioneros de guerra como mejor les pareciera, Hans sólo podía aferrarse a la perspectiva de escapar, así que debía aguantar, abrumado, la conversación, que continuó.

Vincent lo liberó. Cuando hubieron terminado de retirar las minas del pasillo, le pidió que volviera al vestíbulo a comprobar que todo estuviera despejado. Se reunirían con él más tarde.

Lukas y Vincent llegaron solos ante el despacho que conservaba los archivos. Vincent ya sólo pensaba en las filmaciones que iba a descubrir. Como Lukas había previsto, olvidó sus responsabilidades, olvidó a Hans e iba a olvidarlo todo.

Detrás de la puerta, Vincent vio tres paredes enteras cubiertas de arriba abajo de cajas numeradas y expedientes ordenados y cuidadosamente etiquetados y fechados. La fecha más reciente era del día anterior a su precipitada marcha, así que los alemanes habían seguido organizándolo incluso durante los últimos días caóticos.

—¿Está todo aquí?

—Todo. Fotografiado, filmado, documentado y archivado... Hitler quería una epopeya en honor de la nación alemana, y nuestro comandante quería recuerdos de su reinado al frente de la *Kommandantur* de la zona. No se nos escapó nada.

Como Lukas le había dicho, había también recuerdos de fiestas de cumpleaños, celebraciones navideñas y todo tipo de recepciones.

—¿Por qué filmaban escenas privadas?

—Era la singularidad de nuestro programa de comunicación. En las noticias nos mostraban sistemáticamente las aventuras de Magda Goebbels y sus hijos. En el campo, de pícnic, preparando pasteles, bebiendo leche, dando de comer a los burros y jugando con los perros. Formaba parte del lote. Debían dejar claro que, incluso en familia y divirtiéndose, la raza superior era la mejor dotada.

Lukas se puso a mirar las etiquetas, a abrir cajas y a hojear carpetas en las que se había consignado todo. Vincent también buscaba, muy nervioso.

En el vestíbulo, Hans, que siempre parecía mantener la cabeza fría, estaba sumido en las dudas. ¿Debía seguir el plan de Lukas? Con todo el equipo de dragaminas alrededor del castillo, ¿no se arriesgaba a que lo dispararan mientras intentaba escapar?

Intentaba tranquilizarse. Aunque ningún plan es infalible, este parecía bien pensado. Hacerse con armas escondidas en un armario oculto por paneles, volver al despacho, neutralizar a Vincent y escapar con Lukas por un pasadizo subterráneo construido durante las guerras de religión que los llevaría a más de un kilómetro de allí era posible, pero había que aprovechar el momento. Ahora o nunca. Al día siguiente ya no estarían solos dentro del castillo.

Lukas le había asegurado que el pasadizo era transitable, pero no le había dicho cómo llegar. Dependía totalmente de él.

Estaba atento al menor ruido, posponía la ejecución del plan de Lukas en cuanto creía que alguien se acercaba, y tras unos segundos de pausa volvía a empezar. Le sorprendió descubrir que estaba temblando. Se recompuso.

Dentro del armario empotrado encontró todo un arsenal: fusiles, revólveres y municiones en cantidad, todo bien ordenado.

Cogió dos revólveres, los cargó, los envolvió con paños de lino y se los metió en los pantalones anchos de tela, a la altura de los riñones. Para disimularlos mejor se abullonó la camisa. La operación sólo duró unos minutos, pero le había exigido tanta concentración que sintió que el tiempo se dilataba y temió haberse retrasado.

En la primera planta, en el despacho, Vincent estaba más nervioso que nunca. Él también tenía prisa. Temía que Fabien entrara en el castillo para comprobar cómo iban.

–¿Estás seguro de que filmaron esa fiesta?

Al constatar que no todos los archivos se correspondían con lo que indicaban las etiquetas, Lukas empezó a dudarlo. La aparente clasificación perfecta ocultaba en realidad un tremendo desorden, como un símbolo elocuente de en lo que se había convertido el régimen nazi... Se sintió incómodo, sobre todo porque tuvo la curiosa impresión de que Vincent iba armado. Creyó ver una culata metálica entre la camisa y los pantalones. Intentó convencerse de que su imaginación le jugaba malas pasadas.

De repente, Vincent encontró en un cajón lo que estaba buscando: las fotos de la fiesta del 8 de junio de 1943, de pequeño formato, cortadas con una guillotina dentada y amontonadas en cajas.

Lukas intentó calmarse. Tenía que ganar tiempo para que Hans llegara. Se puso a comentar las fotos.

—Este era nuestro comandante, el que celebraba su cumpleaños. Y en principio aquí están las filmaciones que buscas. Puedes ver la película a contraluz.

Pero Vincent cerró las cajas de golpe. Volvería a buscarlas más tarde. No quería que Fabien creyera que había robado algo. Y tenían que salir del despacho cuanto antes.

Eso no se ajustaba a los planes de Lukas. ¿Cómo reaccionaría Hans si los encontraba ya en el pasillo? ¿Si veía a Vincent frente a él, tan tranquilo, en ese espacio reducido? Además a Vincent le daría tiempo a ver llegar a Hans y reaccionar. Y si iba armado...

Cambiar de planes, por mínimo que fuera el cambio, puede dar al traste con todas las buenas decisiones. Lukas no quería matar a Vincent, se lo había repetido a Hans muchas veces, pero en una situación imprevista no sabía cómo reaccionaría Hans ni cómo se defendería el francés, que ya había abierto la puerta del despacho. El plan se desmoronaba.

Lukas decidió tirar una pila de cajas, que cayó al suelo haciendo mucho ruido. Las fotos se esparcieron hasta el pasillo. Se disculpó por su torpeza y empezó a recogerlas. Vincent se arrodilló para ayudarlo. En ese momento vieron una foto que los dejó helados a los dos: una imagen de Hans con Ariane.

Sin duda era él, aunque desde entonces había adelgazado. Estaba bailando con ella en la sala de recepción casi vacía, seguramente al final de la fiesta. No había más mujeres. Era evidente que había monopolizado a Ariane al final de la velada. Vincent, estupefacto, cerró la puerta del despacho que acababa de abrir y se acercó a Lukas.

—¿Lo sabías?

—Te juro que no.

—Me dijeron que quería envenenar a vuestro comandante. ¿No sería a Hans?

—¿Cómo voy a saberlo?

Lo único que Lukas sabía con certeza era que Vincent estaba fuera de sí y que la situación se le iba de las manos. Hans aparecería enseguida. Vincent se metió la foto en el bolsillo del pantalón y abrió la puerta. Lukas tenía que seguirlo. Intentó hacer ruido al andar para advertir a Hans. Ojalá entendiera que el plan que debían llevar a cabo en la primera planta tendría lugar en la planta baja...

Cuando llegaron al vestíbulo, Hans no estaba.

—¿Dónde está?

Había una ventana abierta, y también estaba abierto el armario del que Hans había cogido las armas.

—¿Por eso me has entretenido ahí arriba? ¿Para que se escapara?

Lukas, lívido, improvisó.

—¿Por qué iba a hacer algo así? Para eso habría planeado fugarme con él.

Tenía sentido. Vincent no tenía tiempo para pensar y sobre todo no tenía ningunas ganas de explicarle a Fabien por qué estaba solo con Lukas en la primera planta y había dejado a Hans en la planta baja sin vigilancia. Tenían que ponerse de acuerdo en lo que contar: Hans había encontrado un arma, los había amenazado y había escapado por una ventana de la parte de atrás del castillo. Salieron corriendo y dieron la alarma.

Fabien decidió de inmediato que Vincent y Lukas fueran por la derecha, y él iría por la izquierda. Georges se quedaría con los dragaminas.

La parte trasera del jardín daba directamente al campo y al bosque. Hans se había salvado. Había hecho bien prescindiendo de Lukas. Se sentía mucho más fuerte solo.

No vio lo que provocó su caída: una raíz con la que tropezó. Oyó el funesto crujido de ligamentos y huesos del tobillo. Se levantó, pero su frenética y ahora patética carrera para protegerse entre la maleza no lo salvaría. Vincent y Lukas fueron los primeros en verlo. Hans se dio cuenta de que iban a alcanzarlo. Sacó una de las pistolas y no dudó en disparar, aunque el dolor le impedía apuntar con precisión, para obligarlos a detenerse.

Apuntó a Vincent, pero el que cayó fulminado fue Lukas. El francés sacó el arma, le apuntó a las piernas y le dio. Hans se desplomó. Vincent lo alcanzó en unas zancadas, lo inmovilizó y le quitó las armas. Sacó la fotografía dentada que había encontrado en los archivos.

Los ojos verdes de Vincent se habían vuelto negros, y a Hans le asustó esa expresión que nunca le había visto, como si estuviera mostrando su verdadero rostro. Le colocó el cañón de la pistola en la sien y le preguntó:

–¿Qué le hiciste a Ariane?

Hans tardó un momento en entender las palabras que le gritaba Vincent.

–¡Mira! Bailaste con ella en el cumpleaños de vuestro comandante. A última hora de la noche, por lo que parece.

Hans puso en orden sus pensamientos.

–¡No hice nada malo!

–No te creo.

Vincent seguía apuntando a Hans. Con la otra mano le arrancó la camisa para atarle las manos a la espalda. No le importaba que estuviera pálido como la muerte. No le daba ninguna pena, como tampoco a ningún alemán le había dado pena Ariane. Ahora tenía que hablar. Le dio un golpe en la sien con la culata. Después otro. Hans empezó a sangrar.

Fabien lo detuvo cuando iba a golpearlo por tercera vez. Se interpuso entre ellos consciente del riesgo que corría. Vincent estaba fuera de sí. Iba a matar a Hans. Pero al ver a Fabien frente a él, se calmó un poco. Fabien tenía ese poder. Le apoyó la mano en el hombro y Vincent le entregó el arma. Manu llegó hasta ellos.

–¿Qué pasa aquí?

–No pasa nada...

Como Manu no tenía que dedicarse a entenderlo, comprobó que Hans estuviera bien atado mientras Fabien se llevaba a Vincent aparte.

–Si matas a Hans, implicas a todo el equipo, a mí el primero.

Vincent estaba como ausente, lo que sacó a Fabien de quicio.

–Vincent, ¿de dónde has sacado esa pistola? ¡No es alemana! ¿La llevabas encima? ¿Cuál era tu plan? ¡Mierda, despierta!

Se habían olvidado de Lukas, pero Manu empezó a gritar:

–¡Eh! ¡El otro alemán se está desangrando!

Vincent recuperó los reflejos y Fabien, en la emergencia, vio de qué energía se alimenta la medicina de guerra: la energía de la desesperación.

El que había querido matar a Hans intentaba ahora salvar la vida a Lukas, con la misma determinación. Un día había jurado salvar todas las vidas que pudiera, y ese ideal, el mejor de Vincent, seguía ahí.

−¿Aguantará hasta que llegue al hospital?

−Eso espero.

−El problema es la bala. ¿Cómo lo explico? ¿Digo que dejamos a un prisionero alemán sin vigilancia en su antiguo cuartel general, repleto de armas?

Vincent le sostuvo la mirada a Fabien. Sí, evidentemente habría una investigación y tendría que justificarse. ¿Por qué iba armado? ¿Cómo había podido escapar Hans a su vigilancia? ¿Cómo explicar esa carnicería? Fabien no necesitaba extrapolar las consecuencias. Y Vincent no tenía ningún interés en que lo investigaran.

−¿Podrías curarlo?

Vincent lo pensó. En un último esfuerzo por encontrar una solución, le dijo:

−En el castillo hay una enfermería. Puedo extraer la bala.

−¿Puedes disimular la herida? Como si fuera una herida por explosivo, por ejemplo.

−Sí.

Con la ayuda de Manu, Fabien y Vincent improvisaron una camilla y trasladaron con cuidado a Lukas al castillo.

La enfermería, intacta desde que se habían ido los alemanes, estaba abastecida con precisión maníaca. Vincent encontró lo que necesitaba en el armario. Había operado a prisioneros en Alemania en condiciones similares, y a veces infinitamente más precarias. Mientras llenaba la jeringuilla de anestésico, recordó al médico alemán que le había enseñado a utilizarlo y su sorpresa al descubrir que era mucho más eficaz que los anestésicos administrados por mascarilla que todavía utilizaba en Francia. Volvió a recordar al joven ruso que iba a morir y al que atendió aunque los nazis se lo habían prohibido. Y en ese momento, ese médico increíblemente valiente que siempre había rechazado el saludo nazi, que había tratado y le había permitido tratar a todos los prisioneros independientemente de su nacionalidad, aparecía por encima de su hombro para decirle que debía conseguirlo. Vincent hurgó en la carne sin dudar para extraer la bala.

Fuera, Georges disfrutaba de su papel de jefe. Envalentonado por una autoridad con la que siempre había soñado, de repente adoptó el tono burlón de Max.

—Bueno, chicos, ¿vamos a esperar a que las minas se desentierren solas? ¿A que se levanten con sus patitas, se desactiven y se coloquen en fila a un lado del camino?

Hans, atado a un mueble de jardín en la terraza del castillo, tenía que soportar las miradas desoladas de los demás prisioneros. El vendaje improvisado de la pierna estaba empapado de sangre, pero sufría en silencio. Tenía la cara magullada y las cejas hinchadas, lo que le dificultaba mantener los ojos abiertos. Cerró los párpados mientras esperaba a saber el destino que lo aguardaba.

El hecho de que estuviera esposado provocaba escalofríos tanto a los alemanes como a los franceses. Sin duda los prisioneros habrían envidiado a Hans si hubiera conseguido escapar, pero no se alegraban de que los franceses lo hubieran atrapado.

En la enfermería del castillo, Vincent había conseguido por fin extraer la bala y disimular la herida. Terminó de vendarla, le tomó la tensión a Lukas, volvió a auscultarlo y comprobó sus constantes vitales. Respiraba muy mal. Había algo más. Vincent había dado prioridad a la herida del torso, debajo de la axila, pero tenía otra solapada que no había podido evaluar sin hacerle una radiografía. Una herida un poco más abajo, entre dos costillas, que había creído que era superficial porque apenas sangraba. Probablemente la herida era más profunda. Vincent temió que fuera un hemotórax. No se veía la sangre, que se extendía por la pleura como una marea peligrosa.

—No es normal que respire así. Le ha alcanzado los pulmones. Hay que trasladarlo al hospital urgentemente.

Tenía que actuar deprisa. Vincent aprovechó que Fabien había ido a acompañar a Lukas al hospital para volver al castillo. Se escondió y esperó a que anocheciera para salir con las películas y un proyector. Aunque era complicado colocarlo todo en la bicicleta, estaba tan decidido que encontró soluciones para que nada se cayera.

Saskia había vuelto al estudio. Ni siquiera le sorprendió que estuviera allí en lugar de en su casa. Debería haberle dicho que había pasado por delante, que había visto que el granado estaba en flor y que las flores eran de un precioso color naranja intenso, pero no tenía tiempo. Si lo hubiera tenido, se habría dado cuenta de que ella le había preparado la cena para agradecerle su hospitalidad y que había llevado algo de vajilla, ropa de casa y algunas otras cosas no tan útiles pero igualmente imprescindibles: libros, un jarrón y flores. También vino.

Vincent no vio nada y subió a encerrarse en su habitación, donde tampoco se fijó en los regalos de Saskia, ni el grabado ni el despertador junto a su cama. Aunque estaba nervioso, no le costó colocar las películas de ocho milímetros en el proyector, como si conociera la técnica por naturaleza. Sólo temía estropear con los dedos la fina y quebradiza película que devolvería a la vida a Ariane y todo a lo que se había enfrentado sin que él hubiera podido hacer nada por protegerla.

De inmediato se sintió arrastrado por la avalancha de imágenes, los rostros y los cuerpos engrandecidos que volvían a la vida. Conocía la distancia que había que dejar entre el proyector y la pared para que las cosas aparecieran proporcionadas, pero había desplazado deliberadamente el proyector hacia atrás para que el pasado se proyectara en grande y ocupara todo el espacio.

Con el olor del celuloide caliente, el sonido del roce de la película y la luz parpadeante, en la pared blanca cobraban vida las salas de recepción del castillo cuyas minas había retirado. Durante la guerra, todavía eran maravillosas, nada había sufrido daños, aparte del hecho de que los muebles, los cuadros y las lámparas habían tenido que soportar sin inmutarse a los alemanes con sus uniformes y su impunidad, que se felicitaban unos a otros mientras se servían champán francés. Asistir en diferido a la fiesta de cumpleaños del comandante era una situación inesperada y un suplicio. Allí había sucedido todo. Y ahora, si quería entender lo que había pasado, tenía que revivir esa velada hasta la náusea, impregnarse del ambiente y descubrir quiénes eran meros figurantes y quién había cambiado el destino de Ariane. Quién era culpable y quién era cómplice. Había buscado a un oficial que iba a requisar provisiones a la granja, después había creído que había sido el comandante, y ahora se preguntaba si había sido Hans.

No oyó la puerta cerrándose en la planta baja. Saskia se había marchado.

Vincent vio tantas veces las imágenes en movimiento de la velada que acabó creyendo que había asistido, porque veía a Ariane tal como la había conocido: viva.

La cámara estaba fascinada con Ariane: Ariane arreglando una bandeja, sirviendo bebidas, proponiendo brindis y moviéndose entre los invitados. Pero también, al final de la fiesta, cuando los alemanes, borrachos y saciados, habían salido de la pista de baile para desplomarse en los sillones Luis XV, Ariane se vio obligada a bailar con los únicos oficiales que seguían en pie. Hans, como lo había capturado la foto. Tan corpulento en comparación con la esbelta figura de Ariane que ella casi desaparecía cuando él la rodeaba con sus brazos. Y otro oficial, este peligrosamente frágil y de mirada perversa. Y otro más. Un paleto. Y el comandante que cumplía años. Ariane era el último regalo de cumpleaños, que se pasaban de uno a otro, un regalo a compartir con los amigos. Una especialidad francesa, como el champán de Reims y los canapés, las copas de cristal de Saint-Louis y la cubertería de plata de Ercuis. Los alemanes seguían disfrutando de todo hasta el final.

Vincent se quedaba hipnotizado ante ese espectáculo insoportable. La película que había encontrado en los archivos del castillo le permitía ajustar su proyección mental. Estaba muy cerca de reconstruir la escena fatal. Le daba la impresión de que estaba allí. Tenía el escenario, los personajes e incluso el vestido que Ariane llevaba ese día. Aunque la película era en blanco y negro, recordaba a la perfección su color azul celeste, un poco brillante, y sobre todo la tela, porque había tenido a Ariane en sus brazos con ese vestido puesto. Ceñido a la cintura, como una nubecilla flotando por encima de la enagua. Le encantaba esa seda porque era suave, por su molesto crujido cuando le subía el vestido para sentir la piel de los muslos, y esa piel lo volvía loco.

Recordó las palabras de Ariane en su carta –«No creas, no todos los alemanes son iguales»–, pero esos, los del castillo, lo habían permitido, lo veía perfectamente. No habían dejado que Ariane escapara de la trampa. ¿Cómo había podido creer que era lo bastante fuerte por sí sola para envenenar a un oficial?

El comandante parecía obsesionado con Ariane, no la soltaba, la tocaba, la agarraba y se pegaba a ella, que intentaba escapar de él con elegancia, con la agilidad de un pececillo. Pero el comandante también parecía bastante borracho, bastaba con hacer que siguiera bebiendo ese excelente champán francés, brindemos, *prost*, llevarse a Ariane por una puerta de servicio y no se habría dado cuenta de que había desaparecido hasta el día siguiente, y en ese caso no se lo habría dicho a nadie para no quedar en ridículo. Pero ella daba vueltas entre esos brutos sin poder escapar. Hans no era el único que se había quedado hasta el final de la fiesta para llevársela. Lo habían intentado todos.

Ningún oficial la había protegido. Peor aún, se reían.

Risas mudas que oía tan fuertes y que tan bien conocía. Obscenas, escandalosas y vulgares.

Se lo llevaban los demonios. Vincent odiaba a todos los que habían estado en ese baile indecente. Cada carcajada de esas imágenes mudas le recordaba las que había oído en las fiestas a las que, como oficial médico, lo habían invitado en el campo de prisioneros. Los alemanes se daban palmadas en los muslos viendo a los prisioneros vestidos de mujer. Le costaba explicarse por qué, de todas las heridas que había soportado, la que más le dolía era haber soportado esa risa, pero nunca había visto nada más obsceno que esos hombres, monstruosos durante el día y tan alegres por la noche. Se reían a pesar de la angustia de los prisioneros. Se reían a pesar del inmundo caos en el que sumían al mundo. Se reían a carcajadas hasta ahogarse a pesar de lo mucho que hacían sufrir a los prisioneros, civiles o militares, deportados, hombres, mujeres, niños, miembros de la Resistencia, judíos, homosexuales o gitanos, todos muertos de hambre o reducidos a la nada. Sus ruidosas carcajadas insultaban al mundo mortificado, retumbaban en el abismo de una humanidad desprovista de toda humanidad, su eco se propagaba hasta el infierno, donde los felicitaban por lo que habían hecho, pero donde, aunque todavía no lo sabían, empezaban a desconfiar de su celo.

Max le había dicho a Fabien que amaba con locura a su mujer, y no le había mentido. Por ella consiguió no sólo levantarse de la cama, sino también sonreír. Sus análisis habían mejorado inexplicablemente. Para Fabien era la única buena noticia en esos días difíciles. Para los médicos era uno de esos milagros que recuerdan que la medicina no puede hacer nada sin las poderosas y enigmáticas fuerzas de la voluntad y el deseo. Su amigo de los primeros tiempos, Gauthier, no lo había conseguido. Había muerto la noche anterior. A Matthias lo habían trasladado a Alemania. Y quedaban otros cuatro heridos graves entre la vida amputada y la muerte. Fabien sólo contaba con el ejemplo de Max para salvarlos de una muerte programada.

En cuanto a Lukas, al que había acompañado hasta el quirófano, sólo había podido intercambiar unas palabras con él, pero esas pocas palabras habían sido esenciales.

Mientras Fabien esperaba en los jardines del hospital el resultado de la intervención, analizó el comportamiento y las reacciones de Vincent. Aunque en ese momento le habían parecido muy oscuros, ahora los veía con claridad. Pero ¿qué decisión tomar?

Desde que había visto a Vincent había querido hacerse amigo suyo. Uno debe seguir esas intuiciones luminosas y espirituales. La amistad que te permite vivir un día tras otro, incluso los más terribles, merece que se luche por ella. Debe superar las dificultades, zafarse de los obstáculos y salir reforzada.

Cuando le pidió que transportara el cuerpo de Hubert, Vincent no le hizo preguntas.

El problema era básicamente que en el maquis Fabien se había jurado no volver a tolerar la mentira. Ya se había saltado esta regla con Vincent. Ya había hecho la apuesta contraria, pero sabía por experiencia que un hombre que considera la mentira un recurso como cualquier otro no suele ponerse límites. Lo único que lo detiene es que lo descubran.

Además había una gran diferencia entre ellos. A medida que avanzaban en su misión, Fabien había aprendido a valorar a los alemanes que trabajan con ellos. Al menos ya no los odiaba. Y esta experiencia lo intrigaba y lo fascinaba. Hacía apenas unas semanas habría sido imposible, impensable, pero todos sabemos que sólo conocemos el valor de un ser humano en los momentos difíciles. Cuando el búnker explotó, ningún alemán huyó. En todos los casos, su primer instinto –por lo tanto aún tenían ese instinto– había sido socorrer a los heridos. Independientemente de su nacionalidad. Todos, alemanes y franceses, se ayudaron. Desde entonces a Fabien le gustaba conocer mejor a los prisioneros, y no sólo por reforzar el equipo. Le fascinaba descubrir su humanidad. Tanto los puntos de vista que compartía con ellos como los que no. Sin duda por ese sincero acercamiento a los alemanes, Vincent no le había confesado sus planes de venganza. No quería que Fabien intentara disuadirlo.

¿No habría hecho él lo mismo?

Si le hubieran señalado al alemán o a los alemanes culpables de la muerte de Odette, si hubiera sabido quién la había matado, y cómo, seguramente se habría consumido y no habría pensado en otra cosa que en vengarse. Sin la menor duda. Y para asegurarse de conseguirlo no habría confiado en nadie, como Vincent. Además, ¿por qué había conservado la cápsula de cianuro? ¿Por qué todavía no se había decidido a deshacerse de ella?

Que Fabien entendiera a Vincent no significaba que debiera mantenerlo en el equipo, aunque renunciara a sus planes asesinos. Era un peligro para todos. No podía controlarse. Y volvería a sus mentiras una y otra vez. No debía olvidarlo. Durante la guerra, la mentira era sinónimo de traición y de muerte.

¿Y si Léna tenía razón? Como todos los que recuerdan su infancia, sabía que a veces se recurría a la mentira más para ahuyentar el miedo que para manipular, es el último recurso de los que se creen perdidos para protegerse, salvar el pellejo o que los sigan queriendo. ¿Quién habla para decir la verdad? Nadie. Hablamos para entender, para decir lo que nos gusta y lo que odiamos, pero sobre todo, sobre todo, hablamos para que nos quieran.

Fabien debía tomar una decisión. Sacó del bolsillo el papel que había escrito en el hospital y que contenía la verdad que Vincent buscaba desesperadamente. Con lo que Lukas le había dicho delirando de fiebre antes de hundirse en la oscuridad clínica, tenía el destino de Vincent en sus manos.

La noche era intensa y oscura. Las imágenes proyectadas en la pared del estudio se volvían más densas. Vincent seguía hipnotizado por la trágica fiesta.

Tenía ante sí el último testimonio de Ariane viva, seguramente la última vez que sonrió haciendo su papel a la perfección, contenta, pero esa alegría precedía al desastre. Era cruel, no la había visto tan viva en las fotos de Audrey. ¿Y si Ariane sólo podría volver a sonreír en esas películas? ¿Si debía ser para siempre una silueta transparente en blanco y negro, atrapada en la película como el cisne de Mallarmé en el hielo del lago, «fantasma que a este lugar su puro brillo asigna»?

A fuerza de pasar la película, varios dientes de los bordes cedieron, lo que amenazaba el equilibrio de las imágenes en movimiento. El ruido entrecortado y el aleteo de la película, que a veces ondeaba al viento como una banderita en peligro... Debía dejar de ver esas películas y guardarlas o se destrozarían.

Pero le resultaba casi imposible desviar la mirada. Acababa de pasar varias horas hipnotizado. La única manera de librarse del hechizo era alejarse del haz de luz y salir de la habitación.

Cuando bajó a la cocina, vio por fin en la mesa los regalos que le había llevado Saskia. Se dio cuenta entonces de que cuando llegó estaba esperándolo, seguramente para hablar con él. Estaba tan acostumbrado a verla por las noches que había olvidado que ya no viviría en su casa.

Se lo reprochó dando vueltas por el estudio. Abrió una botella. El vino blanco dulce se le subió rápidamente a la cabeza.

Debía de ser un moscatel de los alrededores de Beaumes-de-Venise. Entraba bien, pero no había comido nada. Aun así, se bebió la botella entera en un instante.

Decidió echar un vistazo a la habitación de Saskia. Quizá no la había oído subir. En la habitación no había nadie. Se había llevado las pocas cosas que tenía y había dejado la cama hecha con sábanas nuevas. Todo estaba limpio y ordenado. Ya no quedaba nada de ella. Se sorprendió a sí mismo mirando por la ventana, como si de nuevo fuera a encontrarla en el tejado. Entonces vio algo que brillaba, una joya, una paloma que quizá era suya. ¿No se la había visto colgada del cuello? Decidió llevársela para no caer en la tentación de volver a encender el proyector. Estaba un poco borracho, había perdido la costumbre de beber, pero no estaba tan mal.

Delante de la casa de Saskia todo estaba iluminado. La verja del jardín estaba abierta. También la puerta principal. No era propio de ella. En el estudio, siempre cerraba la puerta con llave. Entró. Pese a sus precauciones, le dio la impresión de entrar por la fuerza. Todo estaba en silencio.

Sin embargo, todo recordaba que allí había vivido una familia numerosa: los múltiples percheros del pasillo, los dos bancos para quitarse los zapatos, las marcas donde habían estado las etiquetas con los cinco nombres de los miembros de la familia, que habían arrancado, pero habían dejado un óvalo más oscuro en el papel pintado algo descolorido. Cinco pequeñas nubes en la pared de la entrada. Se reprochaba estar en ese santuario sin Saskia.

La encontró en el jardín, postrada al pie del granado, como si hubiera otro tesoro que la protegiera.

Se sentó a su lado. Había entendido lo que la llevaba siempre a ese lugar, lo que la hacía huir. Le dejó la paloma de oro en la mano y le propuso que volviera al estudio hasta que se acostumbrara a su casa.

Entró con ella en la casa para que cogiera algunas cosas. Ella avanzó sin respirar. Arriba estaban los cuatro dormitorios. Se dirigió al del fondo. Abrió el armario y eligió rápidamente ropa que los hijos de los Bellanger habían amontonado de cualquier manera en el estante inferior. Saskia no quería entretenerse.

Desde la puerta, Vincent miraba la habitación, que no debía de haber cambiado mucho desde la marcha de Saskia. De entrada le conmovió el aire juvenil, lleno de sueños, de promesas que pueden cumplirse si trabajas duro y de amores ideales si tienes el corazón puro. Los colores, la luz de las lámparas, la cama pequeña, las estanterías con libros ordenados, todo hablaba de una felicidad sencilla. Saskia era una niña cuando salió de esa habitación. Ahora el trabajo, el corazón puro y el amor ideal ya no significaban nada, tendría que buscar otras razones para vivir, y su presencia grave y sombría, y su mirada desencantada parecían insólitas entre los restos de su adolescencia.

Todos los vestidos de su madre habían desaparecido, pero encontró varios de su hermana mayor. En cuanto hubo terminado de elegirlos, envolvieron sus cosas con una sábana que ató con fuerza y la llevó de vuelta al estudio en bicicleta, como el día que se conocieron.

Y como el día que se conocieron, el gato los esperaba. Había vuelto.

Al empujar la puerta del estudio, Vincent sintió que Saskia volvía a respirar.

Dejó que se instalara en su habitación y él volvió a la suya. Estaba impaciente por volver a ver las filmaciones. Quizá la película no se había enfriado lo suficiente y seguía siendo frágil. Para armarse de valor, fue a buscar una botella de moscatel a la cocina y subió con ella. Colocó otra bobina y volvió a encender el proyector.

Ariane giraba en la pista en los brazos de Hans con la elegancia de una gota de agua danzando sobre metal caliente.

Vincent volvió a quedarse hipnotizado. Encadenaba las bobinas. Le llevaba tiempo. Algunas no tenían nada que ver con lo que estaba buscando. No encontraba la solución, aunque la tenía muy cerca. Entró en pánico, bebió y volvió a empezar. Le temblaban las manos. Y después encontró unas cajas que había pasado por alto. Cuatro bobinas de cuatro minutos cada una y pudo por fin reconstruir toda la fiesta. La fiesta a la que Ariane había concedido la gracia de su presencia y su sonrisa.

Al final de la velada ya no sonreía.

Hans intentó besarla. Ella se puso rígida y lo apartó, pero el capitán ocupó el lugar de Hans y lo intentó con más insistencia. Después el pervertido frágil y el paleto. Y vuelta a empezar. La perseguían. Era insoportable. Ariane parecía mirar a Vincent para que fuera testigo, su mirada era inmensa, él también la miraba, estaban como antes, cara a cara, muy cerca, mirándose a los ojos. Pero se había vuelto loco. A quien miraba era al que estaba filmando, que sufría como ella y como Vincent.

El cámara se detuvo entonces para enfrentarse a uno de los que estaban agrediendo a Ariane.

Y entonces, mientras desviaba la cámara de Ariane, apareció en un espejo el hombre en el que ella confiaba, su amigo, el que la defendía, el que la había protegido hasta el final mientras Vincent no estaba: Matthias. Ariane no le había mentido en sus cartas. Tenía un aliado. Audrey tenía razón. Sin duda era Matthias. Y Matthias había dicho la verdad cuando había asegurado que era el que mejor la conocía. Pero en la pantalla Matthias se convertía, como Ariane, en víctima de esos cuatro hombres, que lo golpearon y lo obligaron a seguir filmando.

Ahora Vincent estaba seguro de que uno de los hombres que habían obligado a Ariane a bailar había hecho lo peor. Quizá incluso todos juntos. El comandante, el paleto, el pervertido frágil y evidentemente Hans. Hans, con quien podría haber hablado cara a cara cuando estaban en el castillo si lo hubiera sabido. Hans, que no había dicho nada cuando le pegó con la culata de la pistola.

Se volvía loco pensando que quizá había tenido al violador de Ariane, incluso a su asesino, al alcance de la mano y lo había dejado escapar. Peor, le había servido en bandeja la posibilidad de escapar. Se le había escapado todo. Matthias iba a morir en Alemania, y Vincent no podría volver a acercarse a Hans ni saber si debía matarlo a él, al comandante, al paleto o al pervertido.

De repente lo que tanto temía llegó con un chasquido que le golpeó como un mal presagio: la película se rompió y Ariane se desvaneció.

Era una señal, estaba seguro. Una evidencia. Estaba muerta. Había vuelto para vengarse y la habían matado. Hans. U otro. Cualquiera de ellos. Acababa de entender que esa era la verdad que estaba buscando, evidente desde el principio. No había un único culpable. Eran culpables todos, los cuatro que bailaron con ella y los que estaban en esa fiesta. Todos eran cómplices.

La solución era obvia.

Bajó corriendo las escaleras con la intención de salir del estudio. Saskia estaba en la cocina. Se terminó delante de ella la botella que había empezado. Saskia vio que no quedaba nada y que estaba borracho. Hablaba muy deprisa. Le decía cosas incoherentes que pretendían tranquilizarla, pero que la alarmaban. Le dijo que se quedara todo el tiempo que quisiera en el estudio, aunque él no volviera, que había pagado varios meses por adelantado. Ella quería calmarlo y asegurarle que podía entenderlo todo, pero no le dio tiempo. Saskia se temió lo peor, casi podía verlo. La catástrofe estaba allí, precisa y apremiante, esperando a que Vincent la acompañara a la salida. Iba a llevarlo a la ruina con mano segura y experta.

Fuera, Vincent se dio cuenta de que el aire fresco no lo despejaba. Se sentía bien estando borracho. Quería prolongarlo el mayor tiempo posible. La agradable euforia le permitía felicitarse: controlaba estupendamente la situación y tenía las ideas más claras que nunca.

Si volaba los barracones del campo de prisioneros en los que estaban los oficiales que se lo habían pasado en grande en el castillo, y el cobertizo en el que estaban Hans y todos sus cómplices, vengaría a Ariane, se vengaría a sí mismo y a todos aquellos a los que los alemanes habían sumido en la oscuridad de la noche que él había atravesado, esa noche oscura en la que no brilla ni una estrella, en la que la humedad te sube por los pies y se te introduce en los huesos, en la que ya no quedan esperanzas de recuperar las esperanzas, y aunque lo que habían hecho era irreparable, al menos conseguiría que los criminales a los que tenía a su alcance pagaran por ello.

Recorrió los kilómetros hasta el almacén donde Fabien y él habían escondido los explosivos. Su bicicleta volaba cuesta abajo por el asfalto.

Aunque la borrachera lo había exaltado, la velocidad y el viento empezaron a despejarle las ideas. A medida que se disipaba, la exaltación se volvía menos agradable, más furiosa, más salvaje y más dura. Nunca había matado a nadie. La angustiosa noche no lo ayudaba a recuperar el sentido, que corría como un niño enloquecido.

Ahora ya nada tenía sentido, y la culpa no era suya. Si no vengaba a Ariane, no se lo perdonaría jamás. No debía flaquear. Aunque el recuerdo de las carcajadas alemanas, reavivado por las muecas de los rostros que aparecían en las filmaciones, le generaba una tensión feroz, en el último momento desconfió de sus reacciones. Pensó entonces en todas las atrocidades que había presenciado, y perdonarlas le parecía peor que una debilidad, era un crimen contra los demás y contra sí mismo, porque, sí, las cosas como son, perdonar era una manera fácil de vivir más tranquilo, no se trataba de generosidad. ¿Podríamos perdonarnos por haber perdonado a los criminales? El perdón era olvido, y el olvido era imperdonable.

Tenía que hacerlo rápido. No pensar en Lukas ni en ningún otro. Volver al momento en que los alemanes todavía eran para él una masa opaca, rígida y repulsiva. Los explosivos le permitirían no verles la cara. Quedarían pulverizados, como ellos habían pulverizado a millones de seres humanos. Estaba totalmente decidido a vengarse y jamás desde el inicio de la guerra había tenido tan claro que eso era lo que tenía que hacer.

Además iba en camino, no tenía otra opción. Bajó de la bicicleta y se acercó al almacén. Las piernas lo llevaban sin que interviniera su voluntad, como si lo hubieran programado, una zancada tras otra, de modo que el primer paso que había dado impulsaba su avance, como la idea de que tenía que vengar a Ariane había decidido todos los meses, todas las palabras y todos los gestos desde que había escapado del campo de prisioneros.

Se acercaba al lugar donde Fabien había escondido la llave. La luna ya no brillaba; parecía haberse desvanecido entre la niebla y las nubes.

Encontró la llave a la primera, sin necesidad de buscarla a tientas, como si alguien lo guiara. En el almacén encontró todo lo que necesitaba. Incluso más: un jeep que le permitiría cargar las cajas de dinamita y desplazarse al campo de prisioneros para acabar con todo de una vez.

No quería preguntarse si su plan era el más pertinente, de modo que se esforzó por no pensar en otra cosa que en la manera de llevarlo a cabo.

Ni un ruido. En el campo de prisioneros todos dormían, o lo intentaban. Vincent había oído a Fabien decir a las autoridades que los alemanes estaban agotados, que trabajaban mucho, no comían lo suficiente y tenían la moral por los suelos. A Vincent no le conmovió. Él había sido prisionero de los alemanes. Fabien no.

Sabía exactamente qué barracón elegir. Se había fijado el día que fue a darle noticias de Matthias a Lukas.

Pero antes de manipular la dinamita tenía que disipar sus dudas. Respiró a pleno pulmón, y la embriaguez que por voluntad propia había prolongado hasta ese momento, como un submarinista que controla la apnea, quedó atrás. Se sentó y repasó mentalmente las tres preguntas más importantes:

¿Estaba seguro de que quería que murieran?

¿Estaba seguro de que no se arrepentiría?

¿De esta forma vengaría a Ariane?

Lamentó haberse hecho la última pregunta, pero lo achacó al cansancio y a los últimos vestigios del alcohol. No pensaba bien. La verdad era que iba a hacerle justicia. Quizá se lo negarían, pero los obligaría a recordar.

Estaba decidido. Iba a hacerlo.

Cuando se levantó, una mano cayó sobre él y lo arrastró hacia atrás.

Vincent intentó soltarse con todas sus fuerzas en la oscuridad de esa noche sin luna, pero no pudo. El hombre que lo había sujetado y que ahora lo tiraba al suelo luchaba mejor que él. Además, lo ayudaban dos brazos no tan fuertes que impedían que Vincent se defendiera.

–¡Vincent, para!

Había sucedido todo tan deprisa, y la adrenalina llevaba tanto tiempo inundándole el cerebro y el corazón, que siguió luchando por instinto.

–¿Qué cojones estás haciendo? ¡Vincent, soy Fabien!

Al oír su voz distinguió su rostro. Se volvió para ver de quién era la mano que tenía en el hombro. Era de Saskia. Y se disgustó más de lo que habría creído. Lo reflexionaría más tarde.

En el estudio, frente a Fabien, Vincent esperaba su veredicto, que no llegaba. No se arrepentía de lo que iba a hacer, pero se reprochaba haberle mentido. Entendería que Fabien quisiera expulsarlo y denunciarlo a la policía.

Saskia, de pie junto al piano, sufría al ver a Vincent en esa situación. Era culpa suya. Cuando Fabien, que volvía del hospital, había pasado por el estudio a verlo, ella le había contado sus temores. Fabien sintió lo mismo de inmediato. Se dirigieron al campo de prisioneros, convencidos de que allí lo encontrarían. Fabien temía que también esta vez llevara un arma. No se le ocurrió lo de los explosivos.

Ahora Vincent descubriría que Saskia había adivinado lo que él creía haber ocultado y que no quería que le hicieran daño. Por consideración, los dejó solos y subió a su cuarto.

Pero Fabien todavía no había tomado ninguna decisión. Daba vueltas al trozo de papel que llevaba en el bolsillo y que podía cambiarlo todo para Vincent.

—Desde que empezaste a limpiar minas piensas en matar a un alemán...

Vincent agachó la cabeza.

—No desde el principio.

—Te cambiaste de nombre para poder desaparecer y que acusaran a Vincent Devailly por ti. Dos pájaros de un tiro. Matas a un alemán, perdón, a un montón de alemanes con su nombre y así él carga con las culpas. Hablamos de un crimen premeditado.

–Pasional. Lo hago por Ariane.

–Si los jueces lo consideran pasional, te librarás, pero si lo consideran premeditado, irás a la cárcel.

Fabien no podía dejarlo desvariar hasta ese punto. Sacó del bolsillo una copia de la carta del miembro de la Resistencia del que le había hablado, Honoré d'Estienne d'Orves.

–¿Sabes lo que escribió a su hermana justo antes de que lo fusilaran? «No penséis en vengarme.» ¿Lo entiendes? No, no lo entiendes, pero enseguida lo entenderás, te lo prometo.

Fabien no se rendía. Creía en las segundas oportunidades, en cuestionarse las cosas y en darse cuenta de ellas. No con todo el mundo, pero Vincent podía hacerlo, ¿no?

Quería apartarlo de su equipo, pero no lo ofendió con un sermón. No le reprochaba nada y se adentraba en caminos insospechados. No estaba enfadado con él, lo necesitaba. Tener un médico entre ellos sería muy valioso. ¿Podía Vincent terminar su misión de tres meses montando una unidad móvil de cuidados? Fabien se las arreglaría para conseguir el material. Esperó su respuesta, que quizá iba a decidirlo todo.

Vincent no se esperaba esa propuesta. Estaba tan perdido que acabó aceptando. Fabien sonrió. Sabía que en tres meses podría salvar a Vincent.

Había recuperado el control.

–¿Creías que te saldrías con la tuya falsificando papeles y que cometerías el crimen perfecto?

–No veo qué tiene de perfecto. El mal está hecho y no se vengará a nadie.

–¿No vas a estar nunca en paz?

–Imposible.

–Te obligaré, créeme.

Era superior a él. Fabien no podía estar resentido con Vincent. No podía evitar ponerse en su lugar. Era su tragedia. Fabien lo entendía todo, y cuando entendemos, aunque no estemos de acuerdo, estamos muy cerca de aceptar. Le entregó la nota en la que había escrito el nombre de un pueblo.

–Lukas habló conmigo. Muy poco. Si Ariane está viva, está en Italia. Probablemente aquí, en este pueblo. En el Valle de Aosta.

–¿A Matthias le dio tiempo a decírselo?

–Supongo. No sé nada más. No tenía fuerzas para hablar.

Vincent miró la nota como si la hubiera escrito la propia Ariane. Se estremeció. Fabien no podía quedarse impasible. La emoción de Vincent pulverizaba todo lo demás. Le apoyó la mano en el hombro y lo abrazó.

–Ve a buscarla. Y vuelve con ella para ayudarnos.

Saskia se había quedado en el rellano del primer piso escuchando su conversación. Volvió a su habitación. Le sorprendió tener miedo. De encontrarse de nuevo sola frente al mundo. Y quizá también otro miedo, más secreto y más insidioso. Se deshizo de él con todas sus fuerzas. No iba a sufrir. No tenía derecho. Y pensándolo bien, no le apetecía. No es que se prohibiera sufrir por amor o por amistad, sino que le parecía indigno. Sólo podía sufrir por la ausencia de sus muertos. Una vez más, esa capacidad de no sufrir por lo que no merecía la pena le otorgó una confianza en sí misma y una fuerza que la sorprendieron y la tranquilizaron.

Los dos hombres salieron a la calle. Vicent llevaba tanto tiempo esperando ese momento que no podía seguir esperando. Se marcharía esa noche.

Ante ellos, el Traction Avant de Max. Fabien le lanzó las llaves. Vincent no sabía cómo darle las gracias, pero no era necesario. Con una mirada bastó. Es la ventaja de haber arriesgado la vida juntos.

Vincent condujo toda la noche. Pasó una señal tras otra: Marsella, Ventimiglia, San Remo, Savona, Turín... Se desató una tormenta, una buena tormenta de primavera que anunciaba las del verano que se avecinaba, y le hizo mucho bien sentir que la naturaleza se ajustaba al ritmo de su tormenta interior. El cielo negro, los truenos y los relámpagos expresaban su pasión mucho mejor que las palabras, con la misma intensidad y la misma incandescencia. Necesitaba al menos esa orquestación celeste para sellar su reencuentro con Ariane.

Conducía tan rápido que en un momento dado tuvo que pararse, respirar y disfrutar de ese tiempo que sólo era suyo. ¿Qué diría Ariane al verlo? Había intentado descubrir por qué había desaparecido, pero no había conseguido saber qué había sido de ella ni la huella que la guerra le había dejado. No sabía lo que había pasado en esa fiesta ni hasta dónde había llegado la abyección.

¿Cómo había superado Ariane los traumas? ¿Seguía queriendo vivir la vida a toda velocidad, como antes? ¿O se había convertido en una mujer acorralada?

Podrían superar cualquier cosa. Daba igual el tiempo que tardaran. Su reencuentro sería inolvidable. Retomarían el amor donde lo habían dejado, el ardor y después la pereza indolente, la suavidad de la piel en los puntos en los que laten las venas, en el interior de los brazos y de los muslos. Y se deslizarían desnudos bajo las sábanas frescas. La llevaría a la playa al amanecer a ver el sol, que aparece para unos pocos elegidos, y se sentirían por fin vencedores.

El corazón le latía a toda velocidad, y sin embargo... Pese a la película que se repetía una y otra vez de Ariane y él lanzándose el uno a los brazos del otro, impacientes y fogosos, no sentía la euforia que tanto había esperado. Él amaría a Ariane fueran cuales fuesen sus circunstancias, con todos sus cambios, sería paciente y la amaría todavía más. Pero ¿y ella? ¿Lo amaría? También él había cambiado. Era inevitable.

Antes de la guerra era desenfadado, sobrevolaba los problemas y desactivaba toda sombra con una sonrisa. Ya no era el mismo. Temía la seriedad que había acumulado. La amargura, la desilusión con el género humano y el furioso impulso de vengarse. Sin la menor duda Ariane lo detectaría. No podría ocultarle nada.

La lluvia en la cara arrastró sus dudas. Estaba loco. La noche en blanco y negro que acababa de pasar le nublaba la mente.

Cuando al amanecer llegó a lo alto del valle en el que estaba el pueblo, supo que Ariane había encontrado un refugio a su medida. Sólo veía los preciosos tejados de pizarra, un gigantesco rompecabezas gris y beige con rugosidades que brillaban bajo la lluvia. Un universo duro y mineral, perfectamente integrado en las colinas circundantes y sólido como una roca. Debía de encantarle ese conjunto centenario de piedras, árboles y plantas que invadían todas las paredes que podían aprovechando unos centímetros cuadrados de tierra entre los adoquines para hundir las raíces, y los gatos, que a saber cómo habían sobrevivido y se habían reproducido milagrosamente. Esos pequeños felinos surgían de todas las esquinas y saltaban tras la lluvia. Eran el signo inequívoco de una vida más intensa y más ligera, y de su promesa.

Aparcó el coche a la entrada de la zona habitada, como para no molestar a ese pueblo inalterado durante siglos.

Avanzó por las callejuelas pavimentadas con grandes adoquines desgastados y resbaladizos buscando cualquier detalle que pudiera indicarle dónde se había refugiado Ariane.

Las mujeres salían a la puerta de su casa para disfrutar del aire húmedo tras el chaparrón, para sentirse vivas y respirar el fresco aroma de la libertad. Los vestidos ajustados, las finas sandalias sin calcetines, las peinetas en el pelo largo, todo era hermoso en esas mujeres prudentes y salvajes que sólo se aventuraban a salir a la calle después de haber mirado a ambos lados, como para asegurarse de que la vía estaba libre. Los combates habían sido violentos hasta finales de abril. Estaban en mayo y los traumas seguían ahí.

¿A quién iba a preguntar si había visto a Ariane? Muchos hombres habían ido a trabajar a Francia después de la Primera Guerra Mundial. Ellos lo entenderían y hablarían su idioma, pero sólo veía a mujeres, jóvenes y no tan jóvenes, con la piel bronceada, niñas pequeñas, un pueblo de mujeres que habían tenido que mantenerse unidas para resistir los abusos de unos y de otros. Suponía que a Ariane, que se entendía con todo el mundo, no le habría costado integrarse en ese círculo de mujeres, pero a él, un hombre extranjero, esas mujeres que lo miraban con desconfianza no le dirían nada.

El cielo ente las casas había pasado del gris de la noche al azul de la mañana, surcado por algunas nubes que se extendían sensualmente, y en ese aire puro empujado por un ligero viento, las mujeres acudían al lavadero. Retomaban sus conversaciones protegidas entre los tres muros de piedra seca y el tejado, que les rozaba el pelo. Otras se habían quedado en casa y aprovechaban el sol para poner a secar la ropa en las ventanas.

Camisas y vestidos de flores, lunares y rayas se extendían al sol y danzaban en los alambres suspendidos entre las casas. El aire era cambiante, no todas las mangas iban en la misma dirección, sino que ondeaban a los lados de las camisas abotonadas, y los vestidos se alborotaban, temblaban, daban vueltas, se calmaban y después volvían a agitarse.

Uno de ellos iba en cabeza de la procesión, más salvaje y ligero, se enroscaba con el viento, se elevaba, se desenroscaba y ondeaba alegremente por el tendal...

Al ver el vestido, Vincent se quedó electrizado: era el que Ariane había cortado para hacer el pañuelo que él llevaba al cuello. Se dirigió a la casa de la que salía el tendal con la ropa de su amada y se quedó un instante observando la fachada. Tras tantos meses esperándola, temía molestarla.

Todas sus preguntas desaparecerían en cuanto la viera. Él recuperaría su nombre y su apellido y retomaría su vida con ella. Viajarían si ella quería. Iban a ser felices. ¿Presentiría Ariane que estaba allí, como antes, cuando adivinaba la hora exacta a la que llegaría al pisito de Marsella que albergaba su amor secreto? Y eso que por aquel bonito edificio del siglo pasado pasaba mucha gente, pero siempre, apenas había terminado de subir la escalera que llevaba a la última planta, y aunque subía de puntillas para no hacer ruido, ella se adelantaba, abría la puerta y se lanzaba a sus brazos.

Y como antes, en ese cálido día de mayo, la puerta se entreabrió y tuvo a Ariane delante de él. No se lanzó a sus brazos. Estrechaba contra su cuerpo a un bebé.

Rubio y con grandes ojos verdes muy claros. Podría haber sido hijo de Vincent, pero no tenía mucho más de un año. Se quedó petrificado. Había soñado muchas veces con abrazar a Ariane, pero ese niño se interponía entre ellos más que la espada de Arturo entre Ginebra y Lancelot. ¿Qué había pasado? No se atrevía a preguntárselo. Le parecía demasiado evidente, aunque se daba cuenta de que Ariane no miraba al niño con la más mínima sombra de reproche. Lo quería incondicionalmente.

Ariane le sonrió. Se alegraba de verlo. Pero se dio cuenta de que la manera en que dijo su verdadero nombre, Hadrien, no era tan mágica como antes. Lo hizo entrar. Las paredes de piedra, los sencillos muebles... Podría haber elegido la misma casa que Ariane, así como a ella seguramente le gustaría su estudio. Sentó a su hijo en una silla un poco alta y lo ató al respaldo con pañuelos para evitar que se cayera. Después arrancó unas hojas de menta del alféizar de la ventana, las echó en una tetera de metal y puso el agua a hervir. Se tomaba su tiempo. Seguramente se preguntaba qué iba a decirle y cómo. Él quería romper el incómodo silencio, pero no quería empezar hablando del niño.

—No les he dicho a tus padres que venía...

—Bien hecho.

—Temen que...

—¿Que haya muerto? Quizá es mejor así.

—No sabes lo que dices.

—Tú tampoco.

Ella miró a su hijo, de un rubio casi blanco, el rubio del norte, no el rubio con reflejos rojizos y dorados, calentado por el sol del Mediterráneo, sino el rubio transparente del pálido sol de Alemania, que hace que brillen las pestañas y proyecta sobre el rostro una luz metálica. Expresaba ahora, sin llorar, pero con pequeños avisos sonoros, que tenía hambre. Ella se alejó para darle el pecho y él pudo contemplar su espalda, esa espalda magnífica, sus hombros de madona, su bonito gesto sujetando al niño con un brazo e inclinando la cabeza hacia él, ese gesto inmemorial de las mujeres con su hijo, que le encantaba en Leonardo o Rafael, y que veía ahora como si estuviera al otro lado del cuadro.

Si Ariane volvía a Francia, nadie se quedaría admirado. Ella tenía razón. Mejor que la tomaran por muerta. Lo mancharían todo. No era difícil saber lo que dirían. Es hijo de un alemán... Un pecado imperdonable.

Pero Ariane no había hecho nada malo. Había sido víctima de un crimen del que nadie habla como crimen, y mucho menos como crimen de guerra, uno de esos abusos que pasan por daños colaterales menores. Al fin y al cabo, no ha muerto ningún hombre, es sólo una mujer que cae, que se hunde y que pronto volverá a levantarse porque tiene alma.

Italia no le haría preguntas, pero Francia sí.

Lucharía por ella. Si Ariane no quería volver a Francia, se quedaría en Italia con ella. O se marcharían a otro sitio, donde fuera. Ella tenía que aceptar ser feliz. Esperó a que terminara de dar el pecho para contarle sus planes.

–Ariane, lo querré como si fuera hijo mío, para mí no cambia nada. Y estoy seguro de que para tus padres tampoco.

–Debo protegerlos. No necesitan pasar por esto.

–Te necesitan a ti.

–Ya no.

–Todo el mundo lo entenderá. No hiciste nada malo.

Ariane no lo dudó, y su respuesta lo fulminó.

–Nadie hizo nada malo...

Vincent se desató el pañuelo que llevaba al cuello y lo dejó en la mesa, como si se liberara de una atadura que lo asfixiaba.

El niño se durmió y Ariane lo llevó al dormitorio para acostarlo.

Él se levantó. Necesitaba salir a la calle a tomar el aire. Los pensamientos le iban a toda velocidad. Debía alegrarse. Ariane no había sufrido. Había elegido. Había amado. ¿Qué se había creído, que iba a pasarse años esperándolo? Al final no llegaba el correo desde Alemania y ni siquiera sabía si estaba vivo.

Siendo sincero, él también había mirado a otras mujeres. A la que se había cruzado con él en el despacho del funcionario, con sus margaritas en las orejas, su vestido ligero y su libro de Camus. A Léna, en el bar, a la que todos los hombres escuchaban subyugados. Antes de darse cuenta de que Fabien también la miraba, él no había sido una excepción. En el campamento de prisioneros todos se volvían locos sin una mujer. Era imposible que un prisionero viera a una mujer sin pensar en su cuerpo y en su piel. Pero nada de eso importaba.

Puso en orden sus pensamientos. Había mirado a mujeres, sí, pero nunca se había planteado nada. Aunque en la playa, en el mar, bajo la luna, la noche en que se bañó con Saskia... Pero no. Saskia era otra cosa. Seguía pensando en Ariane. Ahora ya no lo sabía.

Mientras estaba prisionero, se aferraba a la idea de que Ariane y él serían más fuertes y volverían a empezar. De que nada ni nadie, y menos los nazis, podría influir en el curso de su destino. ¿Estaba loco por haber pensado que, si querían, podían anular el tiempo?

Estaba resentido con Ariane y no lo estaba. Era una mujer libre, y su libertad era una de las cosas por las que se había enamorado de ella.

Sí, pero... ¿un alemán? Le parecía imposible. Aunque la había imaginado con Matthias. Pero no, nunca lo había creído, su mente había divagado porque nunca encontraba respuestas. Además, en el castillo, en el despacho de los archivos, Lukas le había asegurado que Matthias era amigo de Ariane, no su amante, pero ¿qué sabía él?

Sin duda Ariane tenía una explicación, no podía quedar así, ella le explicaría lo que no entendía. Sí, tenía que explicárselo, estaba demasiado cansado, sacudido por los chaparrones, la tormenta y el viaje de noche hasta Italia.

Volvió a la casa. Ella lo esperaba de pie frente a él.

–Creía que lo sabías. Le pedí a Irène que te avisara.

–No la he visto...

–Lo siento mucho.

–No lo sientas.

Se oyó decir palabras que no se creía.

–Mira, podemos empezar de nuevo. Lo que haya pasado no cambia nada.

–Para mí sí. Sería una mentira.

¿De qué mentira hablaba? ¿Estar con él sería una mentira? ¿El alemán seguía vivo? ¿Había huido con ella? Por primera vez desde que conocía a Ariane, no entendía una palabra.

Como le había visto hacer tantas veces, lo esquivaba e intentaba hablar de cosas sin importancia para evitar caer en la nostalgia.

–Háblame del ruso –le dijo.

–¿El ruso?

–El ruso al que curaste. Me hablaste de él en tus cartas.

Vincent sabía perfectamente a qué ruso se refería, pero creía que no era buena idea hablar de él.

—No puedo contarte mucho más de lo que te escribí.

—¡Claro que sí! Ahora no tenemos censura.

—Ni siquiera sé cómo acabó la historia.

—Y yo no sé cómo empezó. No recibí todas tus cartas.

Entonces Vincent le contó que un día, como tantas veces en el campo de prisioneros, unos nazis la tomaron sin razón con un detenido y le dieron una paliza. Ese día fue un joven ruso. La agresión fue repentina. En el campo de prisioneros, a los que trataban peor era a los rusos. Los oficiales le rompieron los huesos y la espalda a golpes de fusil, y lo dejaron en el suelo creyendo que había muerto.

Los prisioneros y los vigilantes se quedaron paralizados en una atmósfera turbia. Vincent dio un paso adelante, pero el médico alemán lo sujetó del brazo. Vincent le indicó con la mirada que tenía que ir.

Un vigilante le gritó que volviera a su barracón, pero Vincent se arrodilló al lado del moribundo. En un alemán impecable, que había perfeccionado durante su cautiverio, le recitó el juramento que había hecho como médico, y en medio de un silencio mortal pidió que lo dejaran atender a ese hombre.

A los nazis no les gustó que Vincent rechazara su crimen sin perder la calma. Escupieron cuando se desplazó hasta el hombre tirado en el suelo, pero sus superiores les dijeron que lo dejaran. Les interesaba el reto que estaba asumiendo Vincent, reparar un cuerpo irreparable. No por compasión, sino por curiosidad.

Vincent no podía hacer gran cosa, pero lo intentó.

En la enfermería, cortó toda la ropa del ruso con cuidado para examinarlo. Le desinfectó las heridas, le recolocó los huesos rotos, se los vendó y se los escayoló. Le dio la impresión de remodelar el cuerpo de ese joven soldado como si fuera una figura de arcilla. Después pasó todo un día y toda una noche construyendo una estructura articulada de madera con las piezas unidas con una ingeniosa trenza de cuerda. Protegió al ruso durante varios meses con ese esqueleto sustituto, que le permitía levantar despacio la mano o el brazo, elevar un poco el torso y tener cierta esperanza de sobrevivir.

Con el paso de los días, el ingenio del que Vincent había dado muestra fue un remedio contra el aburrimiento en el campamento de prisioneros. Algunos hacían apuestas. Querían saber si Pinocho, como lo llamaban, cobraría vida. Al principio se lo tomaban a broma, pero unos meses después la tenacidad de Vincent se ganó su respeto. Por menos que eso mataban a prisioneros, pero la curiosidad es una fuerza poderosa.

El ruso no hablaba francés ni inglés, y Vincent no hablaba ruso, pero conseguían comunicarse. La mirada que le dirigía el herido disipaba muchas de sus dudas, aunque le quedaba una muy importante que compartió con Ariane:

—Ya ves, nunca sabré si se salvó. Me escapé antes.

Vincent no necesitó decirle a Ariane que había escapado por ella. Lo había entendido.

—Quizá el médico al que apreciabas se ocupó de él.

—Eso espero.

—Estoy segura. Y lo que creo es que al salvar a ese ruso te salvaste a ti mismo.

—Ni siquiera sé si podrá volver a andar.

A Vincent le dolía la sensación de no haber terminado su labor, pero Ariane había conseguido que no pensara en otro dolor, el del final de su historia. Ella sabía muy bien lo que le atormentaba. Lo había leído entre líneas en sus cartas.

—Yo tampoco conseguí terminar lo que había empezado. Imagínate, quise matar al pez gordo de la *Kommandantur*.

—Me lo imagino, y me lo dijeron. Quisiste envenenarlo con digitalina...

—Entonces ya sabes que no lo conseguí, aunque me parecía fácil. Sabes tan bien como yo que la digitalina puede ser radical, pero nada salió como había previsto.

Ariane habría preferido que él no lo viera, pero se le llenaron los ojos de lágrimas.

—Quería de verdad hacer algo. Me reprochaba cada día no haberlo conseguido.

—Al menos lo intentaste.

—Pero al no conseguirlo habría podido poner en peligro a todo el mundo. Lo mejor era que escapara...

El fracaso seguía doliéndole, pero en adelante tenían que volver a vivir, no sólo sobrevivir. Ella le contó su guerra, y él le contó la suya: su fuga, su plan, su incorporación a la limpieza de minas y su cambio de identidad. Ella le dijo que Vincent le quedaba mejor que Hadrien, ese nombre de emperador romano que acabó siendo tan cruel. Iba a intentar llamarlo así. Ya que todo el mundo cambiaba de vida, bien podía él cambiar de nombre.

Él no pudo evitar pensar que así terminaba el amor, evitando hablar con intensidad, sin decir el nombre de la persona amada, porque cuando se dice aún queda algo del hechizo amoroso. Era el final de Ariane y Hadrien.

Ariane siguió hablando con la rapidez que antes tanto le gustaba, pero Vincent tenía que hablarle de Matthias. Ella se esforzaba tanto para que su reencuentro no fuera triste que él no encontraba las palabras para decirle que tenía los días contados.

Su hijo empezó a llorar. Ariane se levantó y Vincent la siguió. Cogió al niño en brazos y lo paseó por la habitación para calmarlo.

—¿Cómo se llama?

—Louis, como su abuelo.

A Vincent le cautivaba el andar de Ariane con su hijo apoyado en la cadera, con las piernas arqueadas y ese ruidito elástico de los pies descalzos en la piedra en el que tanto había pensado en el estudio. Desvió la mirada para no incomodarla.

Y en ese momento vio los dibujos. Unos dibujos discretos en un estante con libros de medicina y novelas. Dibujos de ella que habían captado muy bien sus gestos, su manera de leer con la cabeza ladeada, de sentarse en las sillas con una rodilla pegada al pecho, o las dos, o de estirarse inclinando la espalda, y también retratos elegantes, bien ejecutados, amorosos, retratos cuyos trazos le dolió reconocer. Había tenido muchos retratos como esos en las manos.

–¿Te dibujó Lukas?

Ariane se incorporó de golpe.

–¿Lo conoces?

Entonces entendió lo que jamás había imaginado.

–Es él...

Al ver su mirada, no necesitó esperar a la respuesta. Ariane y él eran como hermanos gemelos. Siempre acababan sabiéndolo todo el uno del otro. Se habían amado porque les apasionaba lo iguales que eran. ¿Cómo sorprenderse de que se acercaran al mismo hombre? André Breton se burlaba de él. Vincent nunca había creído que su historia respondiera al azar, pero ahora lo tenía ante los ojos. Era evidente.

Lukas no era como los demás soldados. Claro que Ariane se había fijado en él y claro que él se había fijado en Ariane.

Lukas los había arrastrado hacia él y había tenido un papel decisivo en el destino de ambos porque encarnaba todo lo que les atraía. ¿No se sorprendió Vincent pensando que en otros tiempos y en otras circunstancias habría podido ser amigo de Lukas?

Ella le pidió que lo entendiera y él se oyó decir que lo entendía y que lo aceptaba. No habían vivido la guerra para sumar tragedias a la tragedia. El caos por el que habían pasado debía al menos servirles para crecer y seguir al pie de la letra el mandato de Rimbaud: reinventar el amor.

Entonces le contó lo que sabía de Lukas, al menos lo que le había dicho Fabien, pero a ella no le bastó. Necesitaba saber más. ¿Cómo trataban a los prisioneros? ¿Le habían herido al detenerlo? ¿Qué riesgos corría limpiando minas? ¿Vincent lo había visto desesperado, tranquilo, firme, dubitativo, solo, alimentado, sano...? ¿Qué habían dicho los médicos? ¿Sobreviviría?

Vincent se dio cuenta de que Ariane tenía la delicadeza de preguntarle también por él y de dedicarle la misma atención que a Lukas. Temía que no lo cuidaran bien en el hospital y temía también por Vincent, que ahora limpiaba minas. Le habría gustado que no se asignaran estas tareas a los prisioneros y animaba a Vincent a volver a ejercer la medicina. Sintió que admiraba su intento de fuga y también la de Vincent.

Y entonces no dejó que lo interrumpiera. Podía hablar de Lukas de un tirón. Se dio cuenta de que tenía cosas mucho más importantes que contarle que su estado de salud o cómo lo detuvieron. Lukas se había convertido en la pieza central de su plan para encontrar a Ariane o vengarla. Lo había observado, evaluado y juzgado. Entendía por qué ella se había acercado a él, e iría al hospital y lo atendería. No iba a abandonarlo.

Pasaron el día y parte de la noche hablando.

Por la mañana le prometió volver para darle noticias de Lukas.

El misterio de los años que había pasado sin él hacía a Ariane aún más atractiva, pero en cuanto le dejara de doler se daría cuenta de que entre ellos ya no había ese deseo eléctrico, esa atracción magnética que los arrastraba el uno hacia el otro, la que los despertaba a todas horas todas las noches que habían pasado juntos. Así como un cristal cambia de matiz según la exposición a la luz, su amor seguía intacto, pero ya no era del mismo color.

Algunos perdieron la guerra, pero él había perdido la posguerra. Se reprochaba haber pasado ese tiempo magnífico y lleno de promesas queriendo vengarse y equivocándose. Todos los planes que había trazado y preparado, las gigantescas partidas de ajedrez mentales elaboradas minuciosamente desde el campo de prisioneros, robar un arma, fugarse, participar en la limpieza de minas, ocultar su identidad, avanzar sus peones con cautela, cada una de sus miradas, cada una de las frases que sopesaba, cada cigarrillo que ofrecía, cómo lo sujetaba, cómo lo encendía, cada sonrisa que dedicaba, todo lo había calculado tantas veces... Cada día pasado con los alemanes que analizaba por la noche, cada noche que luchaba contra el insomnio e intentaba calmarse para coger el sueño. Su Liberación personal había sido engullida por su obsesión.

A pesar de lo que le había dicho a Ariane, a pesar de la noche, a pesar del día, a pesar de la razón, a pesar de los esfuerzos, nada servía. Al volver de Italia Vincent creía que no volvería a ser feliz. Los almendros en flor lo pillaron por sorpresa.

¿Cuánto tiempo había pasado desde que las yemas de los árboles habían dado paso a pétalos de color rosa claro? Ni siquiera se había dado cuenta. En el coche, el paisaje desfilaba ante el parabrisas como imágenes de una película en colores vivos y no podía evitar verlo. Abrió la ventanilla y le llegó la imagen, el sonido, los olores y el viento.

En Alemania había olvidado lo rápido que pasan las estaciones en el sur de Francia. Que no todos los meses son invierno. De repente redescubría que la naturaleza no siempre es dura, tierra que se pega en los zapatos en pesados parches y aprisiona los tobillos como las cadenas de los esclavos, frío que hiela los huesos y esqueletos de árboles famélicos ante un sol nublado. También es el cielo fresco lavado por vientos azules y la brisa entre los árboles en flor. El mar te llama, la primavera grita tu nombre, un pájaro te mira de reojo y un gato se desliza entre tus piernas.

En Hyères, Ramatuelle o Saint-Tropez habría podido ver los discretos ciclámenes que florecen a partir de abril, pero no se le había ocurrido buscarlos. Aun así, los almendros, que son los primeros árboles en florecer, no debería haberlos pasado por alto.

Le quedaba mayo. Estaba resplandeciente. Y después llegarían junio, julio y agosto, embriagadores y sensuales, los meses de verano en los que nos enamoramos, en los que nos ahogamos, en los que nos tambaleamos, los meses en los que vivimos tanto el día como la noche. Sí, nada era más importante que el verano. Llegaría pronto. El primer verano después de la guerra.

Niñas y mujeres que parecían sus hijas revoloteaban con vestidos ligeros, alegrando a todo el mundo con sus radiantes sonrisas, y costaba mucho estar triste. Era anacrónico. No le importaba nadar a contracorriente, pero se habría reprochado no aceptar la alegría de los demás.

En Marsella, pasó por el piso de la plaza Castellane. No quería entretenerse. Metió sus cosas en una maleta pequeña pensando en el estudio que había alquilado en Hyères, en el sol que entraba por las ventanas y en la vida que se colaba en todas las habitaciones.

En el momento en que revisaba la biblioteca para seleccionar los libros de los que tenía dos ejemplares, oyó el ruido sordo del correo, que la portera deslizaba por debajo de la puerta.

Ese débil sonido que había olvidado le encogió el corazón.

Seguramente la portera lo había visto entrar y no había querido molestarlo. Abrió la puerta y la saludó. Le dijo que le había propuesto a Ariane, si volvía, que viviera allí, en su casa, que no se sorprendiera si la veía.

En cuanto se quedó solo echó un vistazo a las cartas. Dos de ellas eran de Kassel, la ciudad en la que había estado prisionero.

La primera era del médico alemán, que la había enviado poco después de que se fugara. Había buscado su dirección en las oficinas del campo de prisioneros para darle noticias del ruso: le había quitado el exoesqueleto, le había retirado las escayolas y estaba empezando la rehabilitación con él. Las expectativas eran buenas.

La segunda carta era del propio ruso. Debía de haber pedido que se la tradujeran. Los estadounidenses habían liberado el campo de prisioneros. Le daba las gracias con un énfasis muy eslavo. Nunca lo olvidaría. Quería que supiera que si alguna vez iba a Moscú, allí encontraría a un hermano.

Esas cartas eran un milagro. Vincent se sentó a disfrutar de las noticias.

Ariane tenía razón. Al salvar al ruso se había salvado a sí mismo. Al menos empezaba a recordar quién era.

Después fue al hospital a ver a Lukas. Pudo preguntar por él a los médicos. Le tranquilizó saber que su vida ya no corría peligro. Louis vería a su padre. Le dejaron hablar con él.

Cuando entró en la habitación, Lukas estaba despierto. Intentó incorporarse en la cama. Le incomodaba hablar con él tumbado. Vincent lo ayudó.

−¿La has encontrado?

−Sí. Está bien. Tu hijo también. Se llama Louis, aunque quizá ya lo sabías.

Lukas estaba tan emocionado que no podía hablar. La felicidad parecía muy sencilla y a la vez muy inaccesible. Después de contarle su viaje, Vincent le preguntó:

−¿Por qué le dijiste a Fabien dónde estaba?

−Pensé que viviría mejor contigo. ¿Cómo quieres que viva con un prisionero? No tengo nada que ofrecerle.

−¿No quisiste escapar para reunirte con ella?

−Sí, pero ahora ya no lo conseguiré. ¿Sabes cómo tratan a los que han intentado escaparse?

Sí, Vincent lo sabía.

−¿Y qué va a pasar ahora?

−He hablado con el médico. Te pondrás bien.

Lukas agachó la mirada.

−La verdad es que no sabía lo que ella quería. Sabes que en el campo de prisioneros no recibimos cartas desde hace meses.

Vincent sacó del bolsillo la carta que le había escrito Ariane.

−Toma.

Lukas no se atrevía a leerla delante de Vincent.

−Está esperándote.

−No debe hacerlo. Tardarán años en soltarnos.

Lukas lo miraba fijamente a los ojos, y a Vincent le dolió la intensidad de su mirada. De repente lo veía con los ojos de Ariane.

Le prometió volver muy pronto. Iría a hacerle fotos a su hijo para que viera cuánto se parecía a los dos. Le dio las fotos de Ariane que llevaba encima, y cuando Lukas las cogió para mirarlas, fue como si ya se hubiera curado.

Vincent había sobrestimado sus fuerzas, y la sonrisa de Lukas volvió a dolerle más de lo que le habría gustado. No era ningún santo, pero sabía que con el tiempo todo se arreglaría.

En el coche, cogió papel y un bolígrafo de la guantera y se puso a escribir una carta. Iba a hacer algo que no había pensado, de lo que quizá se arrepentiría, de lo que le daría vergüenza arrepentirse, pero en ese momento esa audacia podría ser su única salvación...

Al final del día se reunió con Fabien en el castillo de Eyguières. Raymond Aubrac estaba allí para dar la noticia en persona: los dragaminas tendrían su estatuto profesional. Era la justa recompensa por su sacrificio y el reconocimiento que todos estaban esperando. En cuestión de días aparecería en el boletín oficial. Y en la tumba de sus muertos, en la tumba de Enzo, de

Thibault, de Tom, de Henri, de Hubert y de todos los demás se inscribiría: Muerto por Francia. Caído en un campo de minas.

La guerra había terminado, pero no para los dragaminas, y mucho menos para los prisioneros.

Siempre se había pensado, y ahora más que nunca, que los prisioneros alemanes se quedarían a limpiar minas hasta que las hubieran retirado todas. Las previsiones no habían cambiado. Tardarían unos diez años.

Vincent se llevó a Fabien aparte. Quería asegurarse de que la prevista liberación anticipada de prisioneros alemanes que hubieran dado muestras de dedicación y de valentía seguía vigente, y tras haberlo consultado, entregó en mano a Aubrac la carta que había escrito en el coche.

En ella expresaba con todo detalle su excelente opinión de Lukas, su papel decisivo en la limpieza de minas del castillo de Eyguières y la información que les había proporcionado sobre las minas alemanas.

Fabien sonrió. Estaba de acuerdo con Vincent. Mostraron a Aubrac los planos que Lukas había dibujado, que seguían colgados en los grandes paneles de la entrada del jardín. Gracias a él habían podido entrar en el castillo y hacerse con los mapas de minas, tan valiosos para seguir con su trabajo. Si un prisionero merecía que lo liberaran, ese era Lukas. Insistieron. Aubrac les aseguró que se ocuparía personalmente.

Vincent apoyó la mano en el hombro de Fabien. Como le había prometido, seguiría con él. Al fin y al cabo, era especialista en medicina de guerra, y de eso se trataba. Fabien le preguntó si estaba bien. Vincent asintió.

Cuando llegó al estudio, Saskia estaba tocando el piano con las ventanas abiertas. Vincent se quedó un largo rato escuchándola, sentado en el muro de delante de la casa. Creía que ella no lo había visto. Ella lo había visto, pero actuaba como si no hubiera pasado nada. Siguió tranquila y concentrada. Esta vez debía de haberle abierto la puerta al afinador, porque el piano sonaba perfecto.

El sol estaba en el lugar exacto para entrar por la ventana y jugaba con el piano y con la cara de Saskia salpicándolos de luz entre las sombras de las hojas de acacia y de glicina. Vincent podría haber pasado horas escuchándola tocar. La música llenaba la calle. Poco a poco le limpiaba la tristeza y era como si empezara a vislumbrar algo. Quizá algo muy ambicioso. Y urgente. En Italia, Ariane le había causado un gran dolor. Saskia al piano le permitía creer en alegrías imperiosas que lo arrastrarían todo a su paso.

Cuando ella hubo terminado la pieza, se volvió hacia él y le lanzó una sonrisa arrebatadora que nunca le había visto, pero que decía que ella también lucharía contra viento y marea, que no olvidaría nada y que seguiría resistiendo, invencible, para abrirse a los nuevos días del verano que se acercaba.

–¿Te ha gustado?

Epílogo

¿Quién habría apostado por la reconciliación de Francia y Alemania en 1870, 1914 o 1939? Es más, ¿quién habría predicho que la amistad entre estos dos países sería sólida?

Muchos relatos se han centrado en los grandes conflictos de nuestra historia y han narrado sus aspectos más destacados –¿cómo ganar la guerra?, ¿qué aprendemos de ella?–, mientras que a la posguerra se le ha prestado mucha menos atención, aunque lo que está en juego es igualmente importante: ¿cómo conseguir la paz? ¿Cómo consolidarla para que sea evidente, sincera y necesaria? Merece la pena no pasar por alto este período paradójico, este proceso ineludible.

Cuando todavía no habían finalizado los combates, franceses y alemanes trabajaron juntos por primera vez mano a mano en los grupos de limpieza de minas. La idea distaba mucho de ser evidente, porque ¿cómo reunir a hombres que se odian? Contra todo pronóstico, se produjo un milagro. La historiadora Danièle Voldman, a la que debemos un libro extraordinario sobre los dragaminas, ha sugerido que en estos grupos, por primera vez, franceses y alemanes aprendieron a conocerse y a apreciarse trabajando juntos por reconstruir el país. Concluida la limpieza de minas, algunos mantuvieron correspondencia entre sí hasta su muerte.

Hubo prisioneros alemanes en Francia, y antes prisioneros franceses en Alemania. Mi abuelo, médico militar, fue uno de ellos. Estuvo en un Oflag de Kassel.

La experiencia lo cambió, al igual que a un tío abuelo mío,

349

que escapó cinco veces y todas ellas lo atraparon. Esos hombres magníficos y generosos conservaron durante toda su vida una profunda melancolía, y yo veía que en las reuniones familiares se apartaban para ir a fumar un cigarrillo, sumidos en sus pensamientos e incapaces de estar del todo allí.

Leer las cartas que mi abuelo escribió en el campo de prisioneros me conmovió mucho, pero sólo escribiendo al respecto he podido entender algo que nunca antes me había explicado y que hoy me parece evidente.

Al volver a la vida civil, además de llevar su consulta, se ofreció para atender a los prisioneros de su ciudad. Iba a cualquier hora. Además, en cuanto un prisionero quedaba libre, podía llamar a su puerta y sabía que encontraría un vale para su primera comida en un restaurante, con vino, y un paquete de cigarrillos (en aquella época mi abuelo también fumaba). Su primera comida como hombre libre. Una idea fantástica a la que me habría gustado que renunciara. Como yo no era una niña muy valiente, me aterrorizaba encontrarme con un prisionero...

La falta de libertad, el hambre, las humillaciones y estar alejado de los seres queridos pueden modificar radicalmente la personalidad, pero a veces lo más sublime resiste. La prioridad de mi abuelo era salvaguardar la vida a toda costa. Lo vi en muchas ocasiones. Era uno de esos médicos que salían a atender por la noche y aunque no pudieran pagarle. Incluso cuando podía poner en peligro su vida. El ruso al que cura Vincent es el ruso al que mi abuelo salvó en el campo de prisioneros, aunque los nazis se lo habían prohibido. Después de la liberación, ese ruso enviaba a mi abuelo cada Navidad una muestra de su agradecimiento.

Esta historia es una de las muchas que vivieron mi abuelo y mi familia, que he entretejido para rendirles homenaje. Creo que arroja luz sobre hasta dónde puede llegar la valentía individual y la vocación de un médico.

En cuanto a Saskia, estaba en el autobús delante de Vincent

y entendí que me correspondía a mí transmitir lo que me había contado una tarde mirándome a los ojos.

No la conocía mucho cuando decidió hablar conmigo una tarde de invierno en una cocina en la que estaban presentes varios familiares. Yo era familia política. Me encontré cara a cara con ella por casualidad. Ya no recuerdo de qué estábamos hablando, pero en cualquier caso nada que permitiera anticipar lo que empezó a contarme de repente sobre su detención y su experiencia en un campo de prisioneros. Recordaré toda mi vida la intensidad de su mirada, que no desviaba de mí, y cómo aumentaba su indignación al evocar ese momento de su pasado. Poco a poco todo el mundo se unió a nosotras. Ella nunca les había hablado de este tema. Era una mujer muy reservada, siempre sonriente, buena y que amaba la vida, pero también adquiría un aire de divertida distancia cuando veía a personas quejándose por nada. Tenía dieciséis años cuando la milicia se presentó en su casa para detener a su familia. Por alguna razón que desconozco era la única que tenía un carnet de identidad falso a nombre de Jacqueline Dulac, creo recordar. Su madre intentó salvarla diciendo que no era su hija, pero ella intuyó que para salvar a su madre no podía separarse de ella y prefirió tirar al suelo el carnet de identidad falso. Había nacido en Francia, tenía dieciséis años, no era muy alta –nunca lo fue–, pero dio muestras de una valentía extraordinaria. A diferencia de mi personaje, ella consiguió proteger a su madre durante tres años. La escondía durante determinados trabajos. Le consiguió un abrigo para el invierno. Su frágil cuerpo cargó con ella y la salvó. A su padre y sus tres hermanos los asesinaron en otro campo de concentración.

Cuando volvieron, habían saqueado su piso. Y el ayuntamiento de París les reclamó los meses de alquiler atrasados.

Mientras contaba su historia –nunca he sabido por qué decidió hablar esa tarde–, todos nos quedamos en silencio. Estaba poniéndose el sol. No terminó su relato hasta la noche, y a nadie se le ocurrió levantarse a encender la luz. Imposible. Estábamos como fuera del tiempo. Ella se quitaba de encima un peso, una rabia y una indignación contenida durante muchos años. A veces parecía cansada, aunque las palabras le salían con naturalidad, pero sentíamos que no nos contaba todo lo que había vivido por pudor, aunque no había olvidado nada. Estaba todo en su memoria. Y se grabó en la mía. Cuando me contó que en el Lutétia alguien le había dado cinco francos y le había dicho: «Toma, no montes historias», el tiempo se detuvo. No desvió los ojos de mí. Necesitaba compartir su indignación. La frase se le había quedado grabada, como el número con el que la habían marcado, que no había intentado borrar.

Nunca la he olvidado. Pienso en ella a menudo. Y sin que lo hubiera previsto, ocupó su lugar en este relato. Me correspondía a mí transmitirla.

Agradecimientos

A Patrice Hoffmann, el mago que llevó este libro, apenas escrito, al extranjero, empezando por Estados Unidos, y me permitió terminarlo a pesar de mis dudas. Ha sido una suerte y un privilegio haber trabajado con usted.

A Sylvie Banoun, lectora paciente, exigente y muy cariñosa.

A Isabelle Carrière por su apoyo incondicional.

A Céline Leray-Fribault por su energía y su alma; sé lo mucho que te debo...

A Fanny por todo y más.

A Stéphane Jardin por haber creído en este libro.

A Cristina de Stefano, cuyos comentarios han sido fundamentales; uno de esos encuentros mágicos que te alegran la vida.

A Muriel Beyer por acogerme en su casa.

A Dana Burlac por ser como es, una mujer apasionada con una energía que desafía a las montañas, y a Flandrine Raab, tan sensible y esencial.

A Manon Aubier, del departamento de comunicación de Ramatuelle, y a dos archiveras apasionadas, Caroline Martin, de Ramatuelle, y Hélène Riboty, de Saint-Tropez, que amablemente me abrieron sus archivos y supieron transmitirme una atmósfera y un estado de ánimo mientras me orientaban sobre los documentos más útiles. Los archivos son la parte más delicada de la documentación, y la más inesperada. Les debo, entre otras cosas, la pesca con granada de los dragaminas con los prisioneros de guerra, de la que informó un delator...

A Guillaume Müller-Labé. A Sophie Loria, que a orillas del mar releyó este texto con cariño y no duda en discutir incluso la conveniencia de una coma. Una atención muy valiosa.

Fuentes

Où la mémoire s'attarde, de Raymond Aubrac, publicado por Odile Jacob.

Le déminage de la France après 1945, de Danièle Voldman, publicado por Odile Jacob. La obra fundamental sobre los dragaminas.

Les prisonniers de guerre allemands, tesis de Fabien Théofilakis publicada por Fayard.

Mein Kampf, histoire d'un livre, la excelente investigación de Antoine Vitkine publicada por Flammarion. (ed. castellana: *«Mein Kampf». Historia de un libro*, Anagrama, Barcelona, 2011, trad. de Marco Aurelio Galmarini Rodríguez). También podría mencionar sus documentales, disponibles en internet, entre ellos *Magda*, sobre Magda Goebbels.

La France libérée (1944-1947), de Michel Winock, Éditions Perrin.

Los importantes testimonios de Charlotte Delbo, Primo Levi, Robert Antelme, Simone Veil, Marceline Loridan y Ginette Kolinka.

Todos los libros de Pierre Assouline, por razones obvias, porque no transige en nada y lo quiere todo: rigor histórico e inspiración novelística. (véase, por ejemplo, *El último de los Camondo* y *El nadador*, Nagrela, Madrid, 2024).

Los diarios de guerra de Ernst Jünger, publicados en La Pléiade. (ed. castellana: *Radiaciones I. Diarios de la Segunda Guerra Mundial (1939-1943)* y *Radiaciones II. Diarios de la Segun-*

da Guerra Mundial (1943-1948), Tusquets, Barcelona, 2024, trad. de Andrés Sánchez Pascual).

El mundo de ayer, de Stefan Zweig, el testimonio de un visionario, que he leído tantas veces.

Cartas a un amigo alemán (1943-1944), de Albert Camus. Me acompañaron durante todo el proceso de escritura.